W0297894

CIHAN ACAR

HAWAII

Roman | Hanser Berlin

2. Auflage 2020

ISBN 978-3-446-26586-8
© Hanser Berlin in der Carl Hanser Verlag GmbH & Co. KG, München
Umschlag: Anzinger und Rasp, München
Illustration: © Miriam Bröckel
Satz: Greiner & Reichel, Köln
Druck: CPI books GmbH, Leck
Printed in Germany

MIX
Papier aus verantwortungsvollen Quellen
FSC® C083411

DONNERSTAG

1

Immer wollen sie, dass man mittanzt.

Bekannte und Unbekannte kamen ständig vorbei, versuchten alles. Komm, stell dich nicht so an, nur einmal, auf. Wenn einer nicht tanzen will, denken die Leute, ihm fehlt etwas. Mir fehlte nichts. Außer halt, dass ich nicht länger als nötig auf dieser Hochzeit bleiben wollte.

Ich saß an einem bestimmt fünf Meter langen Tisch direkt neben der Tanzfläche, wo nur die besten Freunde des Brautpaars sitzen durften. Der Bräutigam hatte sich von mir versprechen lassen, dass ich an diesem Tisch sitzen würde. Ich weiß nicht, warum ihm das so wichtig war. Wir kannten uns zwar schon lange, waren aber nicht gerade Kindergartenfreunde, die im Sandkasten Blutsbrüderschaft geschlossen hatten oder so. Tarık hieß er.

Irgendwann kam auch er an, und zwar in Begleitung des Kamerateams, das ihm überallhin folgte. Er streckte mir seine Hand entgegen, lächelte und sagte nichts. Dank einer großen Leinwand, die direkt neben der Bühne aufgebaut war, konnte man die Szene auch auf den hinteren Plätzen live mitverfolgen. Ich hatte also gar keine Wahl. Hoffentlich war sein Heiratsantrag nicht ähnlich abgelaufen.

Auf der Tanzfläche begrüßten sie mich wie jemanden, der gerade von einer Weltreise zurückgekommen war. Eine Riesenaufregung. Sie bildeten einen Kreis, jemand schubste mich in die Mitte, alle klatschten mir zu. Ganz alter Trick. Zum Glück löste sich der Kreis bald auf, und nach einer Weile konnte ich zurück an den Tisch.

Dort landete ich zwischen zwei Autoexperten. Sie spielten ein Spiel, bei dem sie abwechselnd ihr Traumauto beschreiben sollten. Der linke war gerade dran: »Weißer A6, S-Line, Zweiliter-Diesel, 190 PS. TDI und noch Sportsitze dazu. Ich wär der King von Heilbronn!«

»Brutales Ding, Bruder«, sagte der rechte. Dann bastelte er sich auch einen Wagen aus möglichst vielen Fachbegriffen zusammen. Ich hörte den beiden eine Weile zu und tat beeindruckt, verstand aber kaum ein Wort.

Die Band machte eine Pause. Schreiende Kinder eroberten sofort die leer gewordene Tanzfläche. Der Trommler, der sich unter die Tanzenden gemischt hatte, kehrte zurück zu seinen Kollegen und wischte sich den Schweiß von der Stirn. Das Hochzeitspaar setzte sich an den Brauttisch, der genau gegenüber von uns stand und gar nicht wie ein Tisch aussah, eher wie ein kleines Schloss aus Seide. Überall rosa Herzen und weiße Schleifen.

Die Braut verschränkte die Arme auf dem Tisch, lehnte sich nach vorne und sah auf etwas hinab. Sie wirkte irgendwie traurig. Ich wusste über sie nur, was Tarık mir erzählt hatte, nämlich dass sie Ebru hieß und erst seit ein paar Monaten in Deutschland war. Als eine ältere Frau ankam, um Fotos von den beiden zu machen, schaltete sie sofort wieder in den Festmodus. Der traurige Blick war weg. Wahrscheinlich hatte sie sich nur ausgeruht, kurze Pause vom ewigen Pflichtgrinsen.

Aber nein, jetzt sah ich es auch. Es war der Kachelboden.

Er fiel kaum auf. Man wurde abgelenkt durch die vielen

Menschen und Stühle im Saal, die Dekoration und den roten schmalen Teppich, der vom Eingang bis zur Tanzfläche reichte. Wenn man es einmal gesehen hatte, gab es aber kein Entkommen mehr. Braune Kacheln überall.

Ebru nahm jetzt Glückwünsche an und verteilte Küsschen. Ich konnte ihren traurigen Blick nicht vergessen. Bestimmt hatte man ihr gesagt: Schau, dass du einen Mann aus Deutschland heiratest, die haben Arbeit und Geld, da hast du keine Sorgen. Und jetzt musste sie auf diesem verdammten Kachelboden heiraten, der eher zu einem Kneipenklo passte. Und das an einem Donnerstag, weil es günstiger war als am Wochenende. Willkommen in der Minderheit. Ich rutschte ein Stück nach hinten und beugte mich zum Boden runter. Mich wirst du nicht kriegen, merk dir das. Ich werde niemals so heiraten, ich nicht. Der Boden aber wurde frech: Alles klar, bei dir wird es natürlich eine Hochzeit im Schloss sein, du bist ja so anders.

Musste ich mir nicht bieten lassen. Ich stand auf und lief in Richtung Ausgang. Gerade wurde das Essen ausgeteilt, fast alle Gäste saßen auf ihren Plätzen. Wer nicht schon mit seinem Teller beschäftigt war, sah mir beim Gehen zu. Ein Mann legte den Arm um die Schultern seines Sohnes, der neben ihm saß und auf seinem Handy zockte. Er sagte etwas zum Sohn und zeigte dann auf mich. Der Sohn fragte etwas zurück. Der Vater schüttelte den Kopf und gab eine kurze Antwort. Der Sohn konzentrierte sich wieder auf sein Spiel.

Ich lief weiter und streckte den Rücken durch. Der Weg zum Ausgang schien immer länger zu werden. Schieb keine Filme, Kemal. Du kennst die Stadt. Die Stadt kennt dich. Ihr müsst nur wieder zueinanderfinden, dauert halt manchmal etwas länger. Das wird schon.

Fast hatte ich es nach draußen geschafft, da rief jemand nach mir.

»Kemal! Lan, Kemal! Komm her!«

Rechts und links vom Ausgang waren ein paar Stehtische aufgestellt, an einem von ihnen stand Osman amca. Er ist gar nicht mein Onkel, aber ich nenne ihn trotzdem amca. Das macht man so. Osman amca war ein kleiner Mann mit Halbglatze, ein alter Freund von meinem Vater. Alles an ihm war grau. Die verbliebenen Haare, die Bartstoppeln, der Anzug, die schiefgebundene Krawatte. Nur die dicken Augenbrauen waren schwarz. Er hielt ein Glas Rakı in der Hand und winkte mich langsam heran, als würde ich gerade einparken. Dann packte er mich am Kopf, gab mir einen Kuss auf die Stirn und betrachtete mich mit dem leeren Lächeln eines Betrunkenen.

»Seit wann bist du zurück?« Obwohl seine Stimme immer heiser klang, schrie er halb beim Sprechen. Er könnte Flüsterpost spielen und man würde im Zimmer nebenan immer noch jedes Wort verstehen.

»Schon eine Weile. Wir haben uns doch letztens erst gesehen.«

Er nickte mehrmals, aber es war klar, dass er sich nicht erinnerte. Dann schlug er mit der flachen Hand auf den Tisch und rief mit erhobenem Zeigefinger: »Weißt du was? Ich habe deinen Weg verfolgt, von Anfang bis Ende. Ich weiß Bescheid!«

Danach kam ein langer Monolog, dem ich nicht ganz folgen konnte, aber die Grundaussage war: Ich hatte alles falsch gemacht. Wenn ich nur etwas weniger falsch gemacht hätte, wäre ich jetzt berühmt und Multimillionär. Das hört man gern.

Mit einem schnellen Schluck leerte Osman amca sein Glas, legte den Arm auf meine Schultern und drehte mich Richtung Saal. »Schau dich genau um«, sagte er. Mit der Hand machte er einen weiten Bogen von links nach rechts. Ich sah mich genau um. Hochzeitsgäste beim Essen, mindestens dreihundert. »Hier gehörst du hin«, sagte er. »Du bist einer von uns. Das mit dem Fußball mag vorbei sein, aber du hast dein ganzes Leben noch vor dir. Vergiss Fußball. Wenn du dich richtig anstellst, kannst du einer unserer Anführer werden. Wir brauchen junge Leute, die uns voranbringen. Du hast das Zeug dazu. Allein der Wille zählt, mein Junge.«

Ich hatte nur kurz hallo sagen wollen und jetzt hatte ich die Hauptrolle bei *König der Löwen* im Migrantenremix. So schnell geht das. Um das Thema zu beenden, sagte ich ihm, dass er recht hatte und dass ich darüber nachdenken würde.

Ein Kellner kam vorbei, Osman amca hielt ihn fest. Er bestellte etwas und machte eine Trinkbewegung, die als Frage an mich gedacht war. Ich zuckte mit den Schultern.

Als der Kellner zurückkam, sah er sich ein paarmal um, reichte mir dann unter dem Tisch eine weiße Plastiktüte und machte sich davon. Ich schaute kurz rein: zwei Dosen Jacky-Cola. Osman amca zwinkerte mir zu. So ist das auf solchen Festen: Die Alten schießen sich ab, und die Jungen müssen im Verborgenen sündigen.

2

Ich durchlief das Industriegebiet in all seiner farblosen Pracht.

Bis auf den Feierlärm, der aus den gekippten Fenstern des Salons nach außen drang, war nichts zu hören. Meine Wohnung lag ein paar Kilometer entfernt im Stadtzentrum. Die S-Bahn fuhr um diese Zeit nicht mehr, Taxis waren auch keine in Sicht. Also lief ich weiter und kam in die Austraße, wo immerhin ein bisschen Verkehr war. Wann immer ich von hinten ein sich näherndes Fahrzeug hörte, hob ich den Daumen. Niemand hielt an.

In der Ferne sah ich gelbe Lichter, die alle Gebäude der Stadt weit überragten. Aber auf den Trick falle ich nicht mehr rein. Den bringt Heilbronn oft bei Nacht. Die Lichter sehen nämlich original aus wie ein gerade gelandetes Raumschiff. Erst wenn man ihnen entgegenläuft, merkt man, dass es doch nur die Kräne einer neuen Baustelle sind. Ist mir oft genug passiert.

Kurz vor der Allee kam ich an der Bierhölle vorbei. Die Bierhölle kannte ich gut, aber nur von außen. Auf der Eingangstür hing ein Schild, auf dem mit eisblauen Buchstaben mitgeteilt wurde, dass der Raum klimatisiert war. Ich wollte noch nicht nach Hause, also blieb ich vor der Tür stehen.

Als ich reinkam, drehten sich sechs Augen sofort zu mir, zwei waren geschlossen. Alle Wände waren rot gestrichen. Irgendwo sang Bon Jovi oder so. Überall hingen Fahnen und Wimpel: Deutschland, VfB, Heilbronner Schützenverein. Auf einer kleinen Bühne stand eine Tafel, die mit weißer Kreide beschrieben war und für Freitag Live-Musik mit Berny ankündigte.

Zwischen zwei älteren Herren war ein Platz frei. Der rechte

schlief mit dem Kopf auf der Theke. Er hatte kurze weiße Haare, trug Muskelshirt und Silberkette. Der Mann links von mir kam mir bekannt vor. Ich kam aber nicht darauf, woher. Er trank gerade sein Glas aus. Weiter hinten in der Ecke saß noch einer, der so um die vierzig war und Vokuhila mit Überlänge trug.

»Was darfs sein?«, fragte der Wirt, ein Berg von einem Mann mit rotbraunem Schnauzbart.

»Irgendwas Süßes.«

»Also Radler. Und bei dir, Oskar, noch ein Hefe?«

Oskar nickte stumm.

Als er die zwei Getränke abgestellt hatte, deutete der Wirt auf mein Hemd.

»Was gabs zu feiern?«

»Für mich nichts, zwei andere haben geheiratet.«

Aus dem Augenwinkel beobachtete ich Oskar. Es ließ mir keine Ruhe. Der grauweiße Vollbart, die etwas längeren, für sein Alter noch kräftigen Haare. Die tiefen Falten auf den Wangen. Und die blauen Augen, die jetzt ganz kurz auf mich gerichtet waren. Da fiel es mir ein. Ich kannte ihn aus dem Creme, einem der wenigen brauchbaren Clubs der Stadt. Dort hatte ich ihn schon oft gesehen, im Untergeschoss zwischen der Garderobe, den Toiletten und der Sitzecke. Er hatte seinen eigenen Tisch, saß meistens einfach nur da und sprach mit niemandem. Wenn ihn mal ein besoffener Gast anlaberte, nickte er kurz und schaute weg. Ich hatte keine Ahnung, was seine Aufgabe war, aber ich kannte die Gerüchte über ihn: Ex-Millionär, Ex-Polizist, hat mal seine Ex umgebracht und lebenslang bekommen. Alles schon gehört.

»Wo war die Hochzeit, wenn ma mal frage darf!«, rief der Typ mit dem Vokuhila viel zu laut rüber.

»Keine Ahnung, wie die Halle heißt«, sagte ich. »Steht mitten im Industriegebiet.«

»Nazar«, sagte der Wirt, in perfekter Aussprache.

»Hab i mirs doch gedacht!«, rief der Typ in der Ecke. »Wir hams mit nem Türk zu tun. Harry, sagsch dus ihm, oder muss ich?«

Er kam angewackelt, blieb zwischen mir und dem Schlafenden stehen und stützte sich an der Theke ab. Mit seiner Frisur, den goldenen Ohrringen und der zerfransten Jeansjacke sah er aus wie einer der jubelnden Männer in den Mauerfall-Dokus auf YouTube.

»Hör zu, mein Freund. Der Lade hier und du, des passt net. I meins nur gut. Nachher komme hier noch paar Stammgäste, und wenn die sehe, dass hier en Fremde sitzt, des gibt nur Probleme. Deshalb, nehm mirs net übel, aber es wird besser sein, du gehsch.«

Harry sah ihn böse an und schickte ihn mit einer Kopfbewegung zurück an seinen Platz. Der Typ gehorchte. »Hör net auf den«, sagte Harry. »Der hat wieder ein paar zu viel gehabt heute.«

Der Typ meckerte beim Weggehen irgendwas vor sich hin. Der andere war noch immer im Tiefschlaf.

»Sag mal, bisch du net der Fußballer?«, fragte mich Harry. »Kemal Arslan? Des bisch doch du. Oder?«

»Ja.«

Er klatschte mit der flachen Hand auf den Tresen und schaute stolz zur Seite, obwohl da niemand war.

»Fußballer?«, fragte Oskar.

Harry klopfte ihm zweimal auf den Unterarm. »*Profi*-Fußballer! Türkei, erste Liga, der hat da ein paar Spiele gemacht.

Nenn mir einen Kicker hier ausm Unterland, der es so weit gebracht hat. Kann man an einer halben Hand abzählen, wenns reicht. Die Maric-Brüder früher, des wars. Wie gehts seit dem Unfall? Isch der Fuß wieder ganz?«

»Ich kann wieder laufen, das ist schon mal was.«

»Und spielsch irgendwann weiter?«

»In diesem Leben nicht mehr.«

»Unfall?«, fragte Oskar.

»Schade«, sagte Harry.

»Ich hab dich schon oft im Creme gesehen«, sagte ich zu Oskar. »Unten bei der Garderobe.«

Er blickte zum Wirt und hob seine Augenbrauen.

»Hab mich immer schon gefragt, was du dort eigentlich machst.«

Er gab einen leisen Laut von sich, ein halbes Lachen, das eine Sekunde dauerte. Dann rieb er sein Kinn.

»Frag ich mich auch oft.«

»Arbeitest du dort?«

»Mehr oder weniger.«

Diese Sprachgewalt, man kam kaum mit.

Der Alte begann zu schnarchen wie ein kaputter Rasenmäher. Harry neigte sich über die Theke und rüttelte an seiner Schulter. »Longer, des reicht für heut, daheim schläft sichs besser.«

Der Mann schreckte hoch und riss die Augen auf, dann fielen sie wieder zu und sein Kinn drückte gegen die Brust. Harry rüttelte noch mal. Diesmal blieb er wach, schmatzte dreimal und sah sich um. Bei mir blieb sein Blick hängen. Er hob das Glas.

»Oh, neuer Gast. Hier bei uns. Prost, junger Mann.«

Er nickte jeden Satz nachträglich ab. Ich grüßte mit meinem Glas zurück und nahm einen Schluck. Der Mann tippte sich an die Brust.

»Bin hier der Mann für die Musik. Morgen Abend spiel ich wieder.«

»Ah, servus Berny.«

»Ich sags doch!«, rief er in Richtung Harry und breitete die Arme aus. »Man kennt mich in Heilbronn.«

»Also gut, jetzt reichts!« Der Vokuhila sprang wieder auf. »Dann muss ich hier wohl für Ordnung sorge! Wenn sich des rumspricht, dass en Türk hier reinspaziert isch und Kontakte knüpfe durft! Des glaube die mir in hundert kalte Winter net.«

Er kam wieder näher. »Hör zu, nix gege dich. Ihr habt ja hier auch eure, ich sag mal: Berechtigung. Ja? Kein Problem. Ihr lebt hier, mir lebe hier. Ich hab im Geschäft jeden Tag mit Ausländer zu tun, alles feine Leut. Aber die wisse, wo sie hingehöre und wo net. Hört der mir eigentlich zu?«

Er kam noch ein Stück näher und stützte sich an der Schulter des Alten ab. Sein Atem roch nach Schnaps.

»Es langt, Micha!«, rief Harry.

Ich hielt mein Glas so fest, dass es zu zittern begann.

»Du sollsch hier raus. Kapierschs endlich? Hat was mit Respekt zu tun. Kennt ma so was bei euch Anatolier net, Respekt? Mach, dass Land gwinnsch!«

Oskar stand auf, packte ihn mit beiden Händen am Kragen seiner Jacke und zog ihn an sich, bis sie Nase an Nase standen. Dann sagte er ganz leise: »Jetzt ist gut. Ich sags nur einmal.«

Micha verstummte, ging an seinen Platz zurück, trank das Bier aus und legte ein paar Münzen auf die Theke. Kurz bevor er draußen war, drehte er sich noch mal um, hob eine Faust in die Höhe und schrie: »Saftlade hier! Nie mehr!« Dann war er weg.

Eine Weile sagte niemand was. Berny trank weiter und prostete mir vor jedem Schluck zu. Als Harry um die Theke herumkam, um den Hocker aufzuräumen, den Micha beim Rausgehen umgeschmissen hatte, klopfte er mir auf die Schulter. Oskar meinte, dass ich mir nichts daraus machen sollte, und nannte Micha einen Seggl. Ich hätte lieber gehört, was denn nun seine Aufgabe im Creme war.

Ich stand auf, zog mein Jackett an und wollte die Runde zahlen. »Geht aufs Haus«, sagte Harry. Ich klopfte zweimal auf die Theke und ging nach draußen.

3

Letztes Jahr lernte ich in der Abendschule einen Gregor kennen. Ich war frisch zurück in der Stadt und wollte schnell noch das Abitur nachholen. Gregor war einer von den Typen, die auf dem zweiten Bildungsweg die Welt erobern wollen. Er war schon dreißig, fast zwei Meter groß und sprach mit russischem Akzent. Wir saßen zusammen in der hintersten Reihe, und weil sich die meisten in der Klasse schon länger kannten, hingen wir auch in den Pausen zusammen ab. Gregor war schon cool drauf, aber für ihn gab es nur ein Gesprächsthema: Dieter Schwarz, Gregors Chef und Gott in einer Person. Ständig schwärmte er mir vor, wie Dieter Schwarz es zum Milliardär gebracht hatte und wie viele Gebäude und Einrichtungen es nur gab, weil Dieter Schwarz sie gespendet hatte. Hochschulen, Brunnen, Skulpturen und solche Sachen.

Tagsüber arbeitete Gregor als Pförtner am Firmensitz, und sein großer Traum war es, sich einmal mit Dieter Schwarz zu unterhalten. Dann würde er ihm von seiner Idee erzählen, wie die Firma viel Geld sparen könnte. Es ging dabei um ein ganz ausgeklügeltes Kühlsystem oder so, keine Ahnung. Das Problem war, dass er Dieter Schwarz nie zu Gesicht bekam. So ging es den meisten Mitarbeitern, und wer es doch schaffte, der konnte sich etwas darauf einbilden. Gregors Kollege an der Pforte hat Dieter Schwarz einmal die Hand geschüttelt. Weil er ständig damit prahlte, konnte Gregor ihn nicht mehr leiden. Er selbst hat nur einmal das halbe Gesicht von Dieter Schwarz gesehen, als dieser zum Gebäude gefahren wurde und seine verdunkelte Fensterscheibe einen Spaltbreit herunterließ. Ganz knapp war es, als Gregor eines Tages in den Aufzug kam und auf eine Sekretärin traf, die ihm sagte, dass Dieter Schwarz gerade neben ihr gestanden hatte. Die ist seitdem auch unten durch bei ihm.

Ich konnte nicht verstehen, dass man einen Menschen so verehrt, nur weil er viel Kohle hat. Gregor ärgerte sich darüber und sagte: »Wenn Dieter Schwarz dir eine Million Euro dafür geben würde, einmal nackt durch ganz Heilbronn zu kriechen, würdest du es tun, erzähl mir nix.« Ich sagte, dass ich das niemals tun würde, aber er glaubte mir nicht. Für mich war die Sache mit der Abendschule nach ein paar Wochen erledigt. Die anderen waren immer so motiviert und voll dabei, aber ich saß nur herum und wusste nicht mal, was mir das Abitur eigentlich bringen sollte. Außerdem kam ich mir da drin so alt vor. Nichts lässt einen sich älter fühlen, als abends zusammen mit einem Haufen junger Hüpfer im hell beleuchteten Klassenzimmer zu sitzen.

Als ich das alles an meinem letzten Tag Gregor erklären wollte, grinste er nur und sagte: »Einundzwanzig Jahre und will mir was übers Altsein erzählen. Weißt du was, Kemal, du bist ein ganz schön komischer Vogel. Aber ich werd dich nie vergessen.« Dann umarmte er mich. Ich war gerührt, aber auch ein bisschen beleidigt.

4

Ich überquerte die Straße und kam auf die Allee. Vor ein paar Jahren standen dort noch riesige Bäume, alle in einer Reihe. Als die Stadt eine Straßenbahn bekam, wurden die Bäume alle abgeholzt, das war hier ein Riesenereignis. Inzwischen wachsen neue Bäume nach, die sind aber noch keine zwei Meter hoch.

Ganz früher hieß die Straße mal Adolf-Hitler-Allee. Mein Geschichtslehrer hat uns das erzählt, und er wollte, dass wir immer daran denken, wenn wir über die Allee gehen. Er hat uns auch Bilder mitgebracht und gezeigt, wie anders Heilbronn vor dem Zweiten Weltkrieg aussah. Diese Stadt war mal wunderschön, sagte er ständig, ihr müsst euch nur informieren. Das war sein Lieblingsthema. Seit ich an der Allee wohnte, fiel mir das oft ein.

Obwohl es erst kurz nach Mitternacht war, fuhren fast keine Autos mehr. Ein Mann stand in der Tür einer Dönerbude und rief nach einem Ahmed, aber niemand antwortete. Zocker traten aus den Casinos, steckten die Hände in die Hosentaschen und gingen weiter zu den Kneipen, um auf den verlorenen Monatslohn anzustoßen. Am Schaufenster eines leeren Ladens hing ein handgeschriebener Mieter-gesucht-Zettel.

Jemand schlief in stabiler Seitenlage vor einer Hauswand, genau zwischen einem Stromkasten und einem Zigarettenautomaten. Er war ungefähr in meinem Alter und benutzte seine Hände als Kissen. Ich ging in die Knie und fragte, ob er Hilfe brauchte. Keine Reaktion. Nach dem zweiten Versuch flüsterte er, dass ich mich verpissen soll, ich Missgeburt. Ich lief also weiter.

Bis zu meiner Wohnung waren es nur noch dreißig Meter oder so. Auf der anderen Straßenseite sah ich Licht, das so hell strahlte wie im OP-Saal. Ich machte es wie eine Fliege: Nicht groß nachdenken, einfach hin. Das Licht kam aus dem Erdgeschoss im Shoppinghaus. Es ist das höchste Gebäude der Allee. Hoch und weiß überragt der Turm alle anderen Häuser und ruft verlorene Seelen zu sich wie die Freiheitsstatue: Gebt mir eure Müden, eure Armen, eure geknechteten Massen und so weiter. Hier war ich. Ich folgte den getrockneten Cocktailpfützen, die mich zum Eingang des Eroticon führten.

Die zwei Türsteher wollten meinen Ausweis sehen. Ganz was Neues. Ich muss überall meinen Ausweis vorzeigen, es macht mich noch verrückt. Kam schon vor, dass ich keine Pralinen im Supermarkt kaufen konnte, weil ich den Ausweis nicht dabeihatte. Da ist zwar nur wenig Alkohol drin, sagte die Kassiererin, aber wir haben unsere Vorschriften. Richtiges Mobbing. Es liegt am fehlenden Bartwuchs, da kann man nichts machen.

An der Kasse zahlte ich mit einem Zwanziger und bekam dafür ein Bündel Spielgeld. Dafür, dass er eine eigene Währung hatte, war der Laden ganz schön klein.

Die Beleuchtung tauchte alles in Dunkelrot. Ich ging zur Bar und bestellte etwas. Am anderen Ende der Theke saßen drei Frauen in knappen Glitzeroutfits. Die älteste von ihnen sagte etwas zu ihren Kolleginnen, dann sahen alle drei zu mir und kicherten los. Ich schaute an mir herunter: Keine lustigen Flecken, der Hosenladen war auch zu. Kommt ein Typ an die Bar und bestellt sich ein Getränk, Megabrüller. Ich ging drei Stufen zur Sitzecke hoch und setzte mich in einen der Ledersessel. Die anderen Besucher waren um die Bühne herum verteilt und warteten auf die nächste Vorstellung. Die Bühne war ein kleines Podest in T-Form. In einem der Sessel saß ein Biker mit Lederweste, aß einen Toast und schleckte seine Finger ab. Zwei Meter weiter saß ein dünner Mann im Karohemd und rückte immer wieder seine Brille zurecht. Sein Blick zuckte nervös durch die Gegend. Bestimmt ein Versicherungskaufmann oder so. Zwischen den beiden stand noch ein freier Sessel, alle anderen Plätze waren besetzt.

Jemand stellte die Musik lauter, eine Frau ging auf die Bühne. Der Rauch im Raum reizte meine Augen, durch Reiben wurde es noch schlimmer. Als ich sie wieder aufbekam, hatte ich Besuch. Es war ein Mitglied der Kicherbande von der Theke, eine schmale Frau mit hellbraunen, schulterlangen Haaren. Sie fragte, ob sie sich dazusetzen durfte. Warum nicht. Nachdem sie sich als Jana vorgestellt hatte, sagte sie nichts mehr. Mir fiel auch nichts ein, also fragte ich, ob ihre Wimpern echt sind.

»Ja, natürlich. Und deine?«

»Sind angeklebt.«

»Sieht man.«

»Warum habt ihr mich vorhin ausgelacht?«

»Wie, ausgelacht?«

»Als ich an der Bar stand.«

»Das war kein Auslachen. Wir haben uns gestritten, wer sich um dich kümmern soll, und ich hab gesagt: Der ist Chefsache.«

»Niemals.«

Ich hielt ihr mein Glas hin, sie lehnte ab. Also nahm ich selbst einen Schluck.

»Du bist also die Chefin?«

»Na ja, ich bin halt am längsten dabei. Da hat man etwas mehr zu sagen als die anderen. Bist du zum ersten Mal hier?«

»Nein, war schon mal mit zwei Freunden da. Lange her.«

»Wie wars?«

»Mies. Sehr voll. Und da wurde gerade ein Junggesellenabschied gefeiert.«

»Oje. Das sind die Schlimmsten. Aber gut fürs Geschäft.«

Sie griff sich das Glas und nahm doch einen Schluck.

Wir sahen eine Weile ihrer Kollegin zu, die gerade ein paar Turnübungen an der Stange machte. Dann stand Jana auf und gestikulierte in Richtung Bar. Der Barkeeper sah sie spät, verstand aber sofort. Er ging zur Wand und drückte einen Knopf. Über dem Kopf der Tänzerin zischte eine Nebelmaschine los. Die Arme wurde davon überrascht, sprang zur Seite, hustete den eingeatmeten Nebel aus, schüttelte sich einmal und tanzte schnell weiter. Gott, wie mich dieser Laden deprimierte.

Als die Show vorbei war, drehte die Frau auf der Bühne eine Runde und holte sich ihre Belohnung ab. Die Mittdreißiger bis Mittfünfziger traten brav an und hefteten Spielgeld an ihre Unterwäsche. Und morgen würden sie wieder den perfekten Ehemann spielen. Alles Blender. Auch der Versicherungstyp klemmte ein paar Scheine zwischen Haut und Stoff und eilte sofort zurück an seinen Platz, als wäre er nur schnell aus einem Wagen mit laufendem Motor gestiegen.

»Wie fandest du sie?«, fragte Jana.

»Keine Ahnung. Gut?«

»Ich auch. Ist eine der Besten, die wir haben«, sagte sie. »Aber wart mal, bis du mich siehst.«

Sie lehnte sich nach vorne und legte ihre Hand auf meinen Arm.

»Bist du als Nächste dran?«

»Nein, ich mache nur Privatvorstellungen. Da hinten.«

Sie zeigte auf zwei kleine Kabinen im hinteren Teil des Raums.

»Und? Hast du Lust? Dann kann ich endlich mal wieder für einen Star tanzen.«

»Ich bin kein Star.«

»Meine Mädels meinten, du bist Profi-Fußballer. Der Freund der einen hat mal mit dir gespielt. Soll ich sie kurz ...«

Sie drehte sich zur Bar und wollte schon losrufen.

»Passt schon, ich glaubs ja. Aber nein, danke.«

Wir redeten trotzdem noch ein bisschen. Sie erzählte, wie sehr sie sich auf ihren Urlaub in Costa Rica freute. Sie hatte ihn extra so gelegt, dass er am ersten Tag des Sommers begann.

»Und wann ist der erste Sommertag?«

»Na, morgen.«

»Wer sagt das?«

»Google. Immer wenn ich meine Urlaubstage eintragen soll, gebe ich ein: Wann geht dieses Jahr der Sommer los? Und diesmal kam der 21. Juni heraus. Also morgen.«

»Okay. Dabei ist es doch schon seit Wochen übertrieben heiß.«

Ich meinte das gar nicht witzig, aber sie lachte und legte wieder eine Hand auf meinen Arm. Die Hand fühlte sich ganz schön zart an. Dann rief der Typ an der Bar nach ihr. Jana stand auf, beugte sich über den Tisch und gab mir einen Kuss auf die Wange. Ich sah ihr hinterher.

5

Ich erkannte ihn sofort. Ayhan Sezgin, mein alter Türkischlehrer von der Grundschule. Wir mussten ihn damals immer mit Ayhan hoca ansprechen. Er lief an meinem Tisch vorbei, Hand in Hand mit einer von Janas Kolleginnen. Die schwarzen Haare waren grau geworden und er war nicht mehr so schlank wie früher, doch sein aufrechter Gang und die hin und her wiegenden Schultern reichten mir als Beweis.

Wenn die deutschen Kinder Religion hatten, wurden ich und meine türkischen Mitschüler von ihm unterrichtet. Am ersten Tag stellte er sich uns mit einer langen Rede vor. Dann sah er etwas, hörte mitten im Satz auf und rief: »Gesundheit!« Eine halbe Sekunde später nieste jemand. Nach der Nummer war ich ihm schon verfallen. Ich war nicht sein einziger Fan. Die Lehrerinnen machten ihm im Flur oder auf dem Pausenhof ständig schöne Augen. Er sah ja auch verdammt gut aus. Immer fein angezogen und die Haare sauber gescheitelt. Doch er hielt die Kolleginnen auf Abstand, denn er hatte ja schon eine tolle Frau zu Hause, deren Namen ich nicht wusste, die ich aber oft mit ihm beim Einkaufen oder auf Hochzeiten sah.

Und jetzt musste ich mitansehen, wie Ayhan hoca durch die Heilbronner Unterwelt spazierte und in einer der drei Kabinen verschwand. Ich sprang auf und lief los. Inzwischen waren so viele Leute da, dass ich immer wieder ausweichen oder die Richtung ändern musste. Jemand erkannte mich und wollte ein Gespräch anfangen. Ich ließ ihn stehen, keine Zeit. Vor der Kabine angekommen, riss ich den Vorhang auf.

Die Frau saß auf seinem Schoß und hielt sich an seinen Schultern fest. Als sie sich umdrehte und mich bemerkte, stand sie auf und ging zu einem Stuhl, der neben dem Sessel stand. Langsam und ruhig zog sie ihr Oberteil wieder an. Sie wirkte überhaupt nicht überrascht. Die Augen meines alten Lehrers aber waren weit aufgerissen. Seine Hände tasteten die Armlehnen des Sessels ab, als wäre dort ein rettender Alarmknopf. Aus dem Augenwinkel sah ich, dass die zwei Türsteher bereits in den Raum stürmten.

Es blieb nicht viel Zeit. Ich wollte etwas sagen und machte zwei Schritte auf ihn zu. Und da merkte ich, dass ich mich geirrt hatte. Der erschrockene Mann war gar nicht Ayhan hoca. Er sah ihm ähnlich und war wohl auch Türke, aber einer, den ich nicht kannte und der mir egal war. Einer der Türsteher trat an mich heran, sein Kollege blieb breitbeinig hinter ihm stehen. Ich redete los und wollte alles erklären. Er hörte zwei Sätze lang zu, beim dritten gab er seinem Partner ein Zeichen. Sie griffen mir unter die Achseln und stemmten mich ein Stück hoch. Dann trugen sie mich davon wie einen ohnmächtig gewordenen Teenager beim Boybandkonzert.

Vier massive Hände gruben sich in meine Oberarme, die Schmerzen nahm ich nur entfernt wahr. Alle starrten mich an. Meine Füße schwebten ein paar Zentimeter über dem Boden. Ich wurde immer schläfriger, meine Augen fielen zu. Morgen begann also der Sommer. Früher hätte ich mich darauf gefreut.

FREITAG

1

Ich lag im Bett, starrte die Decke an und hatte Kopfschmerzen. Durch das gekippte Fenster hörte ich die Bauarbeiter unten auf der Straße. Sie schrien sich Kommandos zu, als würde es um Leben und Tod gehen. Das Baustellenradio spielte dazu Achtzigermusik, *I'm an Englishman in New York*. Mein Vater würde darauf abgehen, der hört so was den ganzen Tag. Da fiel mir ein, dass ich bei meinen Eltern vorbeigehen musste. Sie fuhren heute in die Türkei.

Ich stand auf und wankte langsam ins Badezimmer. Der Fuß braucht nach dem Aufstehen immer eine Weile, bis er zu sich kommt. Nachdem ich mein Gesicht gewaschen hatte, ging ich durch die Wohnung, zog alle Rollläden hoch und machte die Balkontür auf. Dann setzte ich mich auf die Couch im Wohnzimmer, klappte den Laptop auf und checkte meinen Kontostand. Rote Zahlen, Minus davor. Jetzt war es also so weit, das Fußballgeld war endgültig aufgebraucht.

Eigentlich schuldete mir der Verein noch drei Monatsgehälter. Aber sie wollten mir das Geld nicht zahlen, weil ich den Unfall selbst verschuldet hatte. Gegen so was hatten sie sich wohl mit irgendeiner Klausel im Vertrag abgesichert. Deswegen wollte ich schon seit Tagen meinen Agenten anrufen, konnte aber nicht, weil ich mein Handy verloren hatte.

Ich ging in die Küche. Zum Frühstück sprang nur noch ein halber Teller Nougat Bits heraus. Die restliche Milch reichte nicht einmal aus, um die Bits richtig schwimmen zu lassen. Ich setzte mich wieder auf die Couch und löffelte mir das Zeug rein, Klumpen für Klumpen. Du musst dir was einfallen lassen, dachte ich, so geht das nicht weiter. Ich brauchte endlich Geld.

Als ich unten die Tür aufmachte, stand ein Mann mit dem Rücken zu mir und hielt sich mit beiden Händen links und rechts am Türrahmen fest. Ich tippte ihm auf die Schulter. Er sprang ganz erschrocken nach vorne, drehte sich um und fragte, was ich von ihm wollte. Ich wunderte mich, dass er mich auf Türkisch ansprach. Das passiert mir selten, selbst im Dönerladen werde ich meistens auf Deutsch angesprochen. Ich machte einen Schritt vor die Tür. Er fragte noch mal:

»Was willst du?«

»Nichts. Ich wohne hier. Das ist meine Tür.«

»Du willst also, dass ich verschwinde?«

»Nein.«

»Willst du überhaupt etwas? Versuchs doch mal.«

»Was?«

»Hör zu, ich bin nur ein alter Mann, der sich kurz ausruhen will. Man bricht ja sonst noch zusammen bei der Hitze! Lieber Gott, schick uns doch endlich wieder Regen!« Er zog ein Tuch aus der Hosentasche und wischte sich den Schweiß vom Hals. Es stimmte schon, die Sonne gab sich zum Sommerstart gleich mal gnadenlos. Selbst hier im Schatten spürte ich das. Der Mann war aber auch viel zu dick angezogen. Er trug einen dunkelbraunen Anzug, der ziemlich alt aussah, und löchrige Schuhe. Der Kragen seines Hemds war nass und etwas dreckig, über dem Hemd trug er eine Weste. Auf dem Kopf hatte er eine Schiebermütze, darunter wellten sich ein paar weißgraue Haare, die in einen schneeweißen Nikolausbart übergingen. Seine kräftige Haut und die vielen dunklen Falten darin erinnerten mich irgendwie an knuspriges Brot.

Wir betrachteten uns ein paar Sekunden wortlos, dann sprang er einen Schritt zur Seite und machte mir den Weg mit einer übertrieben höflichen Geste frei. »Mein Name ist übrigens Şafak«, sagte er. »Vergiss mich nicht, hörst du!« Dann klatschte er in die Hände und lachte mit weit geöffnetem Mund. Ich sah die Füllungen seiner hintersten Backenzähne funkeln. Nur Freaks in dieser Stadt, ohne Witz.

2

Auf der anderen Seite der Allee steht eine alte und ziemlich düstere Parkgarage, direkt neben dem Shoppinghaus. Das breite Tor der Parkgarage ist 24 Stunden lang offen. Innen gibt es nur zwei Etagen und die Parkplätze sind alle übel eng. Das Kassenhäuschen vor dem Eingang ist ungefähr zwei Quadratmeter groß. Darin saß ein älterer Mann, der Zeitung las und mir zunickte. Auf der Scheibe klebte ein runder gelber Aufkleber, auf dem ein schwarzes, weit geöffnetes Auge und dazu der Schriftzug *HWA* zu sehen war.

Ich kannte das Symbol. Als ich vor ein paar Wochen auf die S-Bahn wartete, tauchten ein paar Männer in gelben Shirts auf und hielten der Menge einen Vortrag darüber, dass Heilbronn nicht mehr sicher war, dass die Stadt vor die Hunde ging, weil zu viele Flüchtlinge und Kriminelle hereingelassen wurden und die Polizei nicht genug tat. Deshalb mussten sie jetzt aktiv werden und die Bürger Heilbronns schützen und so weiter. Am

Ende knallte einer von ihnen den Aufkleber an den Ticket-Automaten.

Danach sah ich sie ein paarmal auf der Allee. Sie riefen ständig »Heilbronn, wach auf!« und demonstrierten für Schweinefleisch-Pflicht in den Kitas und solche Sachen. Und vor ein paar Tagen gab es irgendeinen Vorfall vor der Kilianskirche, an dem Flüchtlinge beteiligt waren. Eine Massenschlägerei oder Messerstecherei oder so. Seitdem sah ich sie ständig, und bei jedem Mal waren mehr Menschen dabei.

Die Parkgarage brauchte endlich mal eine neue Beleuchtung. In der Mitte hingen zwar ein paar Lampen unter der Decke, aber jeder Stellplatz war wie ein schwarzes Loch. In der unteren, noch dunkleren Etage hatte ich mir ganz hinten in der Ecke dauerhaft einen Platz gemietet. Dort stand er, rückwärts eingeparkt, mein schwarzer Jaguar.

Mit ihm war alles erst so richtig losgegangen. Damals waren noch ein paar andere Vereine an mir interessiert, und um mich zu überreden, bot mir der Präsident von Gaziantepspor an, in seinem Autohaus einen Wagen im Wert von bis zu 50 000 Euro auszusuchen. Der sagte das so ganz locker, für den war das keine große Sache. Wir fuhren dann zu seinem Autohaus, und der erste Wagen, den ich sah, war der Jaguar. Er stand direkt vorm Eingang, war länglich und flach und ganz schwarz, und er strahlte im Sonnenlicht und sah edel und gefährlich und schnell aus. Ich wusste gleich, das ist mein Wagen.

Autos sind mir eigentlich egal, ich kenn mich da gar nicht aus. Aber als ich in den Jaguar stieg und losfuhr und merkte, wie die Leute große Augen machten, da dachte ich, jawohl, jetzt hab ich es geschafft, jetzt bin ich Fußballer. Jetzt kann mich keiner mehr aufhalten. Aber dann passierte der Unfall. Danach hab ich es irgendwie nicht übers Herz gebracht, ihn dort zurückzulassen. Also ließ ich ihn nach Deutschland transportieren, was massig Geld gekostet hat. Er musste hier bei mir sein. Einmal die Woche kam ich bei ihm vorbei. Er redete aber nur, wenn sonst keiner im Parkhaus war.

»Ist noch jemand da?«

»Nein.«

»Schau noch mal richtig.«

Ich schaute richtig.

»Keiner da.«

»Na gut. Du hast gesagt, du kommst jeden Mittwoch vorbei.«

»Ich weiß.«

»Heute ist Freitag.«

»Ja, stimmt.«

»Wann lässt du mich endlich reparieren?«

»Dauert nicht mehr lange. Ich hab schon abgeklärt, wie viel es kostet. Ich muss jetzt nur irgendwie die 5000 Euro auftreiben, dann bist du wieder wie neu, glaub mir.«

»Kannst dus dir nicht von jemandem leihen? Frag doch deine Eltern.«

»Nein. Ich will mir nichts leihen, ich muss es alleine schaffen.«

»Ich weiß nicht, Kemal, nichts gegen dich, aber ich weiß echt nicht. Wie lange steh ich jetzt hier, ein Jahr, noch länger?«

»Bisschen länger.«

»Das ist nicht fair. Ich steh hier und kann mich nicht bewegen, und jeder, der hier runterkommt, sieht als Erstes meinen zerstörten Reifen, und dann kommen sie her und staunen über den ganzen kaputten Rest. Du hättest mich wenigstens anders parken können, damit die beschädigten Stellen zur Wand hin stehen oder sonst was. Ich kann keinen neuen Schuh darüberziehen wie du.«

»Ich habs ihnen damals extra gesagt, sie haben dich falsch herum geparkt, die Idioten.«

»Immer sind die anderen schuld. Am Unfall war ja auch der andere Typ schuld.«

»Das hab ich nur am Anfang gesagt, okay, das hab ich inzwischen eingesehen. Du bist heute echt mies drauf.«

»Ist doch normal, ich muss endlich wieder auf die Straße. Ich halt das hier nicht mehr aus. Kein Licht, keine frische Luft, nachts kommen immer Besoffene reingestolpert und pissen oder kotzen in die Ecken oder gehen aufeinander los, immer Gestank, immer Geschrei. Dafür wurde ich nicht gebaut! Ich will endlich raus hier, will den Asphalt spüren und den Wind und die Geschwindigkeit. Ich will, dass sich wieder Leute nach mir umdrehen.«

»Versteh ich.«

»Nix verstehst du, sonst hättest du mich schon längst reparieren lassen.«

»Glaubst du, mir gefällt das, ständig laufen oder mit der S-Bahn fahren zu müssen? Ich kümmer mich drum, ich versprechs.«

»Was ist mit dem Typen, der mich kaufen will?«

»Faruk?«

»Nervt er dich immer noch?«

»Ja, jedes Mal, wenn ich ihn sehe. Er will dich unbedingt abkaufen und dann selber reparieren, aufmotzen und so weiter.«

»Wenn du das machst …«

Ich setzte mich auf die Motorhaube und schwieg.

»Kemal?«

»Er bietet 10 000 Euro, das ist halt schon viel Geld, damit hätte ich erst mal meine Ruhe. Aber nein, ich mach es nicht. Ich lass mir was einfallen. Okay?«

»Tu das. Ich kann für keinen anderen fahren, das hab ich dir von Anfang an gesagt. Ich bin eine treue Seele. Wir Jaguare sind stolze Autos. Tu mir das nicht an.«

»Alles klar, wir sehen uns später. Ich komm nächsten Mittwoch vorbei, versprochen. Bis dann.«

Von der Allee bis nach Hawaii waren es ein paar Kilometer. Zum Laufen war es zu weit und zu heiß. Mein Fuß schmerzte schon seit dem Aufstehen. Also musste ich wieder die verdammte S-Bahn nehmen.

3

Wir kickten damals in Izmir auf dem Staub der Straße. Vier T-Shirts als Pfosten, ein Ball, ein paar Jungs aus der Nachbarschaft und ich. Alle so um die sechzehn Jahre alt. Ein langer, etwas buckliger Mann, der vor einem Laden im Schatten stand, sah uns zu. Mitten im Spiel winkte er mich zu sich.

Er wollte wissen, wer ich war und zu welcher Familie ich gehörte. Er kannte meinen Onkel, bei dem wir zu Gast waren, und ein paar Stunden später kam er vorbei. Er erzählte mir, meinen Eltern und meiner versammelten Verwandtschaft von einem Sichtungslehrgang für junge Fußballer in Antalya, der am nächsten Tag stattfand. Mein Onkel, der Bucklige und ich fuhren hin. Mein Vater war krank.

Es war ein heißer Tag. Auf dem Sportplatz waren ungefähr fünfzig Spieler, und bevor ich auf das Feld ging, sagte der Bucklige zu mir: Spiel einfach so wie gestern. Nach dem Training saß ich mit einem anderen, der aus Rostock kam, auf dem Feld und trank etwas. Der Bucklige kam her und sagte: Gut gemacht, mein Sohn, sie wollen dich. Der Rostocker sprang sofort auf, aber der Bucklige meinte: Tut mir leid, Junge, aber sie wollen ihn.

Der Bucklige und mein Onkel sprachen dann sehr lange mit ein paar Männern am Spielfeldrand. Auf der Rückfahrt erklärten sie mir, dass die Männer zu Gaziantepspor gehörten und die Nummer meines Vaters gewollt hatten.

Als wir zurück in Deutschland waren, meldeten sie sich regelmäßig bei meinem Vater und fragten, wie es mir ging. Ab und zu kam sogar einer von ihnen bei uns vorbei, trank Tee mit meinen Eltern, erzählte vom Verein und von der Stadt und fuhr extra nach Stuttgart, um mir beim Training zuzusehen.

Am Tag nach meinem achtzehnten Geburtstag kam ein Brief bei uns an, in dem sie mir einen Profivertrag anboten.

Und da fingen dann die Diskussionen an, weil ich kurz vor dem Abitur stand. Jeder hatte eine Meinung. Die Leute aus der Nachbarschaft hätten mich am liebsten eigenhändig zum Flughafen getragen. Meine Eltern machten eine Liste mit Pros und Contras. Mein Vater war für die Pros zuständig, meine Mutter für die Contras. Einmal wachte ich nachts von ihrem Geschrei auf und schlich mich an die Wohnzimmertür.

»Jetzt hör mir gut zu, das ist sein Traum, und wenn er

platzt, nur wegen uns, dann wird er uns das nie verzeihen«, sagte mein Vater.

»Und wenn er am Ende mit nichts dasteht, wie sollen wir uns das verzeihen?«, fragte meine Mutter.

So ging das ewig hin und her, ich wurde müde und ging wieder ins Bett.

Meine Klassenlehrerin, Frau Bender, war auch dagegen. Sie legte mir beide Hände auf die Schultern und sagte, dass ich einen Fehler machen würde, dass sie nur das Beste für mich wollte und so weiter. Sie und ich hatten so eine Art Hassliebe, mal lobte sie mich übertrieben vor der ganzen Klasse, am nächsten Tag schmiss sie mich raus, und ab und zu nahm sie mich nach dem Unterricht zur Seite und sagte Sachen wie: Ich will, dass du ein gutes Abitur machst, aber du bist einer, dem man ab und zu in den Arsch treten muss, später wirst du mich verstehen. Damals verstand ich sie nicht, ich dachte mir, ein Kicker muss tun, was er tun muss, und packte meine Sachen. Am Tag meiner Abreise versammelte sich halb Hawaii vor unserer Wohnung für ein Foto mit mir. Um die hundert stolze Nachbarn und ich mittendrin, das Foto hängt noch in meinem alten Jugendzimmer.

4

Die Hyänen sah ich wie immer zuerst. Etwas unscharf zwar, weil zwischen ihnen und mir noch ungefähr ein Kilometer Abstand war. Und weil die Luft so komisch flimmerte über dem heißen Asphalt. Aber ich wusste ja eh, wie sie aus der Nähe aussahen.

Jemand hatte sie vor langer Zeit an eine Betonwand gesprüht, ganz am Ende der Straße. Es sind drei Stück, mit gelben Augen und grauem Fell. Sie sehen so gut wie echt aus. Die linke schaut böse in Richtung der Wohnblocks. Die rechte schreit einem mit weit aufgerissenem Maul und spitzen Goldzähnen entgegen. Und die mittlere hat einen abgebissenen Ziegenkopf im Maul, aus dem Blut tropft.

Über dem Bild steht in roten Flammenbuchstaben: *Welcome to Hell*. Das *Hell* ist durchgestrichen, direkt daneben steht *Hawaii*. Warum das Viertel Hawaii heißt, weiß kein Mensch. Manche meinen, die Amis hätten den Namen eingeführt, also die Soldaten, die hier früher stationiert waren. Andere sagen, dass es ironisch gemeint ist, nach dem Motto: Was für eine miese Gegend, sind wir doch mal witzig und benennen sie nach einem Paradies. Aber so richtig weiß es keiner.

Wenn man von der Innenstadt kommt und am Viertel vorbeifährt, sieht man es gar nicht, weil es von Fabriken umgeben ist, die es wie eine Wand abschirmen. Und dahinter gibt es auch nicht wirklich viel zu sehen. Ein paar Wohnblocks, dazwischen enge Gassen, kleine Rasenflächen, Gartenstühle aus Plastik, mehrere kahves, eine Bäckerei, eine Moschee, eine Kirche. Eine kleine, abgeschlossene Welt im Quadrat, mitten im Industriegebiet.

Ich kannte viele Geschichten über das Viertel, schon bevor ich herzog. Mein Onkel hat die richtig wilden Zeiten des Hawaii noch miterlebt, in den Achtzigern und Neunzigern, als man vor lauter Spritzen und Gangs und Müll und Drogenleichen kaum durch die Straßen gehen konnte. So hat er mir das erzählt. Er wurde dann bei ein paar krummen Dingern erwischt und abgeschoben. Das Hawaii ist nicht mehr so gefährlich wie zu seinen Zeiten, aber ab und zu muss man schon aufpassen, dass man nicht an den Falschen gerät. Wenn man sich ein bisschen auskennt, weiß man, wem man lieber aus dem Weg gehen sollte. Und wer sich nicht auskennt, kommt gar nicht erst her.

Meine Eltern wollten eigentlich auch nicht hierher. Davor lebten wir in einem der vielen Dörfer, die es um Heilbronn herum gibt. Im ganzen Ort gab es außer uns nur zwei andere türkische Familien, aber wir kamen gut zurecht. Dann meldete der Vermieter Eigenbedarf an und wir mussten raus. Auf die Schnelle fand mein Vater nur im Hawaii was Neues.

Als es so weit war, standen wir im Flur versammelt, mein Vater, meine Mutter und ich. Der Umzugswagen war fertig bepackt, die Wohnung leergeräumt, die vielen Bekannten und Nachbarn, die uns geholfen hatten, warteten vor dem Haus darauf, sich von uns zu verabschieden.

Mein Vater musterte meine Mutter und mich mit einem letzten Blick. Ich hielt ihm stand, aber bei meiner Mutter zitterte die Unterlippe. Also machte mein Vater ihr klar, dass es nicht in Frage kam, vor den Leuten zu weinen. Eine einzige Träne von ihr würde ihn für immer als Versager dastehen lassen. Dann riss er die Tür auf und ging voraus. Meine Mutter folgte ihm und blieb stark, dafür weinte ich los wie ein Schlosshund. Ich war ja noch klein.

Inzwischen lief ich mitten auf der Straße, ohne es richtig zu merken. Beides änderte sich, als mich von hinten ein Lkw-Fahrer halb bewusstlos hupte. Nachdem ich zur Seite gesprungen war, bog der Laster nach rechts ab in den Innenhof vom türkischen Supermarkt. Ich ging nach links auf den Gehweg.

Vor der griechischen Kirche war alles ruhig wie immer. An der großen Moschee gleich nebenan war wieder Rambazamba.

Die Leute standen Schlange fürs Freitagsgebet. Es waren so viele, dass drei Reihen von der breiten Eingangstür über die kurze Treppe bis hin zur Straße reichten. Die paar Autos, die langsam vorbeifuhren, mussten einen Bogen um die Wartenden machen. Zwischen ihnen hüpfte ein Mann in einer orangen Ordnerweste hin und her. Er gab Anweisungen in alle Richtungen und zeigte nebenbei den Autofahrern, wie sie am besten um die Leute herumkamen.

Ich kam näher und schaute, ob ich jemanden erkannte, aber nein. Fast nur alte Männer mit weißen Gebetsmützen und Audianer in grauen Latzhosen. Egal, wo du in Heilbronn stehst, du siehst immer das Kraftwerk, einen Weinberg oder jemanden in einer Audi-Latzhose. Der Spruch ist nicht von mir, den hab ich meinem Nachbarn Rainer geklaut, aber er stimmt.

Zwei Reihen hatte ich schon hinter mir, dann wurde ich vom Ordner gestoppt. »Die Reihe führt in den oberen Stock«, sagte er. »Dort ist alles voll. Stell dich hier an.« Mit einer schnellen Handbewegung sorgte er für eine Lücke in der mittleren Reihe und schob mich rein. Da stand ich also und machte von da an alle paar Sekunden einen halben Schritt nach vorne.

Im engen Vorraum herrschte ein unglaubliches Gedränge und Geschiebe. Die Schuhregale an der Wand waren überfüllt. Also zog ich meine Schuhe aus und legte sie in den schmalen Spalt zwischen Teppich und Tür. Dann kam ich in den großen Hauptraum. Der grüne Teppichboden fühlte sich schön weich an, aber ich war irgendwie nervös. Im großen Saal, wo eigentlich nur die Alten beteten, war ich sonst nie, ich ging immer direkt in den zweiten oder dritten Stock, wie alle in meinem Alter.

Ganz vorne saß der Hoca und sprach in ein Mikrofon, das vor ihm aufgebaut war. Die ersten drei Reihen waren für die Ältesten reserviert. Dahinter kam der Rest, alle im Schneidersitz oder auf den Knien. Ich wählte auch den Schneidersitz. Das Hinknien ist auf Dauer zu anstrengend, das macht mein Fuß nicht mehr mit. Der Hoca erzählte gerade eine Reisegeschichte vom Propheten. Weil er mittendrin war, konnte ich nicht ganz folgen. Aber ich kriegte schon mit, welche Stellen wichtig waren, weil dann seine Stimme lauter wurde und sich fast überschlug, und wenn er die wichtige Stelle beendet hatte, legte er immer eine kurze Pause ein. Am Ende sagte er, dass heute der Nachwuchs die Chance bekommen sollte, das Gebet zu leiten. Ganz vorne stand ein Junge auf, den ich bis dahin nicht sehen konnte. Vielleicht vierzehn Jahre alt. Er hatte eine Gebetsmütze auf, wie die Alten. Der Hoca tätschelte ihm den Kopf.

»Bevor es losgeht«, sagte der Hoca ins Mikrofon, »hat noch jeder die Möglichkeit, der Moschee und der Gemeinde mit einer kleinen Spende zu helfen.«

Vier Männer gingen durch die Reihen. Jeder von ihnen mit einer durchsichtigen Tüte, die sie den Leuten mit beiden Händen hinhielten. Ich zog meinen Geldbeutel aus der Tasche. Er war ziemlich prall gefüllt, weil ich immer noch einige Münzen aus meiner Zeit in der Türkei drin hatte. Kaufen konnte ich mir nichts davon, aber dicke Geldbeutel sehen besser aus.

Im Scheinfach hielten nur noch ein paar letzte Zehner und Zwanziger die Stellung. Als einer der Spendensammler bei mir ankam, wollte ich einen Zwanziger herausziehen, und da passierte es. Dahinter steckten nämlich die falschen Scheine, die man mir im Stripschuppen in die Hand gedrückt hatte. Auf jedem von ihnen war eine nackte Frau und in Rosa der Schriftzug *Eroticon* zu sehen. Wie in Zeitlupe sanken die Dinger zu Boden. Ein Schein landete genau auf dem Fuß des Spendensammlers. Er zog ihn sofort weg. Ich schob alles schnell zusammen und schaute dabei nur auf den Boden, weil ich gar nicht wissen wollte, wie viele das gerade mitbekamen. Als ich die Scheine wieder im Geldbeutel versteckt hatte, warf ich den Zwanziger in die Tüte. Der Mann ging weiter, ohne mich anzusehen. Kurz darauf trat der Junge ans Mikrofon. Alle wurden leise. Er schloss die Augen und betete auf Arabisch los. Helle Stimme wie ein Engel, noch weit vom Stimmbruch entfernt. Ich war irgendwie stolz auf ihn, wie er da so sicher stand und alle auf sein Kommando hörten.

Wir stellten uns in Reihen auf und legten die Hände auf dem Bauch zusammen, die rechte auf der linken. Dann beugten wir uns nach vorne und stützten uns auf den Oberschenkeln ab. Danach wieder aufrichten, die Hände diesmal aber nicht auf dem Bauch zusammenlegen, sondern an den Seiten runterhängen lassen. Das sind die kleinen Fallen, die einen übel blamieren können, wenn man durcheinanderkommt. Als ich klein war, schleppte mich mein Vater jeden Sonntagmorgen in den Kinderkurs. Die ganzen arabischen Sachen, die uns damals beigebracht wurden, weiß ich nicht mehr, aber die Bewegungen beim Beten und ihre Reihenfolge kann ich noch einigermaßen.

Wir waren jetzt auf den Knien. Der Junge betete, wir warteten. Er machte eine Pause. Wir ließen uns nach vorne fallen, legten die Stirn und beide Hände auf den Boden. Links und rechts hörte ich geflüsterte Gebete auf Arabisch. In dieser

Position seid ihr Gott so nah, wie man ihm nur nah sein kann, hatte der Gebetslehrer uns damals gesagt. Zum Abschluss grüßten wir nach rechts und nach links. Dann war die Sache durch und wir standen auf. Wer sich kannte, gab sich die Hand und drückte die Wangen aneinander.

Ich ging nach draußen.

5

Vorne bei den Hyänen bog ich nach links ab. Auf der Bahnstrecke, die parallel zur Straße verläuft, kam mir ein Zug entgegen und wurde immer lauter. Er war länger als das ganze Viertel. Die Waggons bestanden aus rötlichem Metall und sahen alt aus. Auf jedem von ihnen standen fünf oder sechs nagelneue Autos in allen möglichen Farben. Die Züge kommen vom Audi-Werk und fahren hier jeden Tag vorbei. Wie immer blieb ich automatisch stehen und sah den Karren beim Vorbeifahren zu. Vielleicht fällt ja doch irgendwann mal hinten einer ab.

Das Haus, in dem meine Eltern wohnen, sieht aus wie alle anderen im Viertel: vier Etagen, an den Außenwänden mehr TV-Satelliten als Fenster. Ohne Türksat geht hier gar nix.

Auf dem Rasen im Innenhof kickten zwei Jungs einen Ball hin und her. Ein Mädchen hing kopfüber an der Wäschestange und kommentierte jeden Pass. Vor dem Nachbarhaus saßen zwei alte Frauen mit Kopftüchern an einem Holztisch im Schatten. Sie bereiteten Essen zu, Börek oder so was. Ich nickte ihnen im Vorbeigehen zu und lächelte ein bisschen, weil ich sie vom Sehen kannte. So wie sie zurücknickten, kannten sie mich höchstens vom Hörensagen.

Bevor ich reinging, drehte ich mich noch mal um, weil die dumpfen Ballgeräusche aufgehört hatten. Die Jungs standen nebeneinander und starrten mich an. Der rechte war etwas kleiner und hielt den Ball in der Hand. Das Mädchen hing immer noch kopfüber und starrte auch.

»Was ist los?«, fragte ich auf Türkisch.

Sie rührten sich nicht, bis der rechte dem linken etwas ins Ohr flüsterte.

»Er fragt, ob du Kemal, der Fußballer, bist.«

»Ja.«

Der linke legte eine Hand auf die Schulter des rechten. »Er will auch Fußballer werden.«

»Sehr schön.«

Der rechte flüsterte wieder.

»Sein Baba sagt, er soll bloß nicht so werden wie du.«

»Okay, gut zu wissen.«

Er flüsterte weiter.

»Sein Baba sagt, dass du voll gut warst.«

»Stimmt.«

»Und dass du dann aber Drogen genommen hast.«

»Stimmt nicht.«

»Und dass du Bier getrunken hast, jeden Tag.«

»Nein.«

»Und dass du einen Autounfall gebaut hast.«

»Das stimmt.«

Der rechte flüsterte immer weiter, aber ich hatte genug gehört und ging weiter.

»Er fragt, ob er einmal mit dir abchecken darf.«

Ich drehte mich um.

»Klar darf er.«

Ich ging runter auf ein Knie, der rechte rannte ganz eilig auf mich zu, klatschte mit mir ab und rannte wieder zurück.

Meine Eltern wohnen im zweiten Stock. Ich lief nach oben, blieb aber eine Weile im Treppenhaus stehen. Einen Schlüssel für die Wohnung besaß ich zwar, hatte ihn aber nicht dabei. Beim Gedanken, anklopfen oder klingeln zu müssen, fühlte ich mich irgendwie komisch. Je länger ich dort herumstand, umso komischer fühlte es sich an. Also setzte ich mich auf die Treppe, die nach oben führte.

Wenig später ging die Tür auf. Meine Mutter hatte die Arbeitsschuhe meines Vaters in der Hand und beugte sich zum kleinen Holzschrank neben der Tür. Sie bemerkte mich erst, als ich aufstand, und ein Ruck ging durch ihren ganzen Körper. Ich glaube, sie sprang sogar ein, zwei Zentimeter hoch. Sie stellte die Schuhe auf dem Schrank ab und umarmte mich lange. Wir gingen durch den Flur zum Wohnzimmer.

Auf dem großen Esstisch lag das ganze Zeug, das sie noch für die Reise verpacken musste: Kleidung, Pralinen, ein paar Flaschen Rakı, wie immer sehr viele Packungen Knorr-Suppe für meinen Onkel. Auf denen besteht er immer, sie erinnern ihn an seine alten Tage hier. Neben dem Tisch waren vier Stühle aufgestellt, auf denen zwei geöffnete Koffer lagen.

Ich trat ein, blieb aber stehen. Als sie mein Zögern bemerkte, deutete meine Mutter mit einer Hand zum hinteren Teil des Wohnzimmers. Ich setzte mich an das kürzere Ende des Ecksofas. Auf der längeren Seite, hin zur Balkontür und den zwei großen Fenstern, lag mein Vater und schlief.

Meine Mutter stellte mir ein paar Fragen, ich antwortete, dann umgekehrt. Sie wäre viel lieber geflogen, aber mein Vater hatte darauf bestanden, diesmal mit dem Auto in die Türkei zu fahren.

Während wir sprachen, griff sie sich einen bunten Karton vom Tisch. Irgendein Gerät war drin, ein Glätteisen vielleicht oder ein Föhn, auf jeden Fall ein Geschenk für jemanden. Sie versuchte, etwas auf der Rückseite des Kartons zu lesen, und um es besser sehen zu können, drehte sie sich zum Fenster und zog den Rollladen hoch. Dann las sie weiter, und vom einfallenden Sonnenlicht strahlte ihr blondes Haar so sehr, dass es fast weiß aussah.

Die Haarfarbe meiner Mutter bringt die Leute immer ganz durcheinander. Ihre Vorfahren stammen aus Bosnien und sind vor hundert Jahren oder so in die Türkei ausgewandert, nach Izmir. Mein Vater hat sie dort im Urlaub kennengelernt, geheiratet und mit nach Deutschland genommen. Bosnisch spricht sie nicht, Deutsch auch kaum, nur gebrochen. Das alles muss man immer ganz genau erklären. Eine blonde Türkin, da fallen die Leute aus allen Wolken. Bei meinem Vater fragt keiner nach, der hat dichte schwarze Haare und ist eher der dunkle Typ. Er sagt oft so halb im Spaß, dass meine Mutter eigentlich zu hübsch für ihn ist. Manchmal, wenn Besuch da ist und er ein, zwei Gläser getrunken hat, nimmt er meine Mutter in den Arm und sagt: »Schaut, wie schön und besonders meine Frau ist. Und jetzt schaut mich an«, an der Stelle legt er beide Hände auf die Brust, schließt die Augen und legt eine Pause ein, für die Lacher aus dem Publikum. »Ich bin nicht schön und nicht besonders, aber ich habe sie für mich gewonnen, und das reicht mir.« Dann lachen und klatschen alle, er gibt ihr einen Kuss auf die Wange, und sie macht aus Höflichkeit mit, obwohl sie es gar nicht mag, wenn sie so im Mittelpunkt steht.

Ich bin ein Zwischending aus den beiden. Meine Haare sind braun, meine Haut eher hell. Ich bin dünn wie meine Mutter und schüchtern wie sie, hab aber auch so Phasen, in denen ich laut und gesprächig werde wie mein Vater.

Weil meine Mutter und ich nun mal so aussehen, wird in unserer Gegend ab und zu behauptet, dass wir gar keine richtige türkische Familie sind. Ins Gesicht sagt uns das keiner, aber hintenrum bekommen wir es manchmal mit.

In meiner Kindheit gab es mal Stress auf dem Bolzplatz, ich weiß nicht mehr, warum genau. Auf jeden Fall war ein Mehmet dabei, der Kleinste und Lauteste unter uns. Er schrie immer beim Reden und hielt Ansprachen, in denen er erklärte, warum das türkische Militär das beste der Welt ist, wie wir bald die Russen und die Amerikaner auslöschen, um zur absoluten Weltmacht aufzusteigen, und so weiter. Der hat schon richtig gute Filme geschoben damals. Aus dem wäre sicher ein guter Kriegsminister oder so was geworden. Vielleicht ist er das auch inzwischen, ich hab ihn ewig nicht mehr gesehen.

Und dieser Mehmet regte sich damals so sehr auf, dass er über den ganzen Platz schrie: »Ihr seid nicht mal Türken!« Irgendjemand fragte, wen er meinte, und er schrie noch mal: »Kemal mein ich, seine Mutter und ihn. Keine Türken!«

Ich behielt das erst mal für mich, aber ich konnte einige Nächte lang kaum mehr schlafen deswegen. Also fragte ich meinen Vater, ob wir jetzt richtige Türken waren oder nicht. Als er die Story dazu hörte, stürmte er sofort aus dem Haus. Meine Mutter rannte hinterher, ich musste im Haus bleiben. Es gab dann ein Riesentheater, jeder im Viertel bekam es mit. Mein Vater zog Mehmets Vater aus dem kahve und sie gingen aufeinander los. Über den Ausgang des Kampfes erzählt bis heute jeder was anderes. Mein Vater sagt, er hat gewonnen.

Im Fernsehen kamen gerade Nachrichten, der Ton war ausgeschaltet. Direkt vor dem Gerät stand die kleine Deko-Katze in Schwarz-Weiß. Sie streckte ihre rechte Pfote in die Höhe, und je mehr Sonnenlicht sie abbekam, umso heftiger winkte sie einem zu. Weil der Fernsehtisch ziemlich niedrig war, bekam sie genug Licht ab, obwohl die Rollläden an den Fenstern hinter dem Sofa bis zur Hälfte heruntergelassen waren. Sie winkte wie verrückt. Neben dem gedämpften Kindergeschrei vom Hof war ihr Winken das Einzige, was man hörte: Klick-Klack-Klick-Klack.

Meine Mutter ging zu meinem Vater und rüttelte kurz an seiner Schulter. »Dein Sohn ist da.«

Mein Vater riss die Augen auf und machte ein leises Geräusch, das sich wie eine erschrockene Frage anhörte.

Er verrenkte fast seinen Hals, um mich zu sehen. Ich zwinkerte ihm zu. Dann legte er eine Hand auf seine Stirn, sagte meinen Namen und zog ihn ewig in die Länge, mit bestimmt acht A.

Ganz langsam richtete er sich auf und setzte sich hin. Er blinzelte zum Fernseher, dann blickte er auf seine Hände, die er auf dem Bauch verschränkt hatte. Mein Vater hat richtige Arbeiterhände, klein und massiv, mit dicken Fingern. Jeden Tag fährt er über die Autobahn zur Mercedes-Fabrik in Stuttgart und wieder zurück, schon sein halbes Leben lang. Wenn wir draußen einen Benz sehen, streckt er mir oft seine Hände entgegen, spreizt seine Finger und sagt: Diese Hände haben daran mitgebaut, vergiss das nie. Und wenn wir einen Audi sehen, spuckt er trocken aus.

Als sich seine Augen an das Licht gewöhnt hatten, ging es los.

»Also, Kemal. Du weißt ja, dass wir heute in die Türkei fahren.« Er schaute beim Sprechen nicht zu mir, sondern wieder zum Fernseher. »Davor muss ich noch etwas Wichtiges mit dir besprechen.«

Oh nein.

»Wie geht es jetzt weiter mit dir, mein Sohn? So langsam musst du dir was überlegen. Wir haben alle genug getrauert, vorbei ist vorbei. Ich will wissen, wie es weitergeht.«

»Baba, bitte nicht das Thema wieder. Das hatten wir doch alles schon.«

Jetzt sah er zu mir.

»Warum klingt deine Stimme so verkratzt? Rauchst du etwa?«

»Mein Sohn raucht nicht«, sagte meine Mutter, die immer noch die Sachen zusammenlegte und in die Koffer packte.

»Nein, bin nur etwas erkältet.«

»Bei der Hitze?«

»Ja schon. Man sagt zwar Erkältung, aber in Wahrheit fängt sich der Körper einen Virus ein, hat also nichts mit Kälte zu tun. Hab letztens eine YouTube-Doku darüber gesehen.«

»Was du meinst, ist die Grippe.«

»Kann sein. Eigentlich hab ich nur Halsschmerzen. Egal.«

»Soll ich dir einen Tee machen?«, fragte meine Mutter. Ich schüttelte den Kopf.

»Also.« Mein Vater änderte seine Sitzposition. Der Fernseher war jetzt hinter seinem Rücken, er sah mich direkt an, zwischen uns nur ein Meter Abstand. »Was willst du machen?«

»Mir wird schon was einfallen. Ich brauch Zeit.«

»Wie viel noch? Du gehst auf die fünfundzwanzig zu.«

Klassiker. »Ich bin einundzwanzig.«

»Du musst doch irgendwas wollen. Ein Ziel haben. Fällt dir gar nichts ein?«

Die Nachrichten waren vorbei, jetzt lief eine Doku über Arbeiter auf einem Riesenschiff in Alaska oder so.

»Ich könnte auf einem Schiff arbeiten. Vielleicht auf einem Containerschiff. Kreuzfahrtschiff geht auch. Arbeiten und über den Atlantik fahren, dann wieder zurück. Das wär mein Ding.«

»Und was weißt du über Schiffe?«

»Ich? Gar nix.«

Er klatschte in die Hände und rief meiner Mutter zu: »Siehst du, das mein ich!« Sie musste sich konzentrieren, damit sie nicht laut loslachte, ich sah es ihr genau an.

»Deine Mutter und ich, wir wollen, dass du aus diesem Loch wieder herauskommst, und wir wollen dir dabei helfen. Ich hatte dir doch versprochen, dass ich bei Mercedes mal nachfrage wegen einer Ausbildung. Ich hab mit einigen Leuten gesprochen, aber im Moment sieht es schlecht aus.«

»Schade.« Gott sei Dank.

»Macht nichts. Du kennst doch Tayfun Göcek, oder?«

»Nein.«

Er erzählte mir die Erfolgsgeschichte von diesem Tayfun: Früher einfacher Arbeiter, machte sich selbstständig, jetzt erfolgreicher Geschäftsmann. Sein Unternehmen gehört zu den besten seiner Branche, er fährt dicke Autos, hat massig Kohle und so weiter.

»Ich habe dir ein Vorstellungsgespräch bei ihm besorgt.«

Ich sah zu meiner Mutter, sie hielt den Kopf schräg und zuckte mit den Schultern. Mein Vater schaute uns beide nacheinander gespannt an und wartete auf den ersten Jubelschrei.

»Ich kenne ihn über ein paar Ecken. Er hat sich deine Geschichte angehört und will dich kennenlernen. Ausbildung geht klar, sagt er. Büro oder was Praktisches, wie du willst.«

»Was für eine Firma überhaupt?«

»Eine Leihfirma. Für Gebäudereinigung.«

Die Katze winkte und winkte. Ich stand auf, ging zu ihr hin und hielt ihre Pfote fest. Sie musste von vorne anfangen. Dann setzte ich mich wieder hin.

»Das geht nicht, Baba.«

»Warum nicht?«

»Ich hab gerade gar keine Zeit für so was.«

»Was machst du denn? Fußball ist vorbei, Schule machst du auch nicht. Soweit ich weiß, hängst du jeden Tag irgendwo ab oder schaust Fußballvideos. Oder nicht?«

»Zurzeit eher Dokus.«

»Kannst du mich mal ernst nehmen, mein Sohn? Oder bin ich ein Clown für dich?«

»Ja, Baba. Nein, Baba.«

Man kann schon seine Späße machen mit ihm, aber halt nicht immer.

»Was hab ich denn mit Gebäudereinigung zu tun?«

»Es ist mehr als Reinigung. Das ist nur ihr Spezialgebiet. Die vermitteln Jobs. Meistens für Ausländer, die sonst nichts finden würden. Mit der Putzarbeit direkt hast du nichts zu tun, das habe ich schon abgeklärt. Du kommst ins Büro.«

»Ich will nicht ins Büro«, sagte ich. »Ich werd schon etwas

finden, aber doch nicht so, über irgendwelche Beziehungen. Vielleicht geh ich sowieso wieder weg aus Heilbronn. Danke trotzdem.«

Er rutschte noch ein Stück näher zu mir. »Jeder muss irgendwo dazugehören, Kemal. Hörst du, jeder! Du hattest deinen Fußball, deine Mannschaft, aber das ist jetzt vorbei. Warum gehe ich jeden Tag arbeiten, warum sitze ich jeden Tag mit meinen Kollegen beim Mittagessen in der Kantine? Warum bin ich jedes Wochenende im kahve und spiele Karten? Glaubst du, das sind alles meine Freunde? Die Hälfte von denen ist für nichts zu gebrauchen. Aber sie sind in der gleichen Situation wie ich, sie wohnen hier im Viertel, sie haben die gleichen Probleme und Sorgen. Man tauscht sich aus und redet, und wenn was ist, dann hilft man sich. Du kannst nicht immer alle auf Abstand halten. In der Türkei gibt es ein Sprichwort ...«

Ich wusste ganz genau, was als Nächstes kam, und ich sprach es leise mit, Wort für Wort: *Wer allein bleibt, den frisst der Wolf.*

Als er fertig war, drückte ich mit den Fingerspitzen sinnlos auf meiner Stirn herum und schaute auf den Boden zwischen meinen Füßen. Ich überlegte, was zu tun war. Jetzt war der Moment gekommen für eine emotionale Verteidigungsrede, für das große Plädoyer zum Abschluss.

»Ich will das nicht machen ... Ich will echt nicht.«

Er starrte mich ein paar Sekunden lang an, dann schüttelte er den Kopf und legte sich wieder auf die Couch. Offiziell beleidigt. Er griff sich die Fernbedienung, stellte den Fernseher laut und schaltete um auf die deutschen Kanäle. Bei *Punkt 12* sagten sie, dass der letzte Mittwoch der heißeste war, der je gemessen wurde. In einem Freibad fragten sie die Leute nach ihrer Meinung dazu. Alle fanden es krass.

Als meine Mutter mit dem Packen fertig war, gab sie mir ein Zeichen, ihr in die Küche zu folgen. Wir setzten uns an den Küchentisch, der vor dem einzigen Fenster stand. Das Fenster war offen. Sie nahm die Zigarettenpackung vom Tisch und zündete sich eine an.

»Was ist aus Sina geworden? Von der hört man ja gar nichts mehr«, sagte sie.

»Die will wohl nix mehr mit mir zu tun haben. Lange Geschichte.«

»Wirklich? Was hast du angestellt? Das war ein gutes Mädchen.«

Sie wartete ab, ob ich erzählen würde, was passiert war. Aber mir war gerade nicht danach. Ich hatte ja selber ewig nichts mehr von Sina gehört. Vor einiger Zeit hatte sie sich einen Neuen angelacht, das wusste ich. Aber wer will so etwas seiner Mutter erzählen? Niemand.

Also sahen wir beide aus dem Fenster. Meine Mutter hob die Hand, um die zwei alten Frauen mit den Böreks unten zu grüßen. Sie winkten freundlich zurück.

»Du rauchst aber wirklich nicht, oder?«

»Nein.«

»Gut. Weißt du, er hat schon recht, ich will auch nicht, dass du dich jetzt gehenlässt. Man darf nicht auseinanderfallen, wenn etwas Schlechtes passiert. Du warst in letzter Zeit fast nie hier.«

»Ja, ich weiß. War viel unterwegs.«

»Hast du Geld?«

»Ja.«

»Wie viel?«

»Genug, mach dir keine Sorgen.«

»Was ist mit dem Geld vom Fußball? Bekommst du das noch?«

»Ist unsicher. Mein Agent kümmert sich darum.«

»Was hast du noch mit dem zu tun?«

»Er soll nur das Geld besorgen, das mir der Verein noch schuldet. Außerdem hört er sich um, ob vielleicht doch noch jemand Interesse an mir hat.«

»Du weißt doch, was die Ärzte gesagt haben. Ich will, dass sich dieser Agent in Zukunft von dir fernhält. Wenn der dir damals nicht eingeredet hätte, die Schule abzubrechen, wäre das alles nicht passiert.«

Dann ging es wieder um die Reise. Sie nahmen nicht so viele Geschenke mit wie sonst, sagte sie. Normalerweise spart mein Vater vorher immer ein paar tausend Euro zusammen, um dann vor der Verwandtschaft den wohlhabenden Europäer spielen und mit Geld und Geschenken um sich werfen zu können. Diesmal hatte das mit dem Sparen aber nicht so geklappt, meinte sie. Sie wusste auch nicht, wofür mein Vater seine Kohle verjubelt hatte, aber ich sollte ihn am besten nicht darauf ansprechen.

Ich ging zum Kühlschrank, nahm eine Flasche Multivitaminsaft heraus und fragte meine Mutter, ob sie auch ein Glas wollte. Sie sagte nein, ich ging zurück an den Tisch und schenkte mir ein.

»Noch mal zum Thema von vorhin«, sagte sie. »Kannst du es nicht vielleicht doch machen?«

»Mama, nein. Nicht du auch noch.«

»Dass du hingehst, heißt ja nicht, dass du dort arbeiten

musst. Er will nur, dass du es dir mal anhörst. Wenn du gesehen hättest, wie glücklich er war, dass er das hinbekommen hat.«

Ich trank den kalten Saft auf ex.

»Alles schön und gut. Aber ich werd das schon schaffen. Alleine.«

»Machen wir es so: Du gehst hin und sprichst mit diesem Mann. Wenn es nichts für dich ist, dann sorge ich dafür, dass dich dein Vater in Ruhe lässt. Du hast gesehen, wie enttäuscht er gerade war. Und ich darf mir das dann die ganze Fahrt lang anhören. Du weißt, wie lange er beleidigt sein kann.«

Ich atmete durch, dachte nach und sagte dann: »Verdammt noch mal.«

Sie kam um den Tisch herum und küsste mich auf die Wange, dann gingen wir ins Wohnzimmer zur Verkündung.

»Er will es machen.«

Mein Vater setzte sich aufrecht hin und betrachtete uns. Wir standen nebeneinander, sie hatte ihren Arm um meine Schultern gelegt. Er lächelte, drehte seinen Kopf zur Seite, als würde jemand neben ihm sitzen und zuhören, und sagte: »Ich könnte dem Jungen ein Haus und ein Auto anbieten, und er würde es erst annehmen, wenn seine Mutter es ihm schöngeredet hat.«

»Jetzt aber noch mal für alle: Ich gehe hin, aber das heißt nicht, dass ich den Job mache. Ich verspreche also nichts. Nicht, dass es dann Stress gibt.«

»Gibt keinen Stress. Du tust das Richtige, mein Sohn«, sagte mein Vater.

Dann zu meiner Mutter: »Wir müssen jetzt los.«

Wir gingen durch alle Zimmer und ließen die restlichen Rollläden herunter. Die Katze winkte schon wieder. Das Auto stand vorne an der Straße, wir mussten also einige Male hin- und herlaufen, bis alles im Kofferraum war. Ein paar Jungs aus der Nachbarschaft halfen uns beim Schleppen. Mein Vater blieb immer wieder stehen, weil er von allen Seiten angesprochen wurde. Fahrt ihr echt mit dem Auto, wie lange bleibt ihr, ihr habt es gut, grüßt die Heimat, und so weiter.

Inzwischen hatte sich draußen eine größere Gruppe von Leuten versammelt. Meine Mutter nahm ein paar letzte Umarmungen entgegen. Mein Vater telefonierte gerade und winkte mich zu sich. Wir standen an der niedrigen Hecke, die das Viertel vom Bahngleis trennt. Er deutete mit der freien Hand auf das Handy und sagte lautlos: »Tayfun.« Während des Gesprächs hielt er immer wieder das Mikrofon zu und berichtete mir den aktuellen Stand, alte Gewohnheit von ihm.

»Er freut sich auf dich.«

»Okay.«

»Er fragt, ob du heute kommen kannst, am besten gleich.«

»Jetzt? Können wir es nicht wann anders machen, irgendwann morgens? Ich will bei der Hitze nicht im Anzug herumlaufen. Ich hab eh nur einen Anzug, und der ist dreckig von gestern.«

»Er sagt, es ist egal, was du anhast. Es sollte aber am besten noch heute sein, ab morgen ist er für längere Zeit im Ausland.«

»Na gut.«

»Er will wissen, wo er dich abholen lassen soll. Er schickt einen Fahrer. Nur hierhin geht es nicht, sagt er.«

»Sag am Wollhaus.«

»Wann soll der Fahrer dort sein?«

»Halbe Stunde.«

Das Date stand. Meine Eltern umarmten mich nacheinander und stiegen in den silbernen Benz. Aus der Menge rief ihnen jemand hinterher, dass Gott sie während der Reise beschützen soll. Bevor sie losfuhren, tauchte eine der zwei alten Frauen aus dem Hof auf. Sie hatte einen großen Eimer dabei, und man sah ihr an, dass ihr das Tragen schwerfiel. Ein Mann rannte zu ihr und wollte helfen, aber sie lehnte ab und schleppte das Ding weiter, bis sie genau hinter dem Wagen stand. Dann stellte sie den Eimer ab, richtete ihr Kopftuch, wischte sich den Schweiß von der Stirn und gab meinem Vater ein Zeichen.

Er fuhr langsam los und hupte ein paarmal. Sie winkten beide aus ihren Fenstern. Die alte Frau hob den Eimer hoch und leerte das Wasser direkt hinter dem Auto auf den Asphalt. So macht man das, wenn jemand eine lange Reise antritt, aber ich weiß nicht, warum. Alle liefen noch ein paar Schritte in die Richtung, in die meine Eltern gefahren waren. Am Ende der Straße bog der Wagen nach rechts ab, und sie waren weg.

6

In der Mannschaftskabine in Gaziantep durfte sich nicht jeder hinsetzen, wo er wollte. Es gab eine klare Anordnung mit drei Gruppen. Im vorderen Teil der Kabine saßen die Einheimischen, hinten saßen die Ausländer und dazwischen wir, die wir von beidem etwas hatten. Sie nannten uns almancı, weil die meisten von uns aus Deutschland kamen. Wenn man einmal durch die Kabine lief, konnte man genau mithören, wie sich fließendes Türkisch zuerst in eine Mischung aus Deutsch und gebrochenem Türkisch und schließlich in Englisch und Spanisch verwandelte.

Wenn kein Spiel oder Training anstand, saß ich meistens zu Hause und schaute Filme oder zockte Fifa. Wenn ich doch mal rausging, dann immer mit den anderen almancıs aus der Kabine.

Einer von ihnen hieß Ersin, kam aus Münster und war mein Sitznachbar in der Kabine. Ich kam eigentlich ganz gut mit ihm aus, er war ein lustiger Typ. Erst mit der Zeit merkte ich, warum er neben mir saß. Halt deine Freunde nah bei dir, aber deine Feinde noch näher. Auf dem Film war der. Wir spielten nämlich auf der gleichen Position, und wir waren ungefähr gleich gut.

Ich hab mich da nie so reingesteigert. Aber Ersin hatte diesen Tick, in allem immer der Beste sein zu wollen. Wenn wir zum Beispiel ein Mannschaftsessen hatten, legte er es darauf an, dass er als Erster seinen Teller leer hatte. Dann lehnte er sich langsam und stolz zurück und erwartete, dass jeder ihn dafür bewunderte. Und weil ich sein direkter Konkurrent war, wollte er sich mit mir besonders oft messen, in allem.

Von den anderen bekam ich mal mit, dass er sie ausgefragt hatte, um rauszukriegen, ob ich mehr verdiente als er. Wenn er in der Stammelf war und ich nicht, tröstete er mich und machte einen auf bester Freund. Wenn ich aber spielte und er auf der Bank saß, sprach er kein Wort mit mir. Einmal hat er mich im Training getunnelt und das entscheidende Tor geschossen. Danach gingen wir mit der halben Mannschaft ins Kino und er laberte mich die ganze Zeit damit dicht. Beim Popcornholen, auf dem Weg zu unseren Plätzen, während der Werbung, wenn im Film eine leise Stelle kam. Und als wir alle danach auf den

Parkplatz gingen, fing er auch noch mit unseren Autos an: Dein Jaguar hat gegen meinen Porsche keine Chance, lass uns ein Rennen machen. Traust dich nicht, sags ruhig, ist doch nicht schlimm, versteh ich ja, auf dem Platz keine Chance, auf der Straße keine Chance, ist auch nicht einfach.

Die anderen machten mit. Irgendwann wurde es mir zu dumm und ich sagte: Alles klar, du Fisch, komm, ich stopf dir kurz das Maul. Wir sind dann aus der Stadt rausgefahren, die liegt an der Grenze zu Syrien, und in der Nähe der Grenze gibt es so eine verlassene Straße, wo öfter mal solche Rennen gemacht werden.

Die Strecke ging zwei, drei Kilometer, immer geradeaus. Am Anfang waren wir beide gleichauf. Nach ungefähr eineinhalb Kilometern zog ich an ihm vorbei. Er blieb aber dran. Ich schaute wohl zu oft in den Rückspiegel, denn ein paar hundert Meter vor dem Ziel fing mein Wagen an, hin und her zu schleudern, ich verlor die Kontrolle und kam von der Straße ab. Der Jaguar prallte gegen eine kleine Mauer und drehte sich mehrmals, ich wollte schreien, konnte aber irgendwie nicht, also schloss ich nur die Augen und hielt mich am Lenkrad fest, so fest ich konnte, und irgendwann blieb der Wagen endlich stehen. Wie sie mich rausgeholt und ins Krankenhaus gebracht haben, weiß ich nicht mehr.

Das alles hat hier niemand mitbekommen, und in der Türkei auch nur wenige. Der Präsident des Vereins hat das geregelt. Vor dem hat jeder in Gaziantep sehr viel Respekt. Immer wenn er in die Kabine kam, mussten wir alle sofort aufstehen. Ein Balljunge hat einmal lebenslänglich Stadionverbot bekommen, weil er ihm die Hand nur geschüttelt und nicht geküsst hat. Der Polizist, der als Erster an der Unfallstelle war, sagte dem Präsidenten gleich Bescheid, und der sorgte irgendwie dafür, dass es nicht an die Öffentlichkeit kam.

Nach dem Unfall wurde ich gleich operiert. Am nächsten Tag kam mich die ganze Mannschaft im Krankenhaus besuchen. Ersin war auch dabei, musste aber draußen bleiben. Ich wollte ihn nicht sehen. Meine Eltern saßen neben meinem Bett. Mein Vater sagte: Lass ihn rein, red mit ihm, du kannst ihm nicht die Schuld geben. Er hatte recht. Aber ich ließ ihn trotzdem nicht rein.

Die Ärzte sagten, dass mein linker Fuß demoliert war, dass ich das Laufen neu lernen musste und vergessen sollte, wieder richtig Fußball spielen zu können. Sobald ich wieder halbwegs fit war, kam ich zurück nach Deutschland und versuchte noch mal mein Glück, ging von einem Arzt zum anderen. Aber sie sagten alle das Gleiche.

Irgendwann hab ich es eingesehen. Den Jaguar aber, den musste ich wieder auf die Straße bekommen. In alter Stärke, in neuem Glanz. Das hatte ich mir geschworen.

7

Ich stand direkt vorm Wollhaus und wartete auf Tayfuns Fahrer. Das Wollhaus kennt in Heilbronn jeder. Der Name täuscht aber. Es ist kein Haus, sondern eher eine steinfarbene Landschaft, zusammengesetzt aus ein paar breiten, kantigen Etagen, auf denen ein riesiger Turm platziert ist, der eher wie ein Kasten aussieht. Beton, wohin man schaut. Beton, der irgendwann mal hellgrau war, jetzt aber von so komischen Flecken überzogen ist, die aussehen wie schwarze Augen. Früher war das Wollhaus noch eine ganz große Nummer. Hier sah ich zum ersten Mal in meinem Leben eine Rolltreppe und war davon übertrieben fasziniert. Ich fuhr sie auf und ab, während meine Mutter sich im Kaufhof Kleider anschaute. Wenn sie fertig war, musste sie bei der Rolltreppe lauern und mich abfangen, damit wir gehen konnten. Einmal fand sie mich aber nicht gleich und fuhr selber auf und ab, um mich zu suchen. Weil sie dabei ein paar Kleider dabeihatte, die sie noch nicht bezahlt hatte, tauchten zwei Männer auf und nahmen uns mit.

Wir landeten in einem Verhörzimmer. Die Männer drohten meiner Mutter mit einer Anzeige. Sie fing an zu weinen, weil sie kein Deutsch sprach und nicht erklären konnte, dass sie gar nicht vorgehabt hatte, die Kleider zu klauen. Ich bekam keinen Ton heraus. Vielleicht konnte ich damals auch kein Deutsch, ich weiß nicht mehr. Jedenfalls hielten sie uns ewig in dem Zimmer fest, dann ließen sie uns doch gehen. Seitdem bin ich mit allen Kaufhausdetektiven verfeindet, für immer. Ein Kemal Arslan vergisst nie.

Den Kaufhof gibt es seit Jahren nicht mehr. Dafür gibt es jetzt ein paar Billigläden, Casinos und einen Sexshop. Freiwillig geht da aber kaum jemand mehr rein. Ich hab gehört, dass das Wollhaus demnächst abgerissen werden könnte. Oder renoviert, keine Ahnung. So lange steht es halt noch verlassen herum, riesig, alt und grau, mitten in der Stadt, wie ein totes Herz.

Tayfuns Fahrer war nirgends zu sehen. Es juckte mich auch null, ob der kam oder nicht. Es gab nämlich noch einen anderen Grund, warum ich hier war. Auf der anderen Seite der Riesenkreuzung steht die Zentrale der Sparkasse. Dort arbeitete Sina. Ich hatte gute Sicht auf das Gebäude, nur die vielen vorbeifahrenden Autos störten etwas. Am Eingang gab es drei Sitzbänke, im Schatten einiger Bäume. Dort durften die Mitarbeiter offiziell gar nicht ihre Pausen verbringen, aber Sina machte es trotzdem, weil sie dadurch schon mal weniger Zeit im Gebäude absitzen musste. Sie hasste ihren Job und wollte eigentlich nach der Ausbildung was anderes machen. Jetzt war sie mit der Ausbildung fertig und immer noch unzufrieden, ihr fiel aber kein Beruf ein, der ihr besser gefallen würde.

Neben der Sparkasse stand das hohe Gebäude des *Heilbronner Kurier*, an dem eine riesige Anzeigetafel angebracht war. In einer Ecke war die Uhrzeit eingeblendet: 13 Uhr 58. Gleich hatte Sina Mittagspause. Bis dahin lenkte ich mich mit den Nachrichten und der Werbung ab, die im Wechsel auf der Anzeigetafel zu sehen waren.

Eilmeldung: Freibad vorübergehend wegen technischer Störung geschlossen – Bademeister »vor den Kopf gestoßen«

Mies, da wollte ich am Wochenende eigentlich hin.

Spielothek am Bahnhof – Alle Staatsprüfungen bestanden! Verantwortungsbewusstes Glücksspiel – Zum Schutze der Jugend

Verlogene Bastarde.

Volksfest: Heilbronner Astronaut am Samstagabend zur Fragestunde auf der Bühne – »Freue mich!«

Oh, da musste ich hin. Ich bin ein Riesenfan vom Astronauten. Er kommt aus Heibronn und fliegt ständig ins All und so, ich hab alle Interviews mit ihm auf YouTube gesehen.

Dinkelacker-Schwaben Bräu – Seit über 125 Jahren von ganzem Herzen hier

Immer muss alles schön von hier sein, darauf fahren die Leute ab.

14 Uhr, es war so weit. Ich nahm meinen Blick nicht vom

Eingang der Bank. Sie kam nicht. Nicht um zwei, nicht um fünf nach zwei, auch nicht um Viertel nach zwei. Sie kam einfach nicht.

Meine Füße taten weh. Ich ging auf den Vorplatz und setzte mich auf einen der überdachten Sitzplätze zwischen dem Wollhaus und den Bushaltestellen. Wahrscheinlich war es Sina zu heiß draußen. Oder sie hatte mich doch gesehen und war drinnen geblieben. Sie hat Augen wie ein Adler. Das wäre schlimm. Wenn dir jemand aus dem Weg geht, ist das immer schlimm. Aber wenn es jemand tut, der früher mal jede Sekunde mit dir verbringen wollte, ist es besonders schlimm.

Ein schwarzer Audi fuhr auf den Vorplatz und hielt direkt vor mir an. Der Fahrer hob einen Finger hoch, so halb in meine Richtung und nur für eine Sekunde, als würden wir uns seit zwanzig Jahren so begrüßen. Ich stieg ein. Er war ein paar Jahre älter als ich und hatte ein weiß-blau kariertes Hemd an. Seine blonden Haare waren schräg nach hinten gekämmt. Er war ziemlich braun, aber es sah nicht gerade nach seiner natürlichen Hautfarbe aus.

»So, hi! Bin der Moritz, freut mich sehr.«

»Kemal.« Wir gaben uns die Hand, dann fuhr er los.

8

Wir standen vor einer Warenannahme, an der schon lange keine Waren mehr angenommen wurden. Das sah man gleich. Der Boden um das Gebäude bestand aus Kies, Gras und Schmutz. An der Wand gab es kaum einen Quadratmeter ohne Flecken oder Risse. Man konnte gerade noch so erkennen, dass sie irgendwann mal grün gestrichen worden war. Die Eingangstür befand sich auf gleicher Höhe mit den vielen Laderampen. Anstatt die seitliche Treppe zu nehmen, sprang Moritz hoch und landete direkt auf dem Gitterboden vor der Tür. Im Auto war mir gar nicht aufgefallen, wie groß und breit er war. Nach seinem Sprung drehte er sich um und sah stolz zu mir herunter. Eine Aufforderung zum Duell.

Es reizte mich zu springen, aber ich traute meinem Fuß nicht. Du weißt nie, wann der Schmerz kommt. Das ist das Problem. Manchmal laufe ich stundenlang herum und spüre gar nichts. Und manchmal reicht eine falsche Bewegung, und alles geht von vorne los. So wird das ab jetzt immer sein, hat mir der Arzt nach der letzten OP gesagt. Er erklärte mir, dass in meinem Sprunggelenk ein paar Knorpelstücke herausgebrochen waren und dass mein Körper diese Stücke nicht nachbilden kann. Deshalb reiben jetzt immer zwei Knochen aneinander, die sich eigentlich nicht berühren dürfen. Rennen ist problematisch, Springen sowieso. Wenn ich es doch versuche und in die Knie gehe, erkennt mein Gehirn gleich die Gefahr und sagt meinem Körper: Lassen wir das lieber.

Also ließen wir es. Glückwunsch Moritz, die Runde geht an dich. Ich nehme die Treppe, kein Problem.

Innen war das Gebäude ganz anders, als ich es erwartet hatte, viel moderner und heller. Die weißen Seitenwände und die Stahldecke waren so hoch wie bei einer Sporthalle. Nur dass unten kein Spielfeld war, sondern unzählige Tischreihen, die in der Mitte durch einen langen schmalen Gang unterbrochen wurden.

Moritz hatte schon ein paar Meter Vorsprung. Ich lief ihm hinterher. An jedem Tisch saß ein Mitarbeiter mit dem Rücken zum Eingang. Die meisten von ihnen waren Männer, ab und zu sah ich auch mal eine Frau. Ich hörte Stimmen und Tastaturen aus allen Richtungen und fragte mich, wie hier überhaupt jemand das Wort des anderen verstand.

Ganz am Ende des Gangs sah ich vier dicke hohe Säulen aus Stahl, auf denen ein weißer Container stand, in mindestens fünf Metern Höhe. Zwischen den zwei Stahlsäulen auf der rechten Seite führte eine enge Wendeltreppe nach oben. Als wir oben ankamen, öffnete Moritz die Tür und ging rein. Ich zog sie hinter mir zu und brachte damit alle Geräusche von draußen zum Verstummen. An der Decke summte ein Riesenventilator leise vor sich hin, sonst war nichts zu hören. Am Ventilator hingen unterhalb der Flügel fünf Lampen, die gemeinsam einen Kreis bildeten. Lampen, was sag ich da. Sonnen waren das. Fünf kleine Sonnen, die so sehr um die Wette strahlten, dass ich nur ihre Umrisse sah. Das konnte was werden.

Tayfun stand breitbeinig in der Mitte des Raums und telefonierte übertrieben laut. Die eine Hand am Handy, die andere an der Gürtelschnalle. Er war nicht groß, etwas kleiner als ich, aber ich sah an seinen Schultern, an seinem Nacken und an den Oberarmen, dass er durchtrainiert war. Seine schwarzen Haare glänzten von Gel oder von Haarspray, obwohl sie eigentlich zu kurz waren, um irgendwas mit ihnen zu machen. Seine Koteletten waren zu dünnen Strichen rasiert, die Augenbrauen gezupft. Das dunkelblaue Lacoste-Poloshirt hatte er in die kurze hellbraune Hose gesteckt, am Handgelenk trug er eine silberne Uhr. Dazu dunkelbraune Segelschuhe. Er nahm die Hand vom Gürtel und zeigte auf den Sitzbereich neben mir, der aus zwei Ledersofas, einem Glastisch und einem Sessel bestand, in dem

Moritz saß. Vor dem Fenster mit Blick in die Halle stand eine weiße Löwenstatue, ungefähr einen Meter hoch.

Ich setzte mich auf das Sofa an der Wand.

»… mein lieber Alfred, weil du es bist, gebe ich euch noch Zeit bis Montag. Bis dahin muss aber etwas passieren! Alle Sicherheitsleute in der Stadt streiken am Wochenende, das weißt du doch. Und ihr bekommt es nicht hin, eine längst bestellte Alarmanlage anzubringen! Ich hätte mir ja auch woanders Hilfe suchen können, du verstehst schon. Aber dann heißt es wieder: Seht her, der Türke lässt sich von irgendwelchen Banden beschützen, und dann ist ruckzuck die Polizei da. Bei den feinen Herren der Stadt tun sie aber nichts. Schwamm drüber! Ich bin ab heute Nacht im Ausland, meine Leute werden mich dort auf dem Laufenden halten. Wenn sich bis Montag nichts tut, ziehe ich den Auftrag zurück und wir sehen uns vor Gericht. Das wäre doch schade! Du weißt, ich hab dich echt gern. Bis dann, liebe Grüße an die Familie. Ja … dir auch. Tschüss!«

Tayfun ging zum Schreibtisch, schob den Chefsessel zur Seite und tippte im Stehen irgendwas in die Tastatur seines Laptops. Genau über ihm zog eine dicke Fliege ihre Kreise. Die Augen auf den Laptop gerichtet, sagte er vor sich hin: »Der Mann macht mich noch wahnsinnig …«

Moritz grinste. Tayfun klappte den Laptop zu und kam zu uns.

»Kemal, da bist du ja! Herzlich willkommen, mein Freund. Tayfun.«

Sein Handschlag war übertrieben fest. Solche Leute sind mir gleich suspekt. Man will sie nur begrüßen und braucht danach fast einen Gips. Er nahm direkt gegenüber von mir Platz und sah mir konzentriert ins Gesicht. Die Ellenbogen auf die Knie gestützt, das Kinn auf den verschränkten Händen.

»Du willst also mit mir zusammenarbeiten!«

Er rief das so aus, dass ich nicht erkennen konnte, ob es eine Frage oder Feststellung war. Ich fragte erst mal auf Türkisch, ob ich ihn mit Tayfun abi ansprechen sollte, weil er ja bestimmt zehn Jahre älter war als ich.

»Quatsch, musst du nicht. Und lass uns lieber Deutsch reden. Ich weiß schon so einiges über dich. Dein Vater war zweimal hier. Saß genau da, wo du jetzt sitzt. Guter Mann! Er hat mir gesagt, dass ich für dich so etwas wie ein Vorbild bin.«

»Dass der aber auch nie etwas für sich behalten kann.«

Die Fliege landete auf meinem Unterarm. Ich wollte sie fangen, aber sie war schneller.

»Dann mal los!«, rief Tayfun, klatschte in die Hände und rieb sie aneinander. »Erste Frage: Kannst du mir sagen, wer diese drei Männer dort sind?«

Er zeigte mit einem Daumen nach hinten, ohne den Blick von mir zu nehmen. An der Wand hinter seinem Schreibtisch hingen drei eingerahmte Bilder in einer Reihe. Jedes zeigte einen Mann in schwarz-weißer Großaufnahme. Ich richtete mich etwas auf und sah sie mir nacheinander an.

»Nein, kenne keinen von denen.«

»Okay, das ist schon mal schlecht. Sehr schlecht!« Moritz grinste schon wieder. Er schnaufte dabei einmal kurz und laut, damit auch jeder sein Grinsen mitbekam. »Wisst ihr was? Wer diese Männer nicht kennt – nicht mal einen davon! –, den kann ich hier nicht gebrauchen.« Er stand auf, ging zum Schreibtisch, setzte sich auf seinen Chefsessel und zog den Laptop zu sich. »War schön, dich kennengelernt zu haben, Kemal. Da ist die Tür. Ich muss jetzt weitermachen.«

Kann man nichts machen. Ich stand auf und machte mich auf den Weg zur Tür.

»Halt!«

Ich drehte mich um und sah, wie Tayfun den Laptop wegschob und aufsprang. Er kam zu mir, lachte sich einen ab und zog mich am Arm zurück zu den Sofas.

»Spaß! War doch nur Spaß.«

Als wir uns wieder setzten, lachten Tayfun und Moritz immer noch. Ich lachte halt mal mit. Dazu wackelte ich sogar mit dem Zeigefinger in seine Richtung: Da hast du mich aber erwischt, du Teufelskerl.

»Kleiner Eisbrecher! Es heißt ja immer, der Tayfun ist so ein verbissener Typ, aber der Spaß darf bei mir nie zu kurz kommen. Moritz, sag uns doch mal die Namen der drei Herren.«

Moritz zählte sie auf, ohne hinzusehen: »Walt Disney, Gründer der Walt Disney Company. Jeff Bezos, Gründer von Amazon. Und Richard Branson, Gründer der Virgin Group.«

»Und was haben sie gemeinsam?«

»Es handelt sich um drei Milliardäre.«

»Danke. Das sind meine Vorbilder, Kemal. Wer einer von den Großen werden will, muss große Vorbilder haben. Deshalb ist es für mich so eine Ehre, dass ich für dich ein Vorbild bin. Und weißt du was? Auch ich bewundere dich, denn du hast es zum Profi-Fußballer gebracht. Das war früher mein großer Traum.«

Tayfun erzählte mir seine ganze Laufbahn, mit vollem Körpereinsatz. Er ist einer von denen, die dir etwas erzählen, aber dabei gar nicht so richtig mit dir reden. Es ist mehr eine

Performance, die du miterleben darfst. An wichtigen Stellen schlug er mit der rechten Hand einen unsichtbaren Hammer (»Und dann sagte mein Vater zu mir: Geh-da-raus und zeig-es-denen!«). Er stellte oft Fragen, nur um sie dann selbst zu beantworten (»War ich nervös? Klar. Hatte ich Angst? Niemals!«). Bei ganz wichtigen Wörtern betonte er jede einzelne Silbe (»Der Trainer ging zu meinem Vater und sagte nur ein Wort: Me-ga-ta-lent!«). Manchmal schrie er drei Sätze am Stück und flüsterte den vierten. Oder umgekehrt. Er klatschte immer wieder in die Hände, kratzte sich am Kinn, winkte ab, schlug auf den Tisch. Und da war er noch nicht mal mit seinem ersten Training als Fünfjähriger durch.

Moritz hörte ganz begeistert zu, als hätte er sich schon den ganzen Tag darauf gefreut. Er war wie ein lächelnder Roboter, darauf programmiert, sich jederzeit seinem Chef zuzuwenden und auf die nächste Anweisung zu warten. Nach einer Viertelstunde wusste ich Bescheid: Von Tayfuns Fünferpack in einem E-Jugend-Spiel über die Scouts aller Bundesliga-Vereine, die ihn unbedingt haben wollten, bis zur Knieverletzung, die alles beendete.

Er wartete auf eine Reaktion von mir, aber mir war gerade nicht danach, über Fußball zu reden. Ich höre solche Storys jeden zweiten Tag. Bei uns in Heilbronn laufen mindestens dreihundert Typen herum, die heute alle mit Fußball ihr Geld verdienen würden, wenn nicht die schlimme Verletzung/das wilde Nachtleben/der rassistische Trainer dazwischengekommen wären. Und mir erzählen sie besonders gerne davon. Ich glaube, sie wollen mir damit sagen: Du bist nix Besonderes, wir waren genauso knapp davor wie du. Aber bei mir stimmt es wenigstens, ihr Vögel.

Ich wechselte das Thema.

»Ist das eine Rolex?«

Er nahm sie ab und reichte sie mir rüber. »Baujahr 1976, zehntausend Euro. Vielleicht auch mehr, habs vergessen. Ich bin nicht so der Uhrenliebhaber, habe aber daheim eine Sammlung. Die hier habe ich auf einer geheimen Messe in Zürich gefunden. Um dort reinzukommen, musst du erst mal nachweisen, dass du mindestens zehntausend im Monat verdienst. Und die Verkäufer müssen alle Zertifikate vorlegen, um Fälschungen zu vermeiden. Da gehen an einem Tag mehrere Millionen über den Tisch. Millionen!«

Ich sah sie mir von allen Seiten an. Das Armband war silbern, das Glas hatte einen schwarzen Rand, die runde Fläche unter den Zeigern war weiß. Auf der weißen Fläche gab es noch drei kleine schwarze Kreise. Über dem mittleren Kreis stand in roten Buchstaben *Daytona*. Das war es eigentlich schon, aber irgendetwas hatte diese Uhr an sich. Ich hab ein gutes Auge für besondere Menschen und Dinge. Und bei der Uhr war ich mir sicher.

»Wahnsinnsteil, oder?«

»Oh ja.«

»Definitiv«, sagte Moritz. Ich gab Tayfun die Uhr zurück, ohne es richtig zu wollen.

»So was kannst du dir jeden Monat leisten, wenn du mit mir arbeitest. Locker! Als mir dein Vater deine Situation geschildert hat, habe ich ihm die Hand gegeben und gesagt: Weißt du was? Ich gebe deinem Sohn die Chance seines Lebens. Das mache ich nicht bei jedem! Weißt du, wie viele Anfragen ich von Leuten bekomme, die in meiner Firma arbeiten wollen? Jeden Tag! Hallo Tayfun, mein Sohn sucht eine Ausbildung, bitte hilf uns. Tayfun abi, ich will heiraten und brauche einen Job. Tayfun, wenn du mich in deine Firma nimmst, dann tue ich dies für dich und das für dich …«

Die Fliege war wieder in der Gegend und landete auf Tayfuns Schulter, er merkte es aber nicht. Sie lief ein paarmal hin und her, dann flog sie wieder davon.

»Meinem Onkel war es auch wichtig, dass ich mich um dich kümmere. Dein Vater und er sind seit Ewigkeiten befreundet. Du kennst ihn bestimmt, Osman heißt er.«

»Osman amca, klar. Hab ihn gestern Abend erst getroffen, auf einer Hochzeit.«

»Ha! Das glaub ich dir, der Mann liebt Hochzeiten. Einen trinken und alle vollquatschen, dafür lebt er. Den kriegst du auch nicht aus Hawaii raus. Sobald ich genug Geld hatte, habe ich jeden meiner Verwandten dort rausgeholt. Aber er sagt immer nur: Geh mir weg mit deinen Häusern und Wohnungen, ich bleib hier.«

Die Fliege landete auf dem Tisch. Moritz griff sich den *Kurier*, der auf dem Tisch lag, rollte ihn zusammen und sagte leise: »Das haben wir gleich.« Die Fliege blieb mit dem Rücken zu ihm stehen und ahnte nichts von der Lebensgefahr. Moritz holte aus, aber Tayfun rief »Halt!«. Die Fliege kam wieder davon.

»Nicht auf dem Tisch. Ich esse hier. Weißt du doch. Warte, bis sie auf dem Boden oder sonst wo ist.«

Moritz stand auf, ging zum Fenster und blieb neben der Löwenstatue stehen. Von dort aus beobachtete er die Fliege, die es wieder in Richtung Ventilator zog.

»Was macht ihr hier eigentlich genau?«, fragte ich Tayfun. »Und was wäre meine Aufgabe?«

»So, genau«, sagte Tayfun und verschränkte die Arme. »Wir führen hier eine Personalagentur, und wenn du bei uns anfängst, dann bist du ein Personaldienstleister. Wir vermitteln Arbeit. Zeitarbeit, Leiharbeit, nenn es, wie du willst. Aber lass mich ganz vorne anfangen: Ich war früher Bandarbeiter bei Audi, direkt nach der Hauptschule angefangen, wie fast alle anderen aus meiner Klasse. Das hat mich fast depressiv gemacht, nur arbeiten, nix denken, wie eine Maschine, Tag für Tag. Dann habe ich gesagt: Wisst ihr was? Ich bin raus! Ich wollte mein eigener Chef sein. Jetzt oder nie! Das war vor fünf Jahren …«

Während Tayfun redete, rutschte Moritz hinter dem Sofa auf den Knien, die Zeitung immer noch in der Hand. Sein Grinsen war verschwunden. Er nahm das mit der Fliege wirklich ernst.

»Ich habe mich dann schlau gemacht, welche Entwicklungen es damals in der Wirtschaft gab, und gesehen, dass in Deutschland immer mehr Leiharbeiter gesucht und eingestellt wurden. Ich wusste, dass das zunehmen wird. Also habe ich ein kleines Büro gemietet, bin bei allen möglichen Unternehmen vorbeigegangen und habe ihnen gesagt: Passt auf, ihr sucht Arbeitskräfte, schnell und billig, und dafür bin ich euer Mann. Ich kenne jeden in der Stadt, jeder kennt mich. Ich werde euch die passenden Leute finden, ihr werdet sie einstellen, alle profitieren. Das nennt man Win-Win-Win! Was gibt es Besseres?«

Moritz schlug zu. Er wartete kurz ab, ob jemand reagierte, dann sagte er stolz: »Eindringling eliminiert!«

Tayfun drehte sich nach hinten, aber nur so weit, dass er nicht zu Moritz sah, sondern gerade noch an ihm vorbei. Dann redete er weiter.

»Vor zwei Jahren habe ich dieses Gebäude übernommen und den Innenbereich komplett renovieren lassen. Heute sind wir in den Top 3 der Zeitarbeitsbranche in Heilbronn, und bald werden wir die Nummer eins sein.«

Moritz hatte ein Tempo aus der Hosentasche gezogen und die Fliege vom Boden geputzt. Er ging gerade um den Schreibtisch, als Tayfun sich umdrehte und ihn anschrie: »Nicht in meinen Mülleimer! Ich möchte keine toten Insekten in meiner Nähe haben.« Moritz ging raus, und während mir Tayfun weiter von seinem Geschäft vorschwärmte, kam er ohne Zeitung und ohne Tempo wieder zurück. Er nahm Platz wie ein frischgebackener Preisträger, der sein erstes großes Interview geben soll.

»Hast du noch Fragen?«, fragte mich Tayfun.

»Ja. Stimmt es, dass ihr vor allem Putzjobs vermittelt? Und was …«

»Nein. Wir vermitteln auch Lagerarbeit, Verpackungsarbeit, Bandarbeit, Montage, alles Mögliche. Aber Gebäudereinigung ist unser wichtigster Bereich, ja.«

»Okay.«

»Wie findest du das?«

Mein Unterarm begann zu jucken, genau an der Stelle, auf der die Fliege gelandet war. Ich kratzte kurz und sagte dann: »Eher mies, um ehrlich zu sein.«

Tayfun kniff die Augen zusammen und griff sich mit einer Hand ans Kinn. »Wie meinst du das? Mies? Was ist mies?«

Zum ersten Mal, seit wir im Büro waren, wendete Moritz seinen Blick ganz von Tayfun ab und richtete ihn auf mich.

»Geld damit zu verdienen, dass andere putzen gehen. Nichts gegen deine Firma, aber das ist eine persönliche Sache bei mir. Meine Mutter war mal Putzfrau, da war ich noch in der Schule. Sie ging einmal die Woche bei einer Familie putzen. Ich hab die alle gehasst, den Mann und die Frau, obwohl das ganz nette Leute waren und gutes Geld gezahlt haben. Ihre verwöhnten Kinder sowieso und sogar den Hund, weil meine Mutter immer seine Haare vom Boden kehren musste. Eins von den Kindern hat sie oft dumm angemacht, wenn sie gerade das Bad sauber machte und er warten musste. Sie hat das mal so nebenbei erzählt. Danach bin ich drei Tage lang immer nach der Schule vor das Haus gegangen und hab gewartet. Hab ihn dort aber nie erwischt.«

»Und dann?«

Meine Geschichte war schon zu Ende. Tayfun war aber so gespannt, dass ich mir schnell eine Fortsetzung ausdenken musste. »Ja, und dann … hab ich erst mal herausgefunden, auf welche Schule er ging, und bin direkt hin. Da hab ich ihn endlich gefunden. Er lief gerade eine kleine Treppe auf dem Schulhof hinunter. Die Treppe hatte nur ein paar Stufen. Sieben Stück … oder waren es acht? Acht waren es, genau … Als er unten ankam, nahm ich oben Anlauf. Er war gerade zwei Schritte von der Treppe weg, da landete ich mit meinem Fuß genau in seinem Rücken. Richtiger Kung-Fu-Kick.«

»Nein! Mit vollem Anlauf?«

»Mit vollem Anlauf.«

»Hatte er einen Schulranzen auf?«

»Ja, aber nur so seitlich über die Schulter gelegt. Hab ihn voll erwischt.«

»Wow! So einer bist du! Und dann?«

»Er hat geheult und wusste gar nicht, wer ich war und warum ich es getan hatte. Hab ich ihm auch nicht gesagt. Wahrscheinlich weiß er es bis heute nicht. Er rannte weg, und ich lief nach Hause.«

»Würdest du es wieder tun?«

»Auf jeden Fall.«

Tayfun schlug auf den Tisch, sprang auf und rief: »Das ist es! Genau das! So etwas suche ich!« Er lief um das Sofa herum und blieb mitten im Raum stehen. »Moritz, hast du das gehört? Das ist noch echter Stolz. Türkischer Stolz! Weißt du was, Kemal? Ich verstehe zu hundert Prozent, wie du dich gefühlt hast. Mir ging es genauso! Meine Mutter ging früher auch putzen, noch so eine Gemeinsamkeit von uns. Das wird ja langsam unheimlich! Und ich weiß genau, was du jetzt denkst: Der Tayfun steht hier und will mir erzählen, wie schlimm es für ihn war, dass seine Mutter putzen gehen musste, und jetzt schickt er andere türkische Frauen zum Putzen. Hab ich recht?«

Ich wollte etwas sagen, aber er hob eine Hand in meine Richtung und redete weiter: »Nein, warte! Lass mich ausreden. Wenn du Tayfun oder Kemal heißt und dich hier selbstständig machen willst, hast du nicht viele Optionen. Was gibt es da schon? Entweder du verkaufst Döner oder Gemüse, Handys oder Autos. Oder du vermittelst eben Arbeit wie ich. Damit helfe ich wenigstens anderen Menschen! Aber ich kann nicht jedem Bewerber einen Traumjob besorgen. Ich kann die Welt nicht ändern – noch nicht!«

Er lief jetzt durch den Raum, immer hin und her, wie an einer Linie entlang. Und dabei rief er jeden Satz geradeaus, als würde er eine Rede einüben.

»Und natürlich werden die meisten dieser Jobs von Migranten gemacht, weil ihre Qualifikation meistens nicht für mehr ausreicht. Wenn ich zu den Firmen gehe und sage: Hier hab ich euch eine türkische Hausfrau mitgebracht, sie kann kein Deutsch und hat keine Ausbildung, gebt ihr doch mal eine leitende Position, seid so gut. Was machen die? Die lachen mich aus! Also muss ich Arbeit finden, die sie auch ausführen kann. Aber keine Sorge, ich werde nicht mein Leben lang Putzjobs vermitteln. Wenn die wüssten! Bald kommt mein großer Angriff! Dann lasse ich hier ein neues, gigantisches Gebäude bauen, das es so in Heilbronn noch nie gegeben hat. Ich werde die noch alle in den Schatten stellen, Lidl Midl, Audi Maudi, die können bald alle einpacken. Ich habe Ideen, ich habe Mut und ich habe keine Angst. Du müsstest gerade dein Gesicht sehen, Kemal! Du denkst, ich bin verrückt! Stimmts?«

Das kam ungefähr hin, ja. Aber ich durfte wieder nichts sagen.

»Damit bist du nicht alleine, mein Freund! In Heilbronn denken das viele von mir. Die meisten hassen mich sogar! Ich habe es von unten nach oben geschafft, verdiene viel Geld und habe ein großes Mundwerk. Mit so einem kommen die Leute nicht klar. Wie viele Morddrohungen waren es in diesem Quartal, Moritz? Geh lieber nicht allein auf die Straße, Türke, wir kriegen dich! – Merk dir schon mal, wie diese Kugel aussieht, du Kanake – bald wirst du abgeknallt! Ich les das, lach drüber und schmeiß es weg. Dann kommen noch meine Landsleute dazu, von denen sind viele auch nicht besser. Die einen schreiben mir, dass ich ein linker Terrorist und Vaterlandsverräter bin, die anderen nennen mich einen rechten Faschisten und wollen mich in die Luft jagen. Sie tragen ihren Krieg auf meinem Rücken aus, verstehst du? Irgendwann habe ich mir gesagt: Scheiß drauf! Ich zieh mein eigenes Ding durch. Ich gehöre zu niemandem. Letztens war eine Journalistin da, die einen großen Artikel über mich bringen will. Moritz, von wem kam die noch mal – *Spiegel, Stern*?«

»Neckarnews24.de.«

Tayfun warf ihm einen bösen Blick zu.

»Was auch immer, die war ganz fasziniert. Hat mich eine Woche lang begleitet. Ich habe ihr nur eine Bedingung gestellt, und zwar, dass ich den Titel selbst aussuchen darf: *Der Mann zwischen den Fronten*. Oder vielleicht so: *Tayfun Göcek – Jagt ihn, oder er jagt euch!* Das ist auch gut. Schreib den mal auf, Moritz. Den darf ich nicht vergessen.«

Tayfun setzte sich wieder und sah dabei zu, wie Moritz alles brav in sein Handy tippte. Dann deutete er mit einem Daumen auf ihn und sagte zu mir: »Bester Assistent, den ich je hatte. Mein Mann für alles. Er macht gute Arbeit, und wenn es sein muss, kann er auch mal zupacken. So jemanden brauche ich an meiner Seite. Schau ihn dir mal an, ein Tier! Komm, spann mal an.«

Moritz spannte an.

»Das sind Oberarme, das sind Muskeln!«

Tayfun stand auf und ging zu seinem Schreibtisch. Er nahm den Laptop und klappte auf dem Weg zurück zum Sofa den Bildschirm hoch. Dann setzte er sich wieder zu uns und stellte ihn auf den Glastisch.

»Ich sollte dann mal zurück an die Arbeit«, sagte Moritz und stand auf.

»Das wollte ich hören.«

Tayfun tippte etwas ein. »Jetzt sieh dir das mal an, Kemal. Welches nehmen wir … Hier, genau, das mit dem Elefantenbaby. Das ist gut.« Er drehte den Laptop zu mir, kam um den

Tisch herum und setzte sich neben mich. Ein YouTube-Video ging gerade los.

Eine Elefantenherde macht Trinkpause. In ihrer Nähe lauert ein Löwe im Gras, aber das sehen die trinkenden Elefanten nicht. Der Löwe springt hoch und sprintet auf die Herde zu. Alle rennen davon. Ein kleiner Elefant braucht zu lange, der Löwe springt auf seinen Rücken. Der kleine Elefant wankt durch die Gegend. Der Löwe beißt sich im Genick fest, bis er umfällt. Die anderen Elefanten sehen alle aus sicherer Entfernung zu.

»Ein Biss und fertig. Siehst du, keine Gnade!«

Der kleine Elefant zappelt noch etwas, dann gibt er auf. Da rutschte es mir heraus: »Oh Mann. Das arme Ding.«

Tayfun und ich sahen uns an, als hätte einer von uns den anderen gerade bei etwas Verbotenem erwischt.

»Armes Ding? Nein! Einfach nein! Das musst du dir ganz schnell abgewöhnen. Sonst wird das nichts! Die Starken und Cleveren fressen die Schwachen und Dummen, das ist das Gesetz der Natur. Das gilt für alle, mein Freund! Du musst ein Jäger sein, sonst hast du keine Chance. Glaubst du, sie lassen Ja-Sager nach oben? Willst du so einer sein? Dann musst du in die Fabrik und jeden Tag am Band stehen. Ich wollte das nicht, und schau, was aus mir geworden ist. Aber an deiner Geschichte mit dem Jungen, der deine Mutter dumm angemacht hat, habe ich schon gesehen, was in dir steckt. Ein Kemal, der sich nichts gefallen lässt, von niemandem. Du musst ihn nur wecken. Das kriegen wir hin! So, weiter.«

Es folgten weitere Videos. Immer der gleiche Ablauf: Elefanten, Zebras oder Büffel chillen irgendwo oder joggen durch die Gegend, ein Löwe taucht auf und macht Stress. Am Ende ist die Beute tot und Tayfun happy.

»Also, Kemal, was meinst du? Ich würde dich gerne einstellen. Und ich verspreche dir: Mit dem Thema Gebäudereinigung wirst du nichts zu tun haben. Daran siehst du schon, was für einen Eindruck du auf mich gemacht hast. Über das Finanzielle reden wir noch, aber du wirst mit einem guten Gehalt anfangen, das im Normalfall sehr schnell steigen wird. Du kriegst eine Woche Zeit, dann teilst du mir deine Entscheidung mit. Mein Angebot steht.«

»Alles klar.«

Er nahm die Rolex von seinem Handgelenk und reichte sie mir. »Gehört ab jetzt dir.«

»Echt?«

»Klar. Ich habe doch genau gesehen, wie verliebt du sie angesehen hast. Freust du dich?«

»Sehr sogar, vielen Dank.«

Tayfun half mir dabei, die Uhr anzulegen. Wir standen auf. Er umfasste mit beiden Händen meine rechte Hand, sah mir in die Augen und sagte: »Hat mich sehr gefreut, Kemal.«

Als er zurück zu seinem Schreibtisch ging, richtete er seinen Zeigefinger auf mich und sagte: »Denk dran: Ich zähl auf dich. Bis bald!«

9

Sina hat blonde Haare und grüne Augen. Und sie hat Anmut.

Dieses Wort hatte ich immer im Kopf, wenn ich beobachtete, wie sie ging, sich bewegte, schlief, aß, trank, gähnte. Dabei wusste ich damals noch nicht einmal, was Anmut überhaupt bedeutet. Ich hab das Wort dann gegoogelt und mir die Beschreibung im Duden durchgelesen, und da wusste ich: Das ist es, so ist sie.

Wenn sie einen noch nicht so richtig kennt, ist sie erst mal ziemlich kühl und distanziert. Aber wenn sie dir mal vertraut, dann hält sie zu dir, in jeder Situation. Mich hat mal eine Frau vorm Edeka einen Dreckskanaken genannt, weil ich ihr den letzten freien Parkplatz weggenommen hatte. Ich machte mir nix daraus und lief weiter zum Eingang. Aber Sina ist fast durchgedreht. Sie hat sich dem Wagen der Frau in den Weg gestellt, ist ans Fahrerfenster gegangen und hat dafür gesorgt, dass die Frau ausstieg und sich bei mir entschuldigte. Während sie das tat, stand Sina daneben und sah die Frau mit ganz kleinen Augen und spitzem Mund an.

Wir lernten uns in einem Eiscafé kennen. Sie hatte da einen Ferienjob als Verkäuferin. Ich bestellte ein Spaghettieis, und weil sie noch nicht wusste, wie man das zubereitet, übernahm ein Kollege für sie, und wir unterhielten uns kurz. Ich weiß nicht mehr, was ich gesagt habe, aber ich schaffte es, sie zum Lächeln zu bringen. Ich wusste irgendwie gleich, dass sie nicht bei jedem lächelt. In den Tagen und Wochen danach schaute ich immer wieder mal bei ihr an der Theke vorbei, und wenn sie Feierabend hatte, gingen wir ab und zu eine Runde spazieren. Am Ende des Sommers fragte ich sie, ob wir ein Team werden sollten, sie und ich, und von da an waren wir eins.

Als ich in die Türkei ging, versprachen wir uns, zusammenzuhalten, egal wie groß die Distanz war. Sie kam mich ein paarmal besuchen und an den meisten freien Wochenenden kam ich zurück nach Heilbronn. Das Problem war nur, dass wir Spieler von Gaziantepspor dort wie Heilige behandelt wurden. Als ich mal mit meinen Mitspielern in ein Restaurant kam, hob ein Mann plötzlich vor mir beide Hände zum Himmel, fiel auf die Knie und küsste mir den Fuß. Sie mussten ihn von mir wegschaffen, weil er mich nicht mehr loslassen wollte. Und das nur, weil ich am Tag davor bei einem Pokalspiel in Bursa ein Tor gemacht hatte. Polizisten hielten uns für Autogramme an, auf den Straßen konnten wir keine zwei Schritte gehen, ohne ein Selfie machen zu müssen, und wenn wir in die Clubs gingen, standen die Frauen Schlange. Weil ich mich nie darauf einließ, dachten die anderen Jungs schon, dass ich schwul bin, und als ich ihnen sagte, dass meine Freundin in Deutschland der Grund war, lachten sie mich aus.

Ich kämpfte dagegen an, ohne Witz. Wenn mal wieder eine ankam und fragte, ob es stimmte, dass ich Profi war, redete ich mir ein, dass mir irgendwas an ihr nicht passte. Zu lange Fingernägel, die Augen nicht braun genug, die Handtasche viel zu protzig, nein danke, schönen Abend noch, in Deutschland wartet eine auf mich, die werd ich mal heiraten.

Mit der Zeit kamen mir trotzdem Zweifel. Gaziantep ist halt schon weit weg von Heilbronn, und um ehrlich zu sein, sahen die Frauen in den Clubs doch ziemlich gut aus. Ich spürte, dass es nicht mehr lange gutgehen würde, und flog nach Hause.

Ich brauchte den ganzen Tag, bis ich bereit war, es ihr zu sagen. Am Abend machten wir einen Spaziergang, liefen in den Park und um den See, und als wir bei ihr vor der Einfahrt standen, da fing ich an zu reden: Wir sind wohl zu jung zusammengekommen, wir müssen noch viel erleben, du ja genauso, ich muss ehrlich mit dir sein, anstatt hintenrum etwas abzuziehen, und so weiter. Während ich redete, senkte sie den Blick zum Boden und behielt ihn dort, die ganze Zeit, und als ich fertig war, sagte sie nur: Geh weg. Bevor ich um die Ecke war, drehte ich mich noch mal um. Sie stand genauso da, wie ich sie zurückgelassen hatte, aber jetzt sah sie mich an. Und das mit der gleichen Verachtung im Gesicht, mit der sie die Frau vorm Edeka angesehen hatte.

10

Ich lief am Neckar entlang und sah einen Mann unten am Ufer. Er trug nur eine Badehose und hatte einen Riesenbauch, während er versuchte, ans Wasser zu kommen, schrie er laut herum. Aber ein anderer Mann in Uniform stellte sich ihm in den Weg und rief etwas von Schwimmverbot.

Ich wechselte die Straßenseite, um im Schatten laufen zu können. Es roch schon wieder nach Suppe. In Heilbronn riecht es jeden Tag nach Suppe. Das war schon immer so. Die von Knorr haben hier ihr Hauptwerk. Dort entsteht dieser Geruch, der sich jeden Tag über die ganze Stadt legt.

Am Schaufenster einer Apotheke hing eine kleine digitale Tafel, die abwechselnd in roten Buchstaben die Zeit und die Temperatur anzeigte: Es war gerade 16 Uhr 13 und 41 Grad heiß. Die 41 blinkte.

Weil ich von der Tafel abgelenkt war, stolperte ich über eine eingetretene Dose. Ich nannte die Dose einen Hurensohn und kickte sie gegen die Hauswand. Von dort prallte sie ab und sprang auf die Straße. Ein Radfahrer wich so übertrieben aus, als wäre die Dose eine Handgranate. Er strauchelte und verlor fast das Gleichgewicht. Als er sich wieder gefangen hatte, schrie er irgendetwas zu mir rüber.

Ich breitete die Arme aus und rief: »Dann komm doch her!

Komm!« Aber er fuhr weiter. Früher hätte ich so was nicht getan. Aber in letzter Zeit konnte ich mich richtig über solche Kleinigkeiten aufregen. Menschen ändern sich. Also der Kern eines Menschen, der bleibt gleich, daran ist nicht zu rütteln, aber Verhalten und Denken passen sich mit der Zeit an. Bei manchen mehr, bei anderen weniger. Es hängt davon ab, was einem zustößt und wie heiß und trocken und sinnlos sich das Leben in der Stadt anfühlt, in der man lebt. Das ist zumindest meine Theorie, und ich bin ihr Beweis.

Vor der Neckarbrücke bauten sie einen Kreisverkehr um. Rot-weiße Trennwände waren so aufgestellt, dass man im Zickzack und auf wackligen Metallböden an der Baustelle vorbeikam. Arbeiter waren keine mehr da. Sie hatten aber einen Haufen aus Ampeln hinterlassen, die sie ausgerissen und aufeinandergeworfen hatten. Daneben war eine ganze Baggerfamilie aufgereiht, zwei größere, daneben drei Minibagger.

Die Stadt ist eine einzige Baustelle, ohne Witz. Alle fünfzig Meter kommt man an einer vorbei. Aber sollen sie mal machen. Sollen sie ruhig bauen. Vielleicht hören die Leute dann irgendwann auf, die Stadt hässlich zu nennen. Das machen sie nämlich gerne.

Meine Eltern hatten mal gute Freunde in Heidelberg, die öfter mit ihrem Sohn zu uns zu Besuch gekommen sind. Er war ungefähr so alt wie ich und erzählte mir ständig, wie schön und toll Heidelberg war. Also führte ich ihn in der Stadt herum und zeigte ihm, was wir hier alles haben: Neckar, Theresienwiese, Frankenstadion, Wartberg, Freibad, Allee. Krönender Abschluss: gemeinsames Rolltreppenfahren im Wollhaus. Danach nannte er Heilbronn ein Drecksloch. Als er merkte, wie sehr mich das ärgerte, fing er an, auch mich ein Drecksloch zu nennen. Hey, Drecksloch, lass uns ein Eis holen gehen, hast du Lust? Ein ganz raffinierter Kerl war das.

Neben dem Eingang des Wettbüros standen Faruk und drei Zuhörer. Faruk kommt auch aus Hawaii, aber von dem versuchte ich mich fernzuhalten. Einmal hat er Stress mit einem Fremden auf der Straße gehabt und ihm mit einer Gaspistole ein Auge blind geschossen. Der kann jederzeit austicken, so einem trau ich nicht.

Er trug das Gleiche wie immer: schwarze Jogginghose, schwarzes Shirt, Eastpak-Bauchtasche und abgewetzte Kappe. Er erzählte wieder eine seiner Heldengeschichten, in denen er selbst die Hauptrolle spielte. Es ging um eine Schlägerei vor irgendeinem Club, Faruk gegen fünf Russen. Sie waren auf ihn zugekommen wie ein Wolfsrudel. Bei dem Wort lachten alle. Zum Glück hatte er aber vorher Koks genommen und deshalb keine Angst. Er schlug einen nach dem anderen k. o., und nach dem fünften sah er ungläubig auf seine Faust und dachte sich: Alder, Faruk! Du kannschs immer noch.

Er war bereits bei der nächsten Story, aber als er mich sah, rief er: »Kemal, da bist du ja! Hast du es dir noch mal überlegt mit dem Jaguar, ob du ihn verkaufen willst? Ich muss es halt bis spätestens morgen wissen, weil wie gesagt …«

»Ja, du gehst am Sonntag in Urlaub, aber nein, hat sich nix geändert, ich will das Auto behalten und reparieren, bin gerade dabei, abzuklären, wie und wann.«

»Kein Problem, find ich gut, aber falls du es dir doch anders überlegst, dann denk an mich, okay? Stells bloß nicht ins Internet oder so, ich hab das Geld bereit, das weißt du, oder? Machen wir es so?«

»Ja. Ja, okay.«

»Geile Uhr übrigens, ist das eine Rolex? Bei dir läufts, Bruder, und dann sagen die Leute noch, bei Kemal geht nix mehr, seit er kein Fußball mehr spielt.«

Bevor ich etwas antworten konnte, rief er ganz laut: »Emre!«

Kurz darauf steckte Emre im Obergeschoss den Kopf aus dem Fenster. Faruk zeigte auf mich: »Er ist hier.«

»Alles klar«, sagte Emre, und dann zu mir: »Komm hoch, Hakan ist schon da. Warte kurz, ich mach auf.«

Bevor ich die Tür erreichte, erschien er aber wieder am Fenster. »Ah, wart mal. Kannst du ganz kurz reingehen und schauen, ob Ivan noch da ist?«

»Wer ist Ivan?«

»Ist da«, rief Faruk nach oben. »Der hat auch schon nach dir gefragt.«

»Wohnt der jetzt da drin, oder was? Komm, Kemal, ich mach auf.«

11

Begrüßt wurde ich von Hakans Schuhen, die direkt vor der Tür lagen, einer schräg auf dem anderen. Mit einem weiten Schritt stieg ich über sie hinweg. Was für Treter, Größe 48. Emre wohnte alleine, zwei Zimmer und ein kurzer Flur. Ich zog meine Schuhe aus und schob sie an die Wand. Direkt vor mir hing ein rechteckiges Bild in goldenem Rahmen, auf dem Emres Vater und Onkel zu sehen waren. Sie standen nebeneinander, Arm in Arm, und wirkten wie Zwillinge, weil sie beide einen dicken schwarzen Schnauzbart hatten und ein gestreiftes Hemd trugen. Der Onkel lachte mit weit geöffnetem Mund, der Vater schaute grimmig in die Kamera. Sie hatten die gleiche Statur wie Emre jetzt, schmal und schmächtig, mit dichten schwarzen Haaren.

»Hasch dich verlaufen, oder was?«, rief Emre aus dem Wohnzimmer. Der runde Esstisch, an dem sie saßen, stand mitten im Raum. Die Couch hatten sie bis vor den Fernseher geschoben. Ansonsten gab es keine Möbel, nur Kartons und Pakete, kreuz und quer durch den Raum verteilt, in den Ecken aufeinandergestapelt. Ich streckte beiden zur Begrüßung die Faust entgegen, sie fausteten zurück, und ich setzte mich dazu. Hakan starrte auf sein Handy. Das Sonnenlicht fiel über seine Schultern hinweg in den Raum und beleuchtete Tausende von Staubkörnern, die ganz langsam über dem Tisch schwebten.

Emre stand auf, ging ins Schlafzimmer und kam mit dem silbernen Pokerkoffer zurück.

»Wer ist Ivan?«, fragte ich.

»Ach, der. Vergiss es, ist unwichtig. Hab das schon geklärt.«

»Du schuldest ihm bestimmt Geld«, sagte Hakan.

Emre gab sich schockiert und hörte mittendrin damit auf, den Koffer aufzuklappen. »Ich soll mir Geld von Ivan geliehen haben? Ich lach mich tot, wenn ich Geld brauche, würd ich ja auch ausgerechnet zu Ivan gehen, oder? Der fährt Stapler in Teilzeit und hat fünf Kinder daheim.«

»Dann hast du ihm halt versprochen, dass du ihm irgendetwas besorgst, und er hat dir Geld dafür gegeben.«

»Das schon, ja.«

Emre fing an, die Pokerchips aus dem Koffer herauszunehmen und auf dem Tisch zu stapeln, nach Farben getrennt.

Hakan legte das Handy weg. »Und was sollst du ihm besorgen?«

»Turbolader.«

»Was soll das sein?«

»Wenn ich das wüsste. Irgendein Autoteil. Meine Aufgabe ist es nur, das Ding zu besorgen, alles andere ist mir egal. Und mein Mann mit der Werkstatt in Würzburg, der musste jetzt kurzfristig in die Türkei, bei dem ist jemand gestorben, die Tante oder so. Was ist wichtiger, die Beerdigung oder Ivan und sein Turbolader? Deshalb dauerts halt noch ein bisschen, der soll mal nicht so übertreiben. Der ist eh so einer, immer heult er gleich rum und wird aggressiv. Der kriegt seinen Turbolader, in 1-A-Qualität, und gut.« Emre hatte alle Chips gestapelt, griff sich die Karten aus dem Koffer und fing an, sie zu mischen.

»Such dir endlich einen richtigen Job und hör auf, immer solche Dinger zu drehen«, sagte Hakan. »Und dann auch noch mit solchen Typen wie Ivan. Der ist bei den Kankas mit dabei, das weißt du ganz genau. Du übertreibst es langsam. Ich kann dich nicht immer beschützen, irgendwann geht noch einer auf dich los.«

»Ich hab einen Job, ich hab hundert Jobs. Jeden Tag einen anderen. Was soll ich denn machen, wenn ständig Leute zu mir kommen und sagen: Emre, besorg mir dies, besorg mir das, Holzpaletten, Batterien, Chinaböller und was ihnen sonst noch alles einfällt. Mein Geschäft lebt von der Abwechslung, ich häng nicht jeden Tag nur so rum wie du«, dabei zeigte er auf mich, »oder steh am Band wie du. Das ist doch auch kein Leben, Jungs, ganz ehrlich.«

Er hat noch viel mehr gesagt. So ist das bei Emre. Wenn er mal loslegt, kommt man kaum hinterher. Manchmal höre ich ihm zu und will etwas sagen, aber bis ich zu Wort komme, ist er schon drei Themen weiter. Mit seiner hellen Stimme und den schnell hintereinander abgefeuerten Wörtern klingt er wie eine Nähmaschine. Hakan ist das genaue Gegenteil, der redet viel langsamer, mit tiefer Stimme. Und während Emre immer so ein leichtes Lächeln im Gesicht hat, egal über was er gerade spricht, lacht Hakan nur, wenn es gar nicht anders geht. Ich kenn die beiden schon ewig, die waren schon immer so.

Als wir damals ins Hawaii-Viertel zogen, kannte ich dort erst mal niemanden. Am ersten Tag ging ich nach draußen und lief eine Weile durch die Straßen. Die Jungs in meinem Alter folgten mir mit viel Abstand, sie lauerten und beobachteten mich durch Büsche und Zäune hindurch. Irgendwann kamen Emre und Hakan auf mich zu. Hakan war schon als Kind einen Kopf größer als Emre, genau wie heute. Er blieb hinter Emre stehen, und der sprach mich an: »Wer bist du, woher kommst du, ihr seid neu hierhergezogen, oder? Wie alt bist du, hast du Geschwister?« Bevor ich antworten konnte, hatte er sich und Hakan schon vorgestellt. Seitdem waren wir Kumpels.

Emre schob uns ein paar Stapel Chips zu, dann teilte er jedem zwei Karten aus. »Also, Jungs. Wir werden Spaß haben, wir werden streiten und am Ende werd ich gewinnen, wie immer. Trotzdem viel Glück. Bitte jeder zehn Euro in den Koffer legen, danke, ich bin die Bank.«

Die beiden haben mir das Pokern beigebracht, aber so richtig geblickt hab ich es nie. Ich sah meine Karten an, eine Neun und eine Drei, und warf sie gleich weg. Die drei Karten in der Mitte waren noch zugedeckt, trotzdem setzte Emre schon mal zwei Euro. Hakan klappte nacheinander die Ecken seiner Karten kurz hoch und dann wieder zu. Mit einer Hand fuhr er sich durch den schwarzen Vollbart, die andere legte er über beide Karten, die dadurch nicht mehr zu sehen waren. Er hat Riesenhände. »Wie siehts aus?«, fragte Emre.

Hakan sammelte ein paar Chips und reihte sie vor seinen Karten auf. »Ich bin dabei.«

Dann ging es immer so weiter. Emre setzte und wartete, Hakan überlegte und zog nach.

»Wie wars eigentlich bei Tayfun?«

»Woher weißt du das?«

»Was weiß er nicht?«, fragte Hakan.

»Also sag, wie wars? Wie ist er so? Arbeitest du jetzt für den?«

»Gar nicht so schlecht. Der will mich unbedingt haben. Vielleicht mach ich es sogar.«

»Mach es bloß nicht«, sagte Hakan, »halt dich von dem fern.«

»Kennst du den überhaupt?«, fragte Emre.

»Nee, aber ich hab schon viel über ihn gehört. Der kann nicht mal Türkisch. Und wisst ihr, was der mal gesagt haben soll? ›Ich bin kein Türke, ich bin Tayfun.‹ Was denkt der, wer er ist?«

»Ich weiß nicht, am Anfang dachte ich auch, was ist das für einer. Aber als ich ihm dann ein bisschen zugehört hab, hat es schon irgendwie Sinn gemacht, was er so erzählt hat. Vielleicht kann ich was von dem lernen.«

»Bruder, machs einfach, glaub mir, Hauptsache Kohle, Hauptsache Erfahrung.«

»Ich habs dir gesagt, Kemal, hör darauf oder nicht. Aber hinterher nicht heulen, wenn der dich abzockt. Jeder in der

Stadt weiß, was das für einer ist. Wenn der Hi sagt, ist das i schon gelogen.«

Emre deckte die fünfte Karte auf und begann sofort, weitere Chips zu stapeln.

»Komm, da mach ma gar net lang rum, ich setz noch mal fünf Euro. Dabei hab ich gar nix in der Hand, null Komma null, aber was solls. Und jetzt pass auf, Kemal, schau, wie er überlegt. Er braucht gar net überlegen, er hat eh net die Eier, mitzugehen, ich kenn doch meine Pappeheimer. Ich laber ihn einfach so lange dicht, bis er nicht mehr weiß: Verarscht der mich jetzt, oder meint er es ernst? Hat er was oder hat er nix? Wo war jetzt noch mal rechts, wo gehts nach links? Steig einfach aus, mein Haki, besser für dich. Im wahren Leben hat vielleicht jeder Angst vor dir, aber hier am Pokertisch bin ich der King.«

Emre warf die Chips in die Mitte, Hakan saß gegen den Stuhlrücken gelehnt und sah ihm dabei zu. Er hielt den Kopf leicht schräg und blies seine Backen abwechselnd auf.

»Was hab ich euch gesagt? Keine Eier.« Emre streckte eine Hand aus und fing schon an, die Chips einzusammeln. Hakan klatschte ihm auf die Finger. »Laber net so viel und warte! Call.«

»Bisch dir sicher?«

»Junge, laber mich net dicht jetzt. Ja.«

»Lauter Anfänger hier, immer die gleichen dummen Fehler! Hier, schau, Drillinge, du brauchst deine Karten gar net aufdecken, spar dir das, ist besser für alle. Amateure seid ihr, ich schwörs. Ich könnte dich in einer halben Stunde so abzocken, dass du nur in Unterwäsche die Treppe runterläufst.«

Es stimmt, er zockt uns jedes Mal ab. Hakan und ich vermuten, dass er irgendwelche Tricks anwendet, aber wir haben ihn noch nie erwischt.

Nach ein paar Runden hatte Hakan genug und griff sich die Karten zum Austeilen. Er warf mir zwei hin. Ich sah sie kurz an, deckte sie wieder zu und ließ mir nichts anmerken. Zwei Könige. Jetzt war ich im Spiel. Hakan legte die drei Karten in der Mitte auf. Es war noch ein König dabei. Also Drillinge. Jetzt ganz cool bleiben. Erst lauern, dann angreifen. Die vierte Karte wurde aufgedeckt, der nächste König. Ich konnte mich nicht mehr zurückhalten und setzte sieben Euro. Nachdem ich die Chips in die Mitte geworfen hatte, trafen mich zwei misstrauische Blicke. Emre warf seine Karten weg. »Der hat hundertpro was Übertriebenes getroffen. Wenn Kemal setzt, hat er was, ich kenn ihn doch. Das geb ich mir jetzt nicht, aber du kannst ruhig mitgehen.«

»Was soll ich da mitgehen? Der spielt wieder original wie ein Deutscher. Immer nur setzen, wenn er was hat. Immer schön vorsichtig.«

Hakan war also auch raus. Wie gesagt, ich kapier Poker einfach nicht.

Emre stand auf und fragte, wer etwas trinken wollte. Auf dem Weg in die Küche sang er ein selbstgedichtetes Lied, in dem es um den besten Pokerspieler Heilbronns ging. Mit drei Cola-Dosen kam er zurück. Ich nahm die kalte Cola in die Hand und drückte sie mir nacheinander an beide Wangen, bevor ich sie aufmachte.

Emre sah, dass Hakan schon wieder am Handy war. »Schau ihn dir an, unseren Möchtegernplayer. Den ganzen Tag am Handy, der legt das Teil gar nimmer aus der Hand. Und dann ist noch die ganze Rückseite zerkratzt. Du brauchst eine Handyhülle, soll ich dir eine besorgen? Ich hab hier irgendwo einen Karton voll davon. Die sind grad gekommen, kugelsicher, hergestellt in Sibirien, das Handy kann dir aus der Hosentasche fallen, es prallt vom Boden und springt dir zurück in die Tasche, so stabil ist das Material. Willsch eins?«

»Nope«, sagte Hakan.

»Wie siehts bei dir aus, Kemal? Du hast doch kein Handy mehr. Soll ich dir eins besorgen?«

»Erst mal nicht.«

»Vielleicht besser so, sonst wirst du noch süchtig wie der da. Der hört gar nicht zu, wieder mal gefangen in seiner Handywelt, jeden Tag muss ich mir das geben. Was suchst du diesmal, Weiber oder Kleider?«

»Immer abwechselnd«, sagte Hakan. »Ich schreib eine an, und bis sie zurückschreibt, such ich mir schon mal ein Outfit aus. Bitte keinen Neid, Jungs, Frauen stehen halt auf Boxer.«

»Du bist kein Boxer«, sagte ich.

»Aber ich seh aus wie einer.« Er zwinkerte mir zu und nahm einen Schluck aus der Dose.

»Sag deinen Frauen, dass du morgen Abend nicht kannst«, sagte Emre. »Da feier ich im Creme in meinen Geburtstag rein. Ihr seid beide eingeladen.«

»Wer noch?«

»Sonst niemand. Wir kennen dort eh genug Leute. Obwohl, drei Mädels aus Stuttgart wollen vielleicht kommen, die sagen mir noch Bescheid, für jeden eine. Also lasst mich net im Stich. Getränke gehen auf mich, vielleicht mach ich uns auch noch ne Lounge klar, wer nicht kommt, mit dem red ich nie mehr ein Wort, ich schwör auf alles, nie mehr! Ab halb elf müssen wir dort sein.«

»So, Jungs«, sagte Hakan ruhig. »Jetzt hört euch das hier mal an.«

Während wir die nächste Runde begannen, las er ein paar Stellen aus einem Online-Artikel vor. Es ging um einen Nazi, der vor der Pizzeria an der Neckarmeile aufgetaucht war und rumgebrüllt hatte. Scheiß Ausländer, Deutschland den Deutschen, und so weiter. Ein Mann, der mit seinen zwei Kindern und seiner Frau da war, stand auf und sagte etwas dagegen. Der Nazi zog ein Messer und wollte auf ihn los. Der Mann rannte weg und versteckte sich. Als jemand die Polizei rief, flüchtete der Nazi in eine Kneipe um die Ecke und erzählte den Leuten dort stolz, dass er gerade fast einen Schwarzkopf abgestochen hatte. Jetzt saß er in Untersuchungshaft und es wurde geprüft, ob er aus Fremdenhass gehandelt hatte. Das war bestimmt nicht so einfach zu ermitteln.

»Habt ihr mir zugehört?«

»Ja klar«, sagte Emre. »Der Nazi hatte Glück, dass ich nicht da war, den hätte ich niemals laufen lassen, und wenn der ein Messer dabeihatte, mir scheißegal, solche Wichser musst du gleich umhauen, und dann noch mal draufhauen und noch mal und noch mal.«

Hakan und ich sahen uns kurz an, sagten aber nichts. Emre bringt öfter mal solche Sachen, um vor uns hart zu wirken. Dabei bekommt er Todesangst, sobald sich in seiner Nähe eine Schlägerei auch nur andeutet. Es liegt an der Sache mit seinem Onkel. Emres Onkel war Kommunist oder so was. Er ist immer auf Demos gegangen, und bei einer dieser Demos sind auf einmal rechte Türken aufgetaucht und haben die linken Türken angegriffen. Das war in Istanbul oder in Berlin, eins von beiden. Emres Onkel wurde dabei mit einer Eisenstange am

Kopf erwischt, und weil der Krankenwagen viel zu spät kam, ist er gestorben. Emres Vater hat danach geschworen, dass er den Mörder findet und Rache nimmt, aber er hat es nicht geschafft, und danach war er nicht mehr derselbe. Fast jeden Tag war er betrunken, schlug oft seine Frau, schlug Emre und Eda, seine jüngere Schwester. Einmal stand er nachts auf dem Bahngleis neben dem Hawaii und schrie herum, dass der Zug endlich kommen und alles für ihn beenden soll. Die Leute, die ihn vom Gleis schaffen wollten, hat er mit einem Messer ferngehalten, aber sie schafften es trotzdem irgendwie. Danach kam er in die große Psychiatrie in Weinsberg, ging später in die Türkei und kam nie mehr zurück. Das ist alles schon ewig her. Emre spricht nie mit uns darüber.

»Ich hätte den kaputtgeschlagen«, sagte Hakan. Ihm glaubte ich es. Ich spielte mit einem Ass, das ich in der Hand hielt, und hoffte, dass die nächste Runde jetzt losging. Aber nein, natürlich wollten sie noch wissen, was ich getan hätte.

»Wenn ich ehrlich sein soll: Ich hätte wohl nix gemacht.«

»Was!«, rief Emre.

Hakan gab ihm ein Handzeichen: Warte, ich mach das. »Du wärst also einfach sitzen geblieben und hättest zugehört, wie ein Nazi ein paar Meter neben dir alle Ausländer beleidigt? Ohne Scheiß?«

»Mann, keine Ahnung. Ich kann doch gar nicht kämpfen, was soll ich gegen so einen Psycho ausrichten? Man soll nicht mit Idioten streiten. Die ziehen dich auf ihr Niveau und schlagen dich dann mit Erfahrung.« Den Spruch hatte ich von Instagram. Ein ehemaliger Klassenkamerad hatte ihn zu einem Foto dazugeschrieben, auf dem er nachdenklich an einem Strand saß.

»Du hast zu wenig Stolz, Kemal«, sagte Hakan. »Das ist dein Problem.«

»Jetzt kommt das wieder.«

»Ist so. Wenn die Türkei solche Soldaten hätte wie dich, dann würde es bald keine Türkei mehr geben. Kommt her, ihr Griechen, kommt, ihr Russen, ja klar, erobert uns, wie siehts bei euch aus, ihr Amis, wollt ihr auch noch was? Wir haben genug Land für alle, greift zu.«

Emre lachte, und das feuerte Hakan noch mehr an. »Ich weiß auch, warum. Nimms mir nicht übel, Bruder, aber du musst nicht das Gleiche durchmachen wie wir. Du siehst nicht so richtig türkisch aus, du bist immer so locker und lieb, so was mögen die Deutschen. Und du warst Fußballer, danach sind sie eh verrückt. Zu einem wie dir sagt keiner scheiß Türke oder Kanake. Deshalb sind dir solche Sachen wahrscheinlich egal.«

»Sind mir nicht egal. Du hast keinen Plan.«

»Aber er hat schon recht, Kemal, irgendwas lieben die Deutschen an dir. Wie machen sie immer, wenn sie ihn sehen? Ha Kerle, Keeemal, lebsch noch? Letzscht Woch war Hüttegaudi, warum bisch net komme?«

»Servus Harald, ha du, da hab i schaffe müsse, weisch!«, rief Hakan.

»Ah, schee, was schaffschen grad?«

»Wenn mich so fragsch: Grad eigentlich gar nix.«

Ich kenne gar keinen Harald, aber ich lachte mit. Wenn man nicht mitlacht, hat man verloren. Dann riechen sie Blut und machen so lange weiter, bis du am Ende doch austickst, und dann bist du derjenige, der keinen Spaß versteht. So ist das unter guten Kumpels.

Hakan trank seine Cola aus, knallte sie auf den Tisch und

sagte: »Das war erst der Anfang, glaubt mir. Die ganzen Rechten hier, die denken, ihre Zeit ist gekommen. Sie jagen Leute durch die Straßen, und wir sitzen nur rum und tun nichts. Wir dürfen uns das nicht mehr gefallen lassen, Mann! Wir dürfen denen die Stadt nicht einfach so überlassen. Wenn die erst mal die Macht haben, wen wollen sie dann als Erstes loswerden? Wer wird in Deutschland mehr gehasst als die Türken? Niemand. Und wisst ihr, warum sie uns so hassen? Weil sie Angst vor uns haben, ganz einfach. Die Kankas machen es schon richtig, glaubt mir. Die wehren sich gegen diese rechten Pisser, so muss es sein.«

Hakan redete in letzter Zeit oft von den Kankas. Es gab sie noch nicht so lange, aber ich sah sie immer öfter mit ihren schwarzen Kutten und Shirts rumlaufen. Ich wusste über sie nur, dass ihr Name von *kankardeşler* kommt, also Blutsbrüder, und dass viele Türsteher und Boxer dabei waren.

»Haben sie dich schon aufgenommen?«, fragte ich ihn. Er lächelte. »Noch geheim, Bruder. Aber sieht ganz gut aus.«

Im gleichen Moment vibrierte Hakans Handy. Er ging ran und redete in einer ganz anderen Stimme, höher und sanfter als davor, und er benutzte eigentlich nur drei Wörter: Ja, Schatz und *aşkım*. Dann legte er auf und sagte, dass er und seine Frau zum Grillen bei irgendwelchen Bekannten mussten, sofort. Er hatte es ihr versprochen und dann vergessen.

»Du bist mir einer«, sagte Emre. »Bei uns immer den Harten spielen, und wenn die Frau anruft, rennt er sofort los. Richtiger Fiffi.«

»Sie ist schwanger, da kann man keine Faxen machen. Das lernt ihr beiden alles noch.«

Hakan ließ sich von Emre ausbezahlen, stand auf und gab uns beiden die Hand. Emre hielt sie für einen Moment fest.

»Denk an morgen Abend, Creme wird rasiert, ihr habts mir versprochen, Jungs, lasst mich an meinem Geburtstag nicht allein, ich sags euch.«

»Ihm musst du das sagen.« Hakan zeigte beim Weggehen auf mich. »Wenn einer nicht auftaucht, dann er.«

Zum Abschied noch mal schön einen mitgegeben. Er liebt das irgendwie. Ich glaube, ich weiß, wann und warum das angefangen hat. In der Grundschule gingen Hakan und ich zwei Jahre lang in dieselbe Klasse. Mein Sitznachbar lud mich damals zu seiner Geburtstagsfeier ein und Hakan nicht. Die Feier war bei dem Jungen zu Hause, Tobi hieß er. Wir spielten irgendwelche Kinderspiele, aßen Kuchen und so was. Irgendwann rief dann jemand, dass wir alle mal ans Fenster kommen sollten. Wir rannten hin und sahen, dass Hakan auch gekommen war. Er ging unten vor dem Gartenzaun auf und ab. Jemand fragte, ob wir ihn reinlassen sollten, aber Tobi meinte, auf keinen Fall. Also blieb Hakan draußen. Ich hätte zu ihm rausgehen müssen. Oder zumindest die anderen dazu überreden, ihn reinzuholen. Aber ich hab es nicht gemacht. Vielleicht hat er mir das nie verziehen. Vielleicht hat er es aber auch schon längst vergessen.

Emre trug den Pokerkoffer ins andere Zimmer, kam zurück und blieb in der Tür stehen. »Auf gehts, Brudi. Der Jackpot wartet unten auf uns, mach schon mal deine Taschen leer. Ach halt, das hab ich ja schon beim Zocken erledigt, sorry, aber jetzt werd ich dafür sorgen, dass sie wieder voll werden, so richtig voll. Die Mädels aus Stuggi morgen, die trinken keinen Sprudel im Club, da müssen wir also schon was springen lassen an der Bar, verstehsch, was ich mein?«

»Net so ganz, nee. Aber gehen wir.«

12

Da, wo vorhin Faruk und seine Zuhörer gestanden hatten, lagen nur noch Zigarettenstummel und ein paar Kreise aus Spucke. Auf der Eingangstür klebte irgendein vergilbter Weltmeister von 1990 und versicherte uns mit erhobenem Daumen, dass unsere Wette hinter dieser Tür in sicheren Händen war.

Emre schob die Tür auf. Die Luft im Raum war schön kühl. An den Wänden hingen Fernseher und Bilderrahmen, immer im Wechsel. Die Fernseher zeigten entweder ein Spiel oder Ergebnisse und Quoten. In den Bilderrahmen hingen Sportposter: Muhammad Ali schreit in die Kamera, Serena und Venus Williams umarmen sich am Netz, Ronaldinho küsst einen Ball, Maradona streckt den Weltmeisterpokal hoch, Kahn beißt einem Gegenspieler in den Hals. Vor den Williams-Schwestern war noch ein Tisch frei. Wir kämpften uns durch die Menge. Freitags war hier immer die Hölle los. Es ist das größte Wettbüro der Stadt.

Als Erstes kamen wir am Tisch der Süchtigen vorbei, der direkt vor der Kasse steht. Da ist von allem etwas dabei, Türken, Serben, Albaner, Russen, Italiener, Kroaten. Die tippen fast alle hauptberuflich. Sie hielten sich gegenseitig ihre endlos langen Scheine hin und diskutierten darüber. Einer hatte das weiße Heft mit den Spielplänen aufgeschlagen und ging es mit einem Bleistift durch. Ihr Anführer war auch da. Er stand mit dem Rücken zu mir, aber ich erkannte ihn an der Halbglatze und am grauen Maleranzug mit den vielen weißen Flecken. Eine Hand hatte er am Hinterkopf, in der anderen hielt er eine Fernbedienung, mit der er sich durch den Videotext klickte. Ich glaube, der Maleranzug und die Flecken sind nur

Tarnung, der Typ ist nämlich jeden Tag hier. Angeblich tippt er schon seit zwanzig Jahren und kommt nicht davon los. Vor einer Weltmeisterschaft soll er sich mal mit einem Hammer alle Finger gebrochen haben, um endlich aufhören zu können. Zum Viertelfinale saß er wieder im Wettbüro und ließ seine Kumpels Scheine für sich ausfüllen. Ob das alles so stimmt, weiß ich nicht, aber dass seine Frau einmal schreiend hereingestürmt ist, ihn mit Aschenbechern beworfen und am Ohr herausgezogen hat, hab ich selbst gesehen.

Wir mussten uns Meter für Meter durchdrängeln. Ausweichen, festhalten, auf Schultern tippen, Stühle verschieben. Ein richtiger Kampf. Nach zehn Metern im langsamen Zickzack kamen wir endlich an und setzten uns hin. Ich merkte gleich, dass Emre nervös war. Seit wir reingekommen waren, hatte er noch kein Wort geredet. Bei ihm sind drei stumme Minuten wie ein halbes Jahr. Außer wenn er mal beleidigt ist, da schweigt er auch ewig. Er sah sich vorsichtig um, und als er einen Typen entdeckte, der auf der anderen Seite des Raums gerade in Richtung Ausgang lief, rückte Emre seinen Stuhl so zurecht, dass er mit dem Rücken zu ihm saß.

»Ist das Ivan?«, fragte ich ihn. Emre nickte, ohne vom Tisch aufzusehen. Auf Ivans schwarzem Shirt erkannte ich das Symbol der Kankas: ein roter, wütender Stier in einem weißen Quadrat, der mit seinem Horn in die Seite des Quadrats stößt und es dadurch bröckeln lässt. Ivan war ein richtiger Kasten und hatte diesen langsamen Bodybuildergang, bei dem der Oberkörper und die Muskeln immer schön in alle Richtungen präsentiert werden. An der Tür drehte er sich noch mal um und warf einen Blick in den Raum. Dann ging er endlich nach draußen.

»Er ist weg. Beruhig dich, Bruder, alles gut.«

»Denkst du, ich hab Schiss vor dem? Ich könnte den umboxen, wenn ich wollte, mit einem Schlag, aber ich will keinen Stress anfangen, das spricht sich sofort rum bis ins Hawaii, und dann heißt es wieder, der Emre hat Scheiße gebaut, und ich muss mir was von meiner Mutter anhören.« Er hatte beide Hände auf dem Tisch. Ich sah, dass seine Finger zitterten. Ich legte meine Hände auf seine, aber er zog sie sofort zurück.

»Kommen wir zum Geschäft. Du wolltest ja wissen, welche Connection ich gerade am Start hab. Ich will aber hinterher nix hören, kein Gejammer, keine Beschwerden, deshalb sag ich es dir gleich, es ist eine gute Chance für schnelles Geld, aber es kann auch schiefgehen, ein Restrisiko ist immer dabei bei so etwas. Also, ja oder nein?«

»Du laberst seit Tagen davon und hast mir noch nicht einmal erklärt, worum es geht.«

Er beugte sich über dem Tisch zu mir und erzählte mit einer viel leiseren Stimme als sonst. Es ging um das Spiel Serbien gegen die Schweiz und einen Bundesliga-Spieler, den man kannte, wenn man Fußball einigermaßen verfolgte, er war sogar Nationalspieler. Dieser Typ verdient sich neben seinem Gehalt gerne etwas dazu. Vor manchen Spielen seiner Mannschaft schließen er und ein paar Freunde eine Wette ab, die er dann beeinflussen kann. Sie achten darauf, dass es nichts ist, was auffällig werden könnte. Das geht ziemlich einfach, weil man heutzutage ja auf alles Mögliche wetten kann. Die Hälfte des Einsatzes zahlt der Profi, die andere Hälfte zahlt jeder selbst, der Gewinn wird geteilt. Er muss dann nur in einer bestimmten Phase des Spiels für einen Eckball oder Elfmeter sorgen oder sich eine Karte abholen, und schon fließt Asche. Ich fragte Emre, woher er das alles wusste, und er meinte, dass er den Spieler um ein paar Ecken kannte. Mit ein paar weiteren Fragen fand ich heraus, dass der Spieler noch nie von Emre gehört hatte. Aber ein paar gemeinsame Bekannte hatten sie wohl.

»Wie gesagt, wenn es dir zu gefährlich ist, lass die Finger davon. Ich machs auf jeden Fall. Bis jetzt hat es immer geklappt.«

»Auf was wird gewettet?«

»Dass er eine Gelbe Karte bekommt. Also ganz safe. Er muss nur jemanden umhauen, Gelb sehen, und schon ist die Wette durch. Er hockt heute erst mal auf der Bank, aber sein Trainer hat ihm versprochen, dass er in der zweiten Halbzeit ins Spiel kommt.«

»Wie hoch ist die Quote?«

»11,50.«

»Hast du schon gesetzt?«

»Ja.«

»Wie viel?«

»500, mehr soll man nicht, sonst wirds auffällig.«

»Also ungefähr 5000 Euro für jeden.«

Er nahm sein Handy und rechnete es aus. »5750 Euro.«

»Gutes Geld.«

»Sag ich doch.«

»Wer weiß alles davon?«

»Fast niemand, das muss auch unter uns bleiben! Sag es bloß nicht weiter, ich habs nicht mal Hakan gesagt, der hätte mir wieder was erzählt, Wetten ist Sünde und so.«

Ich kaute langsam, obwohl ich nix im Mund hatte. Emre übertreibt ab und zu, manchmal erzählt er einem was vom Pferd. Aber bei Freunden macht er eine Ausnahme, mit Hakan oder mir hatte er noch nie etwas Krummes abgezogen.

Ganz hinten im Raum war eine große Leinwand mit ungefähr zwanzig Stühlen davor. Der Mitarbeiter von der Kasse schraubte am Beamer herum, bis auf der Leinwand ein Stadion von oben zu sehen war, mit vollen Rängen und leerem Feld. Dann sah man die Spieler und die Schiedsrichter in den Katakomben.

»Das Spiel geht gleich los«, sagte Emre.

»Ich mach mit.«

»Nein. Oder?«

»Doch.«

Ich griff mir einen Wettschein vom Behälter auf dem Tisch, aber Emre sagte, dass er schon einen Schein abgegeben hatte und dass es auffallen würde, wenn wir beide im selben Wettbüro so viel Geld auf die gleiche Wette setzen würden. Da ich kein Handy mehr hatte, sollte ich ihm das Geld geben, und er würde die Wette für mich mit einer App abschließen.

»Vorne neben der Kasse steht ein Geldautomat, beeil dich.«

Ich kämpfte mich wieder durch den Raum. Der Maler saß auf seinem Stuhl und sah rüber zu ein paar Achtzehnjährigen, die sich gleich neben der Tür versammelt hatten. Sie bewunderten die Rekordscheine, die dort an einer Pinnwand hingen. Einer zeigte auf den Schein mit dem höchsten Gewinn. Der hängt schon ewig dort und gehört dem Maler. 32 000 Euro, soweit ich weiß. Der Maler beobachtete das Ganze regungslos, den Kopf leicht zur Seite geneigt, das halbe Gesicht von seiner Hand bedeckt.

Der Automat stand in der anderen Ecke, war uralt und überall verkratzt. Das Display hatte nur zwei Farben, Giftgrün und Dunkelgrau. Ich gab den Betrag ein und wartete ab. Vielleicht spuckte mein Konto trotz Minus ja noch etwas aus. Wenn nicht, musste Emre mir halt was leihen.

Ein Mann kam gerade vom Klo und blieb vor der Kasse stehen. Er zeigte zur Klotür und sagte zum Mitarbeiter an der Kasse: »Wasser grau.« Der Mitarbeiter antwortete genervt: »Was grau?« Der Automat gab fünf Hunderter aus. Ich steckte sie ein. Der Mann vor der Theke rieb sich die Hände und sagte: »Wasser kaputt, alles grau.« Und als ihn der Mitarbeiter immer noch verständnislos ansah, rief er: »Wasser dreckig, dreckig!«

»Ja, ja, dreckig«, sagte der Mitarbeiter, und dann auf Türkisch: »Jeden Tag ist was mit euch. Es reicht mir langsam.« Der Mann verstand kein Türkisch, winkte ab und ging davon.

Ich lief zurück an den Tisch und gab Emre die Scheine. Er schloss die Wette an seinem Handy ab, dann zeigte er mir die Bestätigung.

Ein Mann um die vierzig kam an unseren Tisch und fragte Emre nach einem günstigen Handy. Die Verhandlungen gingen los. Ich sah, dass das Spiel gerade begann, ging nach hinten und setzte mich alleine vor die Leinwand.

Nach zehn Minuten hatte ich eigentlich schon genug. Ich schaue mir nicht viele Fußballspiele an, da rege ich mich zu sehr auf. Wenn einer am Ball ist und die Gasse in die Spitze ist völlig offen, aber er sieht das nicht und spielt nur einen Querpass oder geht ins Dribbling, da könnte ich durchdrehen. Da würd ich am liebsten auf den Platz rennen und den Spieler schütteln und ihn fragen, wie man das nicht sehen kann, oder gleich den Pass selber spielen.

Aber dann fiel mir die Nummer 21 auf. Der Kommentator sagte, dass er achtzehn Jahre alt war und sein erstes Länderspiel machte. Er hatte ganz dünne Beine und sah aus wie ein Achtklässler oder so.

Der Ball prallte bei einem Zweikampf ab und blieb nach zwei Metern liegen, mitten auf dem Platz. Die 21 und ein Gegenspieler rannten auf den Ball zu. Die 21 kam früher an, aber nur knapp. Er hob den Fuß und tat so, als würde er weiterlaufen und den Ball mitnehmen. Stattdessen machte er aber einen weiten Schritt über den Ball und blieb auf einmal stehen. Der Gegenspieler jagte ihm hinterher, und bis er kapierte, was gerade abging, war er schon ein paar Meter ins Leere gelaufen. Die 21 drehte sich um und nahm den Ball in aller Ruhe mit. Ich musste lächeln. Es gibt viele Fußballspieler, aber echte Fußballer sind selten. Manche rennen neunzig Minuten über den Platz, fallen gar nicht auf und verdienen damit Millionen. Sie können eine Sache gut, schnell sein oder kämpfen oder verteidigen oder ins Tor treffen, und konzentrieren sich darauf. Aber es gibt auch Spieler, die verstehen das Spiel und wissen ganz genau, was wann zu tun ist, und sie haben die Füße dazu, um es auszuführen. Die 21 war so ein Spieler. Er war einer von uns.

Er schlug aus dem Stand Diagonalbälle, die genau in den Lauf des Spielers auf der anderen Feldseite kamen. Er passte immer so, dass sein Mitspieler den Ball mit seinem starken Fuß annehmen konnte. Auch wenn er kleiner und dünner als die meisten Gegenspieler war, kamen sie nie an ihn heran, weil er immer eine Aktion vorausdachte. Dank ihm merkte ich zum ersten Mal so richtig, wie sehr ich den Fußball vermisste.

Nach der Halbzeit setzten sich die ersten Leute dazu. Ab der 70. Minute war kein einziger Platz mehr frei. Emre saß neben mir. Jemand schlug einen langen Ball aus der Abwehr nach vorne, genau in den Lauf der 21. Der Torwart kam aus seinem Kasten gelaufen und stellte sich vor ihm auf. So einen Ball in vollem Lauf anzunehmen ist richtig schwer. Die meisten versuchen das gar nicht, sondern lassen ihn einfach aufspringen und rennen ihm dann hinterher. Der 21er aber holte aus und täuschte einen Schuss an, dann nahm er den Ball an und gleichzeitig so mit, dass er ihn am Torwart vorbeilegte. Täuschung, Annahme, Dribbling, alles in einer Bewegung. So etwas hatte ich noch nie gesehen. Danach wurde der Winkel etwas zu spitz, er schob den Ball im Fallen noch aufs Tor, ein Abwehrspieler rannte aber hinterher und schoss den Ball noch vor der Torlinie weg.

Ich sah mich um. Emre tippte irgendwas in sein Handy, die meisten anderen schauten ihre Scheine durch, redeten mit dem Sitznachbarn oder schoben sich mit leerem Blick einen Sonnenblumenkern nach dem anderen zwischen die Zähne und bissen ihn mit einem knackenden Geräusch auf.

76. Minute, Spielerwechsel. Die 21 ging raus und wurde noch mal in Großaufnahme gezeigt. Seine Backen waren gerötet, die Haare standen in alle Richtungen ab, die vorderen klebten auf der schwitzenden Stirn. Viel Glück, Junge, du hast noch alles vor dir. Aus dir wird ein Großer. Du bist nur drei Jahre jünger als ich, aber ich bin zwanzig Jahre älter als du.

Für die 21 war jetzt die Nummer 19 im Spiel, unser Mann. Als er auf den Platz lief, hörte ich ein kurzes Klatschen und ein paar erfreute Rufe um mich herum. Inzwischen standen auch hinter den Stuhlreihen einige Leute. Als ich mich umsah, zwinkerte mir Faruk aus der hinteren Reihe zu.

83. Minute. Die Nummer 19 haut einen Gegenspieler im Mittelfeld um, es ist schon sein drittes Foul. Der Schiri kommt

vorbei und redet auf den 19er ein, der ist ganz außer sich, schreit herum und gestikuliert wild. Richtig übertrieben, so verhält sich kein Mensch. Der Schiri bleibt aber ruhig und zeigt ihm keine Karte.

87. Minute. Die andere Mannschaft startet einen Angriff, die 19 ist langsamer als der Gegenspieler und hält ihn am Trikot fest. Taktisches Foul, klare Gelbe Karte. Drei, vier, dann fünf Spieler der anderen Mannschaft rennen zum Schiri und reden auf ihn ein. Der winkt aber ab. Er bleibt stehen und schließt die Augen, bis ihn die meckernden Spieler in Ruhe lassen, dann geht es weiter. Um mich herum wird es lauter. Ein paar Beschimpfungen, ein paar Schreie.

91. Minute. Alle sind verstummt. Die 19 versucht noch mal alles. Bei einem Zweikampf an der Seitenlinie spielt er den Ball ins Aus, dann hebt er ihn auf und will einwerfen. Jeder hat gesehen, dass er als Letzter den Ball berührt hat. Der Linienrichter steht direkt neben ihm und zeigt mit seiner Fahne an, dass die andere Mannschaft Einwurf hat. Das macht den 19er wieder aggressiv. Er meckert beim Linienrichter, er meckert beim Schiedsrichter, und um sicherzugehen, schreit er auch noch einen Gegner an, der nichts mit der Sache zu tun hat, und schubst ihn weg. Oh Gott, ist das alles peinlich. Ich schäme mich, mit ihm gemeinsame Sache zu machen. Aber wenn er nicht damit durchkommt, bin ich am Ende.

93. Minute. Der Schiedsrichter nimmt den Ball in die Hand und pfeift das Spiel ab. 0:0. Aus. Die Beleidigungen, die aus allen Richtungen auf die Leinwand geschleudert werden, sind gerecht verteilt: Die Hälfte gilt der Mutter des Schiris, die andere Hälfte der Mutter der Nummer 19.

Ich hielt mir beide Hände vors Gesicht. Das war noch nicht

dunkel genug, also schloss ich die Augen, um nur noch schwarz zu sehen. Und ich dachte: Jetzt verzockst du schon Geld, das dir nicht mal gehört. Du sinkst immer tiefer, Kemal. Ich spürte Emres Hand an meiner Schulter, aber ich wollte jetzt nichts sagen und nichts hören. Also lief ich bis ans andere Ende des Raums und ging ins WC. Außer mir war niemand da. Ich lief zum kleinen Metallwaschbecken in der Ecke und drehte den Wasserhahn auf. Der Mann vorhin hatte recht gehabt, das Wasser war grau und undurchsichtig, also stellte ich es wieder ab. Ich starrte lange in den fleckigen Spiegel, doch da war niemand. Ein Niemand ohne Geld, ohne Job, ohne Aufgabe. Ohne Sina, ohne Sinn. Ich klatschte mir ein paarmal auf die Wangen und ging wieder nach draußen. Mein Blick fiel sofort auf Emre. Er saß wieder an unserem Tisch und unterhielt sich mit Faruk. Sie lachten über irgendwas. Ich lief hin, blieb vor dem Tisch stehen und hörte kurz zu. Emre bemerkte mich nicht, weil ich hinter ihm war.

»Der war gekauft, der Schiri, dieser Bastard, ich sags dir, das war doch nicht normal, da hat irgendwas nicht gestimmt, hast du gesehen, was der Junge alles abgezogen hat? Er hätte zehn Gelbe Karten sehen müssen!« Faruk hörte ihm zu und grinste mich dabei an. Emre drehte sich zu mir um.

»Keine Sorge«, sagte er zu Faruk, »der weiß Bescheid, er war auch dabei.«

»Weiß ich doch«, sagte Faruk und grinste immer noch.

»Und woher?«, fragte ich.

»Ich weiß alles.«

Emre fragte: »Kemal, wie viel war es noch mal bei dir?«

»Was?«

»Wie viel du gesetzt hast?«

»Was soll die Frage? Du hast doch für mich gesetzt.«

»Ja, aber wie viel war es noch mal genau?«

»Genau, sags noch mal, ich wills auch mal hören.«

»Was ist hier los?«

Faruk grinste immer noch, und auch Emre hatte ein Lächeln im Gesicht, so wie immer, aber diesmal passte es mir nicht.

»Setz dich doch«, sagte Faruk.

»Nein.«

»Warum so schlecht drauf? Ist es wegen der Wette? Mach dir nix draus, wir haben alle verloren. Das Leben geht weiter. Einer für alle, alle für einen, oder nicht, Brudi?« Er hielt mir die Faust hin, aber ich faustete nicht zurück. Also drückte er seine Fäuste aneinander und zwinkerte mir zu.

»Du arbeitest ja bald eh für Tayfun, hab ich gehört, oder?«

»Vielleicht.«

»Na also. Dann musst du dir um Geld keine Sorgen mehr machen. Wie viel hast du ihm dafür bezahlen müssen, auch zehntausend?«

»Was?«

»Wie viel du ihm zahlen musstest, für die Stelle.«

»Gar nix musste ich zahlen. Wovon redest du?«

Wir sahen uns beide irritiert an.

»Echt nicht? Das weiß doch jeder, wer bei Tayfun arbeiten oder eine Ausbildung machen will, muss zahlen. Oder kennt dein Vater ihn gut?«

Ich hatte keine Ahnung, was dieser Faruk von mir wollte. Und während ich mich das noch fragte, stand er auf. Beim Weggehen rief er mir noch zu: »Und gib mir bald Bescheid mit dem Jaguar, wie gesagt, ich bin bereit!«

Ich sah ihm hinterher, bis er draußen war. Dann drehte ich

mich zurück zu Emre, der sich im Raum umsah, als würde er jemanden suchen.

Ich packte ihn so fest am Kragen, dass er aufstehen musste, und zog ihn ganz nah an mich heran. Ich spürte seinen schnellen und zitternden Atem in meinem Gesicht. »Hast du mich verarscht? Sag, habt ihr mich verarscht?«

»Nein … nein! Hab ich nicht! Warum soll ich so was tun? Ich hab doch genauso Geld verloren wie du, ich schwör auf meine Mutter, auf meinen Tod! Ich hab nichts getan!«

Zuschlagen konnte ich nicht, loslassen aber auch nicht, also schrie ich und schüttelte ihn und wollte nicht damit aufhören, bis endlich eine richtige Erklärung von ihm abfiel.

Ein paar Ältere vom Nebentisch gingen dazwischen und zogen mich von ihm weg. Der Typ von der Kasse war auch gleich zur Stelle. Emre stand jetzt ein paar Meter von mir entfernt, aber ich sah ihm an, wie erschrocken er von meiner Aktion war. Alle anderen um uns herum nahmen es eher gelassen, blieben aber zwischen uns stehen, damit nichts mehr passieren konnte. Ich hatte selbst schon oft mitbekommen, wie hier drin jemand die Nerven verloren hatte. Und ich kannte die Regel: Wer den Stress angefangen hat, muss nach draußen und darf erst am nächsten Tag wiederkommen.

13

Draußen war die Luft immer noch schwül und drückend. Jeder Schritt auf dem Gehweg fühlte sich schwer und gedämpft an, als würde ich durch meterhohe Watte laufen. Ich nahm die Rolex von meinem Handgelenk und wollte sie in den Neckar schmeißen. Er war noch nah genug. Aber ich brachte es nicht übers Herz und schob die Uhr in meine Hosentasche.

An der Haltestelle musste ich nicht lange warten. Die Bremsen der ankommenden S-Bahn schrien wie tausend hungrige Vogelbabys. Normalerweise meide ich die S-Bahn, wo ich nur kann. Wer Bus oder Bahn fährt, ist ein Versager, der sich kein Auto leisten kann. So denken die Leute hier. Hakan hat mir mal ein Foto von mir geschickt, wie ich nichtsahnend in der S-Bahn sitze, und dazugeschrieben: »Das wird gerade herumgeschickt. Lass endlich dein Auto reparieren, Bruder.«

Ich stieg ein. Alle Sitzplätze waren belegt, bis auf einen. Ich wollte schon hinlaufen, erkannte auf dem Sitz daneben aber den komischen Alten, der am Vormittag an meiner Tür gestanden hatte. Er hatte mich auch schon entdeckt, deutete mit dem Kopf auf den freien Sitz neben sich und lächelte mir zu. Ich kehrte um, lief bis ans vordere Ende der Bahn und blieb vor einer defekten Tür mit rotem Hinweiszettel drauf stehen.

Kurz vor der nächsten Haltestelle stellte sich eine Frau mit Kurzhaarfrisur neben mich. Sie sah nicht, dass die Tür defekt war, weil sie die Augen nicht von ihrem Handy nehmen konnte. Sie tippte, lächelte kurz über die Antwort und tippte sofort weiter. Die Bahn stand inzwischen. Sie drückte auf den Aussteigen-Knopf, ohne vom Handy aufzusehen. »Die ist defekt«, sagte ich. Sie schaute mich an, ich zeigte auf den Hinweiszettel. Dann rannte sie los zur nächsten Tür, rempelte jeden aus dem Weg und schrie: »Halt, halt! Stopp! Ich muss raus!« Ein Panikanfall, als wäre die nächste Station erst in Sibirien. Sobald sie draußen war, tippte sie direkt weiter. Bestimmt so was wie *Jetzt rate mal, was ich gerade erlebt habe …* Solche Leute machen mich fertig.

Die Bahn fuhr wieder. Nach ein paar hundert Metern wurde sie aber immer langsamer und stoppte schließlich ganz. Dabei war die nächste Haltestelle noch ziemlich weit entfernt. Es kam eine Durchsage: »Strecke voraus nicht befahrbar wegen Menschenauflauf. Fahrt endet hier. Bitte um Verständnis.« Einige Fahrgäste nörgelten laut.

Alle stiegen aus und streckten die Köpfe, um zu schauen, was los war. Ich machte es ihnen nach und sah eine große Menschenmenge, die ein gutes Stück entfernt war. Es war eine Gruppe aus ungefähr hundert Menschen, die langsam vorankam und von zwei Polizeiautos mit Blaulicht begleitet wurde. Viele von ihnen hatten die gelben HWA-Shirts an, und auf einer Riesenfahne sah ich das Symbol mit dem schwarzen Auge. Irgendjemand neben mir sagte, sie wären unterwegs zu einem Flüchtlingsheim, das in der Nähe war. Sie würden sich sicher gleich vor dem Heim aufstellen und eine Weile dumm rumbrüllen. Das machten sie gerne.

Ich bog gleich nach der Haltestelle ab und nahm eine Abkürzung in Richtung Hawaii. Jede Straße, in die ich jetzt kam, war menschenleer. Früher machte ich mir manchmal ein Spiel daraus: Vom Hawaii aus loslaufen und erst umdrehen, wenn mir jemand begegnet. Manchmal ging es schnell, meistens dauerte es aber so lange, dass ich abbrechen musste. Dafür sah ich umso mehr Autohäuser. Mercedes, Audi, BMW, Porsche, alle am Start. In edlen Glasgebäuden und in fast direkter Nachbarschaft zueinander. Zwischen ihnen hatten sich kleinere Geschäfte eingenistet, die alles Mögliche rund ums Auto anboten. Autoplatz Yusuf, die Steinschlag-Profis, der Dellendoktor.

Dann war ich im Hawaii. Die Straßenlichter waren schon eingeschaltet. Sie waren aber nicht weiß wie die Lichter im

Zentrum, sondern orange wie auf Landebahnen. Aus der Ferne hörte ich die Autos, die auf der A6 vorbeizogen. Die Sonne war zum kleinen, rot strahlenden Auge geworden, das noch mal einen Blick auf die Stadt warf, zwischen zwei Weinbergen hindurch. Mein Fuß pochte schon wieder. Zum Glück musste ich jetzt nicht mehr weit laufen. Ich wusste ja, in welchem kahve ich Osman amca finden würde.

14

Vor ein paar Monaten saß ich nachts auf meinem Balkon, schaute runter zur Straße und dachte nach. Drüben vorm Shoppinghaus gingen zwei Betrunkene aufeinander los, immer wieder und wie in Zeitlupe. Ein Passant ging dazwischen. Der eine Betrunkene schleppte sich zurück ins Shoppinghaus, der andere setzte sich neben dem Eingang vor die Wand und schlief ein. Ich weiß nicht, warum, aber in dem Moment wusste ich, dass es an der Zeit war.

Ich ging nach unten, stieg in ein Taxi und ließ mich zu ihr fahren. Es war ein Uhr nachts, und es war Dienstag. Seit ich zurück in Heilbronn war, hatten wir uns nur einmal kurz im Hip Island gesehen. Das ist so eine künstliche Strandbar an der Hafenstraße, umgeben von Fabriken, geparkten Lkws und dem Straßenstrich. Aber ziemlich beliebt. Ich war mit Hakan dort, sie mit ein paar Freundinnen. Wir begrüßten uns und redeten kurz miteinander. Aber dann mussten wir beide weiter.

Das Taxi fuhr unter der einen S-Bahn-Brücke durch, die mit ihren dicken Säulen aussieht wie ein Tempel im alten Rom. Wer zum Wohngebiet der Reichen will, muss unter dieser

Brücke durch, es gibt keinen anderen Weg. Dahinter führt die Straße mitten durch den Pfühlpark. Der ist bei Tag der wahrscheinlich schönste Ort der ganzen Stadt und bei Nacht völlig unbeleuchtet. Hinterm Park geht es einen steilen Hang hoch, und dort oben verstecken sich die schönsten Häuser der Stadt, mit Blick über den gewöhnlichen Rest.

Ich ließ das Taxi am Anfang der Querstraße anhalten, in der Sina und ihre Eltern wohnen. Um sich hier ein Grundstück leisten zu können, muss man geldmäßig schon zu den Top Ten der Stadt gehören. Allein die Mauer um das Grundstück von Sinas Eltern ist fast so lang wie die ganze Allee. Ich lief ewig an ihr entlang, bis ich vor der breiten, hell beleuchteten Einfahrt ankam. Das Tor bestand aus hohen Metallstäben, die wie graue Speere aussahen und von komplizierten Verzierungen zusammengehalten wurden. An den Ecken waren Kameras angebracht. Ich ging zur Tür an der Seite und drückte auf die Klingel mit Sinas Namen. Zum 18. Geburtstag hatte sie von ihren Eltern einen Bungalow geschenkt bekommen, der neben der Villa steht.

Ich hatte schon vier-, fünfmal geklingelt, da hörte ich endlich ihre Stimme.

»Ja?«

»Hier ist Kemal.«

»Ich weiß, kann dich sehen.«

Ich winkte in eine der Kameras.

»Was ist los?«

»Wir müssen mal reden, hast du Zeit?«

»Ich muss morgen früh zur Arbeit.«

»Es dauert nicht lang, ist wichtig.«

»Warte kurz.«

Fünf Minuten später öffnete sie die Tür und machte sie sofort hinter sich zu. Ihre Hand behielt sie dabei auf dem Türgriff. Sie trug eine graue Jogginghose, auf der überall kleine Orangen abgebildet waren, Badeschlappen und ein weißes Shirt. Die Haare hatte sie zum Dutt gebunden.

»Und, wie gehts?«

»Hast du mich geweckt, um mich das zu fragen?«

»Nein.«

»Was dann?«

»Lass uns da vorne kurz reden, auf der Bank, hier ist nicht so gut.«

Sie überlegte kurz, schnaufte und lief voraus. Die Sitzbank stand direkt an der Mauer unter einer Straßenlaterne, dort hatten wir früher oft gesessen und geredet.

Sie nahm zuerst Platz. Als ich mich dazusetzte, rutschte sie etwas weg und verschränkte Beine und Arme. Sie war nicht dieselbe wie früher. Sie sah mir kaum in die Augen, ihre Gesichtszüge blieben hart. An ein Lächeln war gar nicht zu denken.

»Also, was gibts?«

»Wir sollten wieder zusammen sein. Du und ich.«

Seit Wochen und Monaten hatte ich überlegt, wie ich ihr alles sagen würde, und jetzt kamen wieder nur zwei Sätze raus. Das ist genau mein Problem. Und deshalb lachte sie jetzt. Zwei Sekunden lang wehrte sie sich dagegen, aber dann brach es aus ihr heraus. Sie streckte das Kinn nach oben und lachte laut und herzhaft. Dann hielt sie sich mit einer Hand den Mund zu und beruhigte sich wieder.

»So witzig?«

»Oh ja.«

»Warum?«

»Weißt du ganz genau, tu nicht so.«

»Es war ein Fehler damals, hab ich eingesehen. Deshalb bin ich hier. Also, was sagst du dazu?«

»Kemal, was denkst du dir eigentlich? Du hast mich hier zurückgelassen wie den letzten Dreck, weißt du, wie ich mich gefühlt habe? Weißt du nicht, hat dich ja auch nicht interessiert. Seit du wieder in Heilbronn bist, hast du dich nicht gemeldet, und jetzt tauchst du hier auf, mitten in der Nacht, und redest so einen Quatsch.«

»Ich hab dir mehrmals geschrieben.«

»Immer nachts, wenn ich schlief.«

»Dann schreib halt morgens zurück.«

»Jetzt mal im Ernst. Dachtest du echt, du kommst mal eben vorbei und sagst, lass uns wieder zusammen sein, und dass ich dich dann gleich umarme und rufe, hey ja, Kemal, darauf hab ich nur gewartet, oder wie?«

»Nein. Ich will dir doch nur sagen, dass ich jetzt anders denke als früher. Ich weiß jetzt, was wichtig ist und was nicht.«

»Hättest du dir vorher überlegen müssen.«

»Ich weiß. Ist der andere Typ gerade bei dir?«

»Was geht dich das an? Wie viele Weiber hattest du nach mir?«

»Viele. Siehst du, ich bin ehrlich.«

»Aha, viele also, super. Das ist so typisch. Ihr macht mich krank.«

»Wer ihr?«

»Ihr Männer.«

»Sag mir doch einfach, ob du mit dem Typ da glücklich bist oder nicht. Wenn du sagst, ja bin ich, lass mich in Ruhe, dann muss ich das akzeptieren. Deshalb ist es wichtig für mich, Bescheid zu wissen.«

»Wir treffen uns, wir mögen uns, wir sind so gut wie zusammen, aber noch nicht ganz. Ich gehe so was nicht mehr so schnell ein wie früher. Aber genug davon jetzt. Wie geht es deinem Fuß?«

»Geht so. Wenn ich mal viel unterwegs bin, fängt es an, weh zu tun. Ich muss bald noch mal operiert werden.«

»Wann?«

»Nächste Woche Freitag, in Stuttgart. Sie müssen ein paar restliche Knorpelteile entfernen oder so was, keine Ahnung. Muss auf jeden Fall sein.«

»Also, Kemal. Die ganze Geschichte mit deinem Unfall und dass du nicht mehr spielen kannst, das tut mir sehr leid für dich, das weißt du. Aber jetzt ist es nun mal so. Was davor war, kann man nicht zurückholen. Und das kannst du auch von mir nicht verlangen. Wahrscheinlich willst du mich aber genau deshalb zurück, damit du dich so fühlen kannst wie früher. Weil ich dich an bessere Zeiten erinnere, verstehst du? Dann bin ich für dich nur ein Symbol für die vergangene Zeit, für das Verlorene. Aber das geht leider nicht, so was funktioniert nicht.«

»Wart mal ganz kurz, vergangene Zeit, Symbol für das Verlorene, woher hast du das ganze Zeug? Seit wann redest du so?«

»Julia und ich haben letztens drüber geredet. Sie studiert jetzt Psychologie.«

»Auch das noch.«

»Was denn? Sie kennt sich damit aus.«

»Und sie hasst mich.«

»Gar nicht, sie hat das ganz neutral gesagt.«

»Niemals hat sie das. Und es stimmt auch nicht. Wenn der Unfall nicht passiert wäre, wenn ich immer noch Fußballer wäre, viel Geld hätte und mir die Frauen immer noch hinterherrennen würden, würd ich trotzdem hier sitzen. Das schwör ich dir. Schon nach unserem letzten Gespräch, als ich im Flieger zurück in die Türkei saß, hab ich mich allein gefühlt. Wenn ich mit anderen Frauen unterwegs war, habe ich immer gewusst, was der Unterschied war, zwischen ihnen und dir, und sobald ich das gemerkt hab, wollte ich aufstehen und abhauen. Ich erwarte jetzt auch nicht, dass du mit allem einverstanden bist und es genauso siehst, natürlich nicht. Aber ich musste heute einfach herkommen und mit dir reden, damit das Gespräch von damals nicht unser letztes bleibt.«

»Du bringst mich noch um den Verstand. Ohne Spaß, Kemal, du machst mich verrückt. Ewig abtauchen und mir jetzt solche Dinge sagen, mitten in der Nacht. Das ist doch verrückt.«

»Was sagst du dazu?«

»Ich weiß nicht, was ich sagen soll. Du kannst auch nicht von mir erwarten, dass ich darauf jetzt ernsthaft eingehe. Ich bin sehr müde.«

»Okay. Gehen wir.«

Ich begleitete sie zur Tür, dann lief ich zurück nach Hause und verfluchte mich dafür, dass ich überhaupt hingefahren war.

Aber als zehn Tage später die OP an meinem Fuß anstand, war Sina die Erste, die mich besuchen kam. Sie war schon vormittags da, weil sie an dem Tag freihatte. Sie hatte mir ein paar Fußballzeitschriften und weiße Schokolade mitgebracht, und sie blieb fast eine Stunde da. Bevor sie ging, holte sie noch eine Karte aus ihrer Handtasche. Es war eine Einladung zur silbernen Hochzeit ihrer Eltern. Ihre Mutter würde sich freuen, wenn ich komme, sagte sie. Ihre Mutter hat mich schon immer übertrieben gemocht.

Dann war Sina wieder weg und ich blieb alleine mit der Karte zurück. Sie lag auf dem kleinen Essenstisch, der an den Schubladenwagen angebaut war. Ich schaltete den Fernseher ein, musste aber immer wieder zur Karte schauen. Sie hatten es nett gemeint. Aber eigentlich war es doch nur ein Trostpreis. Was sollte ich dort, Sina und dem Neuen gratulieren, was für ein schönes Paar sie sind? Nein danke. Ohne mich. Ich hab dort nix verloren. Ich hab auch noch meinen Stolz. Also legte ich die Karte nach dem Mittagessen auf das Tablett, damit sie zusammen mit dem leeren Teller abgeräumt wurde. Ich wollte sie nicht mehr in meiner Nähe haben. Kurz bevor die Krankenschwester mit dem Tablett das Zimmer verließ, rief ich ihr aber hinterher und bat sie, mir die Karte dazulassen.

15

Osman amca und mein Vater haben dasselbe Stammkahve. Es befindet sich in einem alten Haus, das zwischen einer türkischen Bäckerei und einem kleinen Tattoo-Laden steht. Die untere Etage ist orange gestrichen, das Obergeschoss rosa. Über der Eingangstür hängt ein schmuckloses weißes Schild mit der schwarzen Aufschrift *Nostalji34*. Ich war vorher nur ein-, zweimal mit meinem Vater drin, schon ewig her.

Hinter der Theke stand eine Frau mit rot gefärbten, lockigen Haaren und bereitete Getränke zu. Sie war die Erste, die mich bemerkte.

Alle Tische waren frei, bis auf den längsten, der direkt vor der Bar stand. Zehn Männer saßen eng beieinander und spielten Okey. Einer der Älteren hatte sich ein Tuch in den Hemdkragen gestopft, sein Sitznachbar hatte nasse Flecken auf dem Rücken seines blauen Shirts. Ein Typ überragte alle anderen. Seine Arme waren übelst muskulös und komplett tätowiert. Er trug einen kurzen Irokesenschnitt und einen Bart, der aus sehr vielen dünnen Linien bestand, die in alle möglichen Richtungen zeigten. Und er hatte das Kanka-Shirt mit dem wütenden Stier an. Ein anderer Mann stand als Einziger neben dem Tisch, stützte sich an einem Stuhl ab und sah dem Spiel zu.

Der von den Männern ausgeatmete Rauch schwächte das Licht der Deckenlampe ab. Gegenüber von der Bar gab es eine kleine Spielecke mit einem Tischkicker und drei Zockautomaten.

Vor langer Zeit musste hier mal eine große Werkstatt gewesen sein. Ihre Überreste hatte man an die Wände geschoben, an denen kein freier Meter zu sehen war. Überall altes und rostiges Zeug: Werkzeugkästen, Autoreifen, Regalbretter, gestapelte Stühle. Dazwischen hier und da ein Spinnennetz. Auf einem dunkelgrünen Kleiderspind klebte das Poster einer nackten Frau. Sie stand neben einem eingeseiften Cabrio und trug Dauerwelle.

Ich blieb nicht weit vom Tisch stehen und rief: »Selam aleyküm, ich suche Osman amca, Osman Göcek. Hat ihn jemand gesehen?«

Die eine Hälfte ignorierte mich, die andere wirkte irritiert. Ich hatte wohl zu laut gefragt.

Der neben dem Tisch stehende Mann war klein und kräftig, hatte eine schwarze Mähne auf dem Kopf, die hinten bis zu den Schultern reichte, und ein hellblaues Shirt an. Richtiger Maradona. Er zeigte auf das graue Jackett, das auf dem Stuhl hing, an dem er sich abstützte. »Osman musste kurz weg, kommt bestimmt gleich wieder, nimm solange Platz«, sagte er auf Türkisch zu mir. Dann rief er der rothaarigen Frau auf Deutsch zu: »Machst du ihm, was er will.«

Ich setzte mich auf einen der Hocker an der Bar und bestellte Sucuktoast und Multivitaminsaft. An der Wand hinter der Theke gab es einen Gitterkasten, in dem sich ein rostiger Ventilator langsam drehte. Daneben hing eine türkische Flagge. Die rothaarige Frau servierte mir meine Bestellung und verschwand dann in der Küche.

Ich nahm den Teller in eine Hand und drehte mich auf dem Hocker um. So konnte ich beim Essen den Männern beim Zocken zuschauen und mir gleichzeitig den Videoclip auf dem Fernseher reinziehen, der an der Wand hinter ihnen hing. Gerade rappte ein Typ mit Sonnenbrille auf Spanisch am Strand, hinter ihm zwei Tänzerinnen. Der Toast schmeckte gut, ich aß ihn schnell auf.

»Kocum, kannst du mir eine Packung Marlboro an dem Automaten da drüben holen?«, rief mir einer vom Tisch zu. Es war der ältere Mann mit dem Tuch im Hemdkragen. »Es läuft gerade so gut, wenn ich jetzt aufstehe, bringt mir das Pech.«

Er drückte mir einen Fünfer in die Hand. Ich durchquerte den Raum bis zur Tür, der Automat stand direkt daneben. Auf Augenhöhe klebte ein Blatt mit einer Botschaft auf Türkisch:

LIEBE GÄSTE! WIR WARTEN IMMER NOCH DARAUF, DASS VIELE VON EUCH IHRE SCHULDEN BEI UNS BEGLEICHEN. WIR GEBEN EUCH DAFÜR NOCH BIS ZUM 10. JULI ZEIT. DIEJENIGEN, DIE UNS BIS DAHIN NICHT BEZAHLEN, ÜBERLASSEN WIR GOTTES URTEIL!!! HASAN & NADJA

Ich brachte dem Mann die Kippen. Er rief Nadja zu, dass sie mein Essen und Getränk auf seine Rechnung schreiben sollte. Sie war nicht zu sehen, rief aber aus der Küche *tamam*. Ich setzte mich wieder auf den Hocker.

»Hasan abi, was ist das für eine Musik, ya!«, sagte einer am Tisch zu dem Mann, der aussah wie Maradona und jetzt neben mir an der Theke stand. Nadja war wieder da und reichte ihm zwei kleine Schalen mit Pistazien. »Immer wenn sie ihr Geld verspielen, ist die Musik schuld«, sagte er leise und zwinkerte mir zu, dann rief er: »Bleib ruhig, jetzt kommt genau dein Geschmack.« Bevor er die Pistazien an den Tisch brachte, sagte er zu Nadja: »Adnan Şenses.«

Sie stellte sich an den Laptop hinter der Theke. Die Musik verstummte für ein paar Sekunden. Auf dem Fernseher konnte man mitverfolgen, wie Nadja gerade YouTube durchsuchte. Dann ging eines dieser alten türkischen Lieder los, bei denen die Streichinstrumente immer so klingen, als würden sie vor Schmerz schluchzen. Auf dem Fernseher war dazu ein Bild von Adnan Şenses zu sehen, der am Ufer sitzt und traurig Richtung Bosporus blickt.

Im Lied geht es um einen Mann, der dem Kellner immer wieder den Befehl gibt, sein Glas zu füllen, und ihm sein Leid klagt. *Lass uns trinken, mein Freund. Ich habe viele Probleme. Meine Feinde sollen sich ruhig freuen. Ich bin heute ohne Geschmack, ohne Salz. Bring mal bisschen Käse, ein paar Oliven. Für meine Probleme gibt es keine Lösung. Mein Inneres brennt. Mein Auge ist satt.*

Der Typ am Tisch, der sich über die Musik beschwert hatte, hob sein leeres Glas in die Höhe wie einen Pokal, schloss die Augen und wiegte seinen Kopf langsam hin und her. Hasan abi ging mit einer Rakı-Flasche zu ihm und schenkte ein. Der Mann trank aus und knallte das Glas auf den Tisch.

Dann stand plötzlich jemand in der Tür. Es war nicht Osman amca, sondern ein dünner Typ, so Mitte dreißig. In seinen schwarzen Haaren, die er zum Zopf gebunden hatte, sah ich ein paar weiße Streifen. Außer mir hatte ihn noch niemand bemerkt. Er machte auf sich aufmerksam, indem er zweimal mit der flachen Hand gegen die Tür klatschte.

»Oh Gott, nicht der«, hörte ich Nadja hinter mir sagen.

Der Typ kam herein.

»Du hattest gesagt, dass er nicht mehr reindarf«, flüsterte Nadja. Hasan abi, der gerade mit dem Rücken an der Theke lehnte, antwortete mit einem kurzen *Pscht*.

»Was soll ich dir bringen, Rambo?«

»Einen Rakı für jeden«, sagte der mit dem Zopf.

Rambo setzte sich auf Osman amcas Stuhl, stieg sofort ins Spiel ein und versuchte nacheinander jeden am Tisch in ein Gespräch zu verwickeln. Nur ging keiner von ihnen so richtig darauf ein. Schien ihn nicht zu stören. Dursun amca, in dein Auto wollten letztens zwei einbrechen, ich hab sie verjagt, wann dankst du mir endlich, Zafer abi, geht es wieder mit der Bandscheibe, kenne das gut, hatte mein Onkel auch, habt ihr auch vorhin diese vielen Deutschen gesehen, die hier vorbeigelaufen sind, *vay piçler vay*. Die trauen sich hier bald noch ins Viertel rein, sollen sie bloß kommen.

Nach zwei Runden kam er an die Theke und bat Nadja, sein Geld zu wechseln. Er stand direkt neben mir, und als wir uns kurz in die Augen schauten, kam er etwas näher und fing an zu flüstern:

»*Naber, genc?* Kannst du mir einen Gefallen tun? In fünf oder zehn Minuten rufst du einmal laut: ›Serdar abi, soll ich dir ein Eis bringen?‹ Geht das?«

»Welcher ist das?«

»Der mit den Tattoos.«

»Und wozu?«

Er griff in seine Hosentasche und zeigte mir einen Hunderter. »Wenn du es machst, geb ich dir den hier.«

Als er zurück an seinem Platz war, hörte ich Nadja hinter mir sagen: »Tus nicht.«

Ich drehte mich wieder zur Theke. Sie trocknete gerade Gläser ab.

»Warum nicht?«

»Ist besser für dich.«

»Aber er will mir hundert Euro geben.«

»Glaub mir einfach.«

»Kannst du Türkisch?«

»Kaum. Aber von dem, was ich gehört habe, weiß ich schon, was er vorhat. Er hat etwas von einem Eis gesagt, oder?«

»Ja.«

»Mach das bloß nicht.«

Rambo saß genau gegenüber von Serdar. Er gab mir mit den Augen ein Zeichen. Ich schüttelte den Kopf. Hoffentlich tauchte der alte Osman bald endlich auf. Nach der Runde kam Rambo wieder an die Theke, blieb ganz dicht neben mir stehen und bestellte noch einen Rakı.

»Was ist, hast du Angst bekommen? Nur weil er einer von diesen Kankas ist? Soll ich dir zeigen, wie man so was macht?«

Er drehte sich wieder zum Tisch. »Serdar, mein Freund, die Nadja hat die Kühltruhe frisch gefüllt, wie wärs mit einem Eis? Ich geb dir eins aus.«

Für einen Moment waren alle still. Serdar verzog erst keine Miene, schloss dann die Augen und lächelte vor sich hin. Das war das Zeichen für alle anderen, laut loszulachen, an ihm zu rütteln und ihm auf die Schulter zu klopfen. Aber mir kam sein Lächeln komisch vor, es passte nicht zu ihm. Rambo drehte sich auf dem Weg zum Tisch noch mal kurz zu mir um und breitete die Hände aus: Siehst du, so einfach geht das.

Sie spielten weiter. Ich behielt Serdar im Auge. Er lehnte sich jetzt nicht mehr in seinem Stuhl nach hinten wie zuvor, sondern saß mit ganz durchgestrecktem Kreuz da. Rambo merkte gar nicht, dass er gerade von Serdar beobachtet wurde, weil er schon wieder jeden volllaberte.

Dann brach die Hölle los. Serdar sprang auf, packte den Tisch an einem Ende und warf ihn in hohem Bogen zur Seite. Gläser, Bretter, Spielsteine, Münzen, Aschenbecher, alles flog durch die Gegend. Rambo blieb als Einziger wie erstarrt sitzen. Serdar wollte auf ihn los, doch die anderen Männer warfen sich von allen Seiten dazwischen, um ihn zurückzuhalten.

Jeder schrie etwas, Serdar am lautesten: »Lasst mich los, ich werde ihn töten!« Drei Mann stemmten sich mit ihrem ganzen Körpergewicht gegen ihn, reichten ihm aber gerade mal bis zur Brust. Nadja war vor die Theke gekommen. Sie stützte die Hände in die Hüften und beobachtete das Schauspiel wie eine genervte Mutter.

Hasan abi zog Rambo vom Stuhl hoch und schob ihn mit

beiden Händen bis zum Ausgang. Rambo gestikulierte ganz hektisch und rief irgendwas. Als sie an der Tür ankamen, gab Hasan abi ihm einen Arschtritt. Rambo stolperte nach draußen.

Serdar schrie noch immer und wollte hinterher. Mit versammelten Kräften hielten sie ihn irgendwie zurück. »Wir müssen ihn waschen!«, rief der Älteste von ihnen, ein kleinerer Mann mit einer dicken Brille und weißen Haaren. »Mit kaltem Wasser waschen, schnell!«

Hasan abi zeigte den anderen die Richtung, und zehn Mann zogen den noch immer schreienden Serdar zu einer Tür in der Ecke, hinten bei den Spielautomaten. Sie schoben und zerrten ihn bis zum Türrahmen, er hielt sich mit beiden Händen daran fest, nach ewigem Kampf bekamen sie ihn doch in den Raum. Hasan abi und ein paar Ältere gingen mit hinein, der Rest blieb vor der offenen Tür stehen. Nadja und ich stellten uns auch dazu.

Es war eine enge, kaum beleuchtete Abstellkammer, in der Möbel und Metallzeug herumstanden. Hasan abi machte in der Mitte des Raums etwas Platz, schloss einen Gartenschlauch an und stieg auf einen Stuhl. Das alles in wenigen Sekunden, denn Serdar wehrte sich und zappelte, aber die Männer ließen ihn nicht los und redeten auf ihn ein. Einer klammerte sich sogar an sein Bein. Hasan abi drehte das Wasser auf und duschte Serdar von oben ab. Die anderen sprangen alle in Sicherheit. Serdar schrie, musste aber immer wieder Pause machen, um den Mund zu schließen. Das Wasser war grau, genau wie davor im Wettbüro. Ich bekam ein paar Spritzer und Tropfen ab, es war eiskalt.

Serdar schrie nicht mehr, er senkte den Kopf und ließ es über sich ergehen. Hasan abi drehte das Wasser wieder ab und stieg vom Stuhl. Die anderen standen im Kreis um Serdar herum. Er setzte sich auf den Stuhl und stammelte vor sich hin: Was tut ihr mir an, warum lasst ihr mich nicht gehen, ich muss ihn töten, er hat es verdient.

Hasan abi bat Nadja, ein Handtuch zu bringen, und dann uns alle, von der Tür wegzugehen.

Ich ging raus und setzte mich auf die Stufen vor der Tür. Schräg vor dem Eingang war ein Taxi geparkt. Nadja kam auch raus und zündete sich eine Zigarette an.

»Was hatte es mit dem Eis auf sich?«

»Ach, die ärgern den öfter mal damit. Als der Serdar jünger war, dreizehn oder vierzehn Jahre, da kam sein Onkel für ein paar Tage aus der Türkei zu Besuch. Danach haben Serdar und seine Eltern ihn zum Flughafen gefahren. Und dort hat sein Vater ihm bisschen Geld gegeben und gesagt, er soll sich ein Eis holen. Als er zurückkam, waren seine Eltern weg, nur noch der Onkel war da und hat zu ihm gesagt: Du fliegst mit mir in die Türkei, in unser Dorf. Dort musste er dann ein paar Jahre bleiben.«

»Warum das?«

»Um zu lernen, ein richtiger Türke zu sein. So hat es mir der Hasan mal erzählt.«

»Oh Mann.«

»Ich geh mal besser rein, Hasan mag es nicht, wenn ich mich zu lange mit Gästen unterhalte, nicht falsch verstehen.«

Ich stand auf und wollte mich auf den Weg machen. Die Haltestelle war gleich vorne neben der Kreuzung. Doch dann erkannte ich einen Mann, der aus der Ferne langsam die Straße hochlief. Er wurde vom orangen Licht der Laternen schwach beleuchtet, hatte eine Halbglatze und trug eine graue Hose. Osman amca, endlich.

»Kemal, du hier? Warst du da etwa drin?«, fragte er, als er vor der Tür ankam.

»Ja. Ich hab dich gesucht, amca.«

»Ist was passiert?«

»Es geht um Tayfun.«

»Ah, hattest du deinen Termin bei ihm schon?«

»Ja.«

»Wie ist es gelaufen?«

»Ging so.«

»Hat er dir Löwenvideos gezeigt?«

»Viele, ja.«

»Er ist verrückt danach.«

»Hat mein Vater ihm Geld geben müssen?«

Er sah mir irritiert in die Augen und dann zur Tür.

»Was meinst du?«

»Amca, lass uns ehrlich reden. Nach dem Treffen wurde mir erzählt, dass Tayfun Geld dafür nimmt, wenn er jemanden aus dem Viertel einstellen soll. Also, stimmt es?«

Er schwieg lange. Kratzte sich an der Hand, kratzte sich am Hals, am Schnauzbart, an der Glatze. Wir lehnten inzwischen beide am Taxi.

»Der Junge liebt Geld, Kemal. Das darfst du ihm nicht übel nehmen. Jeder Mensch hat etwas im Leben, das ihm wichtig ist, für das er jeden Tag aufsteht, verstehst du? Bei Tayfun ist es Geld, er war schon als Kind so. Aber er hat ein gutes Herz. Die halbe Stadt will ständig Arbeit von ihm. Und weil ich und dein Vater befreundet sind, hat er von ihm nur 5000 Euro genommen, normalerweise sind es 10 000. Deinem Vater ist es sehr wichtig, dass du eine feste Arbeit hast, nach allem, was passiert ist.«

Gegenüber sah ich durch das Fenster einer Fabrik, wie Metallteile in einer Reihe vorbeizogen. Sie hingen an Haken wie frisch geschlachtetes Vieh.

»Kommst du noch mal mit rein? Osman amca gibt dir was aus.«

»Nein, ich muss nach Hause. Wem gehört das Taxi hier?«

»Der Fahrer sitzt im kahve. Ich schicke ihn dir sofort raus. Machs gut, Kemal. Und erzähl Tayfun bitte nicht, dass du es von mir weißt.«

Während ich auf den Taxifahrer wartete, hörte ich von irgendwo jemanden flüstern. Es war Rambo, der sich am Straßenrand hinter einem geparkten Auto versteckt hielt. Er rief mich zu sich her. Ich tat so, als würde ich schnell wieder ins kahve gehen, um Serdar zu holen. Er flüchtete sofort ums Eck wie eine Straßenkatze.

16

Der Taxifahrer kam nach draußen und nickte mir kurz zu. Wir stiegen in den Wagen und fuhren los, das Taxameter blieb ausgeschaltet. Der Fahrer schwieg während der gesamten Fahrt. War besser so. Ich schaute aus dem Fenster und hatte das Gefühl, dass sich jeder gegen mich verschworen hatte. Die ganze Welt gegen mich.

Wir kamen an die Allee. Vor dem Stadttheater wühlten drei Männer mit Taschenlampen im Sperrmüll. Ich musste an die silberne Hochzeit von Sinas Eltern denken. Sie war am nächsten Tag. Ich entschied, doch hinzugehen. Ich musste es noch einmal versuchen. Diesmal würde sie es einsehen. Wenn nicht, konnte ich endlich abhauen. Dann hielt mich hier nix mehr.

Bevor ich ausstieg, wollte ich bezahlen, aber der Fahrer sagte, dass Osman amca das schon geregelt hatte.

Als ich oben die Wohnungstür hinter mir zumachte, hörte der Schmerz in meinem Fuß sofort auf. Das macht er oft so. Ich zog mich bis auf die Boxershorts aus und ließ mich aufs Bett fallen. Das Ticken der Wanduhr hielt mich wach. Wenn man einmal darauf achtet, hat man verloren, dann hört man es die ganze Zeit. Darüber dachte ich lange nach, und mittendrin schlief ich ein.

SAMSTAG

1

Ich war schon mit einem Fuß in der Dusche, als ich hörte, wie jemand an der Tür klopfte, hart und laut. Zuerst wollte ich es ignorieren, dann band ich mir aber doch das Handtuch um und ging zurück in den Flur.

»Wer ist da?«

»Rainer!«

»Ich muss duschen, komm später noch mal.«

»Nein, bloß nicht duschen!«

»Warum?«

»Mach endlich auf! Ist ein Notfall.«

Es kam öfter mal vor, dass Rainer hochkam und Notfälle meldete. Ich machte auf. Er hielt eine Kiste Sprudel in den Händen und gab mir mit dem Kopf zu verstehen, dass ich ihm Platz machen sollte.

»Zieh dir was an, wir müssen reden«, sagte er im Vorbeigehen.

Mitten im Wohnzimmer blieb er stehen und sah sich um. Rainer ist achtundvierzig Jahre alt, aber wenn man ihn so von hinten sah, konnte man denken, dass er viel jünger war. Er ist noch ziemlich gut in Form und hat dichte, stark gelockte Haare. Früher ist er mit einem blonden Riesenafro durch die Gegend gelaufen, das sieht man auf den alten Fotos, die in seiner Wohnung hängen.

Emre und Hakan finden es komisch, dass ich mit ihm abhänge, aber ich mag ihn halt. Bei ihm weiß man nie, was er als Nächstes macht. Einmal standen wir unten vor der Haustür, da fing er an, in die Hände zu klatschen, zu pfeifen und ganz aufgeregt hin und her zu laufen, immer mit dem Blick nach oben. Dabei rief er ganz laut nach einem Hansi, den es gar nicht gab. Den Leuten, die sich nach uns umdrehten, sagte er, dass sein Wellensittich abgehauen war. Das sprach sich so schnell herum, dass nach einer halben Stunde halb Heilbronn mitsuchte.

Er drehte sich zu mir um. Sein Gesicht war leicht gerötet. Nicht von der Sonne, das ist bei ihm immer so.

»Wo soll ich den Sprudel hinstellen?«

»Am besten in die Küche. Aber warum hast du den dabei? Und warum soll ich nicht duschen?«

»Weil das Wasser verseucht ist«, rief er aus der Küche und kam dann zurück. »Hab ich mir gedacht, dass du das wieder nicht mitbekommen hast. Sie wissen nicht, woran es liegt, aber seit gestern stimmt irgendetwas nicht, das Wasser ist in der ganzen Stadt grau.«

»Ja, hab ich gesehen.«

»Sie sagen, dass es gefährlich sein kann, wenn die Haut damit in Berührung kommt. Bis sie mehr wissen, soll man das Wasser nicht benutzen, nur für die Toilettenspülung. Habs vorhin nach dem Aufstehen im Radio gehört und bin gleich los zum Lidl. Und wenn ich schon mal da bin, dachte ich, nehm ich meinem Kemal auch gleich eine Kiste mit.«

»Sauber, danke.«

»Gerne. Ich bin dann mal auf dem Balkon.«

Er liebt meinen Balkon. Es gibt dort gerade mal Platz für zwei Stühle und einen niedrigen Minitisch. Aber Rainers Wohnung hat gar keinen Balkon, und er mag die Aussicht.

Mein Onkel hat das Haus vor ungefähr zwanzig Jahren gekauft. Es steht direkt an der größten Kreuzung der Allee. Deshalb behauptet er gerne, dass ihm das am zentralsten gelegene Haus von ganz Heilbronn gehört. Seit er weg ist, kümmert sich mein Vater darum. Unten im Erdgeschoss zieht alle paar Monate ein neues Geschäft ein. Gerade stand es leer. Rainer wohnt schon ewig im zweiten Stock, und das seit ein paar Jahren alleine. Von seiner Frau hat er sich getrennt und seine zwei Söhne sind ausgezogen.

Er arbeitet in einer Druckerei. Dort hat er meinen Onkel kennengelernt. Viele Jahre später trafen sie sich zufällig wieder und es stellte sich heraus, dass der eine gerade dringend eine Wohnung suchte und der andere gerade ein Haus an der Allee gekauft hatte. Rainer vergöttert meinen Onkel, weil er ihm damals geholfen und bis heute nie die Miete erhöht hat.

Ich zog mir schnell etwas an und ging auch auf den Balkon. Rainer öffnete gerade den Sonnenschirm, der in der Ecke stand. Ich half ihm.

»Oh, fein, fein, der Herr, wo gehts noch hin? Kemal im Hemd, das sieht man nicht oft.«

»Termine, mein Freund.«

Wir setzten uns. Er zog ein Taschentuch hervor, wischte sich den Schweiß aus dem Gesicht und rief:

»Hundstage sind das, ehrlich!«

»Was soll das sein?«

»Das sagt man, wenn es so heiß ist, dass man es kaum mehr aushält. So heiß, dass alle aggressiv werden. Du hättest sehen sollen, wie die Leute im Lidl um die letzten Wasserflaschen gekämpft haben. Die haben sich alle angebrüllt und sind fast aufeinander los, und ich bin zwischen ihnen durchgeflitzt und hab mir schnell zwei Kisten gegriffen. Das geht alles nimmer lang gut. Zu viel Sonne ohne Abkühlung, das vertragen die Menschen hier einfach nicht, das schlägt auf die Psyche. Wusstest du, dass die meisten Morde bei Temperaturen über 33 Grad passieren? Darüber gibt es ganze Statistiken. Und wir leben hier in einer Kessellage, das macht es noch schlimmer! Deshalb bleib ich lieber daheim, da hab ich meine Ruhe.«

Ich wollte gerade antworten, da hörten wir Gebrüll von der Straße. Wir standen sofort auf und sahen mehrere hundert Menschen näher kommen.

»Aha«, sagte Rainer, »da kommen sie wieder.«

Sie marschierten auf die Allee zu. Die ersten paar Reihen bestanden aus Männern in schwarzen Shirts mit schwarzen Sonnenbrillen. Hoffentlich hatten sie genug Sonnencreme auf den Glatzen. Hinter ihnen wurde es bunter. Erwachsene, Kinder, von Jung bis Alt war alles dabei.

Ihre Rufe wurden immer lauter.

Heil-bronn-wach-auf!

Heil-bronn-wach-auf!

Heil-bronn-wach-auf!

Es gab keine Polizei und keine Absperrungen, der Verkehr war auch nicht umgeleitet worden. Also lief die Menge einfach auf die Straße und nahm die ganze Kreuzung ein. Autofahrer aus beiden Richtungen hupten, kamen aber nicht weiter.

Rainer und ich setzten uns wieder und rutschten ganz nah an die Brüstung, um die Menge im Auge zu behalten.

»Die nutzen das jetzt alles aus, sag ich dir«, sagte Rainer, »die Hitze und diese Stimmung zurzeit in der Stadt. Die spüren das und wissen genau, was sie tun. Es gab eine Schlägerei vor ein paar Tagen. Hast du mitbekommen, oder?«

»Du meinst das vorne an der Kilianskirche? Ich hab nur die vielen Krankenwagen hier vorbeifahren sehen.«

»Ja, genau. Ich bin da gleich hingelaufen. Es gibt ja dort die eine Treppe, wo sich die Flüchtlinge immer treffen, weil es dort gratis Internet gibt. Zwei Frauen laufen vorbei, ein paar von denen pfeifen hinterher, die Männer der Frauen sagen etwas, und ab geht die Post. Der eine liegt noch im Krankenhaus, soweit ich weiß. Den sollen sie ganz übel zugerichtet haben.«

In der Mitte der Kreuzung bildete sich ein Kreis um eine schwarz gekleidete Frau, die ein Megafon in der Hand hielt. Sie sprach von einem Angriff auf das Volk, von Widerstand und Verteidigung. Die Leute klatschten immer wieder. Inzwischen waren ein paar Streifenwagen mit Blaulicht angekommen, Polizisten stiegen aus und kreisten die Menge ein.

»Für jeden toten Deutschen einen toten Ausländer!«, rief die Frau.

»Es ist an der Zeit, dass nicht immer nur wir leiden müssen. Ab sofort sollen die anderen brennen. Ihr habt mich richtig gehört!« Das kam gut an, alle riefen *Jawohl!* und klatschten.

»Zwei Meter hinter der Frau mit dem Lautsprecher steht ein Mann«, sagte Rainer, »siehst du ihn, der mit dem gelben Shirt und der weißen Sonnenbrille?«

»Ja.«

»Schafft mit mir in der Druckerei. Hält uns seit Monaten schon Vorträge über dieses HWA. Der hat die halbe Firma überzeugt, bei denen mitzumachen. Als er zu mir kam, hab ich nur gesagt: Jaja, du mich auch, geh mal schön weiter. Ich kenn den seit über zwanzig Jahren, der ist einer von denen, die nur auf so was gewartet haben. Eine Schande ist das! Das meine ich mit Hundstagen. Deshalb bleib ich daheim.«

Die Polizei zog den Kreis um die Menge enger. Ein paar Glatzen gefiel das nicht, sie schrien die Polizisten aus nächster Nähe an, die packten sich ein paar von ihnen und rissen sie zu Boden. Rainer und ich sahen uns das eine Weile an, dann rutschten wir zurück an den Tisch. Demos, die so endeten, waren für uns nix Neues mehr, das hatten wir schon oft von hier oben aus gesehen.

»Also sag, warum das Hemd?«

»Sinas Eltern feiern silberne Hochzeit. Ich bin eingeladen.« Unten wurden die Schreie und Buhrufe immer lauter.

»Seid ihr wieder gut miteinander, Sina und du?«

»Schwer zu sagen.«

»Und ihr neuer Freund, wird der auch dort sein?«

»Ich denk schon, ja.«

»Na, du bist mutig! So gefällt mir das.«

Rainer stand auf.

»Ich packs dann mal. Wie kommst du zur Feier? Hast du dein Auto schon reparieren lassen?«

»Noch nicht.«

»Soll ich dir das Geld nicht doch leihen?«

»Nein, passt. Ich krieg das hin.«

»Also gut, aber du weißt, wenn es brennt, Rainer ist für dich da. Einfach die Treppe runter und klingeln, dann finden wir für alles eine Lösung.«

»Danke, aber keine Sorge. Ich weiß schon, wie ich es auftreibe.«

Bevor wir reingingen, schaute ich noch mal schnell nach unten. Die Polizei hatte die Versammlung inzwischen aufgelöst. Die Straße war wieder frei.

2

Ich lief durch die Straßen, bis ich das älteste Uhrenfachgeschäft von ganz Heilbronn fand. So stand es zumindest im Schaufenster.

Es war ein schmaler, enger Laden, in dem fast alles aus Glas, Holz oder Gold war. Außer mir war kein Mensch zu sehen, nur Vitrinen, Regale und eine Glastheke mit ganz vielen Fingerabdrücken, auf der eine alte Kasse stand. Dahinter eine Tür, über der eine ganz lange Zeitleiste mit Fotos angebracht war. Das erste Foto war von 1836, das letzte von 2015. Das Motiv war immer das gleiche: Ein Mann steht draußen vor dem Schaufenster, die Arme verschränkt, durchgestrecktes Kreuz und stolzer Blick in die Kamera.

Auf der Glastheke lag eine goldene Klingel. Ich haute drauf.

»Wer ist da?«

»… Kemal.«

»Um was geht es?«

»Ich hab hier eine Rolex und würde gern ihren Wert wissen, weil ich sie verkaufen will.«

»Ich bin hier hinten. Kommen Sie nur rein.« Die Tür hinter der Theke führte in einen kleinen Flur. Ich folgte dem schwachen Licht, das von einer offenen Seitentür in den Flur fiel. Es stammte von einer Tischlampe, die in einem ansonsten fast völlig abgedunkelten Zimmer stand. Die Lampe war direkt auf eine geöffnete Armbanduhr gerichtet. An der Wand hing ein Gemälde, auf dem drei geschmolzene Uhren zu sehen waren.

Der Mann, den ich auf dem Foto von 2015 gesehen hatte, saß auf einem kleinen Hocker mit Rollen, hielt eine Pinzette und zupfte damit ganz zart an den Zeigern der Armbanduhr.

Er trug einen weißen Kittel und hatte eine goldene Lupe auf einem Auge. Ich war mir nicht sicher, ob er mich überhaupt bemerkt hatte, aber dann fragte er, wie er mir helfen konnte. Ich hielt ihm die Uhr hin.

»Es geht um die hier. Wie viel kann ich dafür verlangen?«

»Gestohlen?«

»Nein.«

Er nahm die Lupe von seinem Auge, zeigte auf die Rolex und dann auf den Tisch. Ich legte sie dort ab. Er richtete die Lampe drauf. Ein paarmal drehte er die Uhr hin und her, hielt sie an sein Ohr, klopfte ganz sanft mit einem Minihammer drauf.

»Gefälscht.«

Er setzte sich die Lupe wieder auf.

»Wie erkennt man das?«

»Erfahrung.«

»Können Sie das bitte etwas genauer erklären? Ich muss es wissen.«

Er rollte auf dem Hocker zu einem Regal an der Wand und griff sich ein weiteres Werkzeug. Beim Zurückrollen sagte er:

»Sag mir ein Thema, mit dem du dich gut auskennst.«

»Fußball.«

»Nein. Dazu kann ich nichts sagen. Etwas anderes.«

Mir fiel nichts ein.

»Von mir aus auch jemand, den du sehr gut kennst. Hast du Geschwister?«

»Nein.«

»Dann eben deine Freundin, hast du eine?«

»Ja. Halt, nein. Doch, so halb.«

Ich wollte es gerade erklären, aber er unterbrach mich.

»Schon gut, ich hab nicht ewig Zeit. Wie heißt sie?«

»Sina.«

Er legte das Werkzeug ab und wendete sich mir zu.

»Also gut. Nehmen wir mal an, jemand erlaubt sich einen Scherz mit dir. Es wird eine Frau gefunden, die dieser Sina sehr ähnlich sieht, zum Verwechseln ähnlich. Jeder Mensch hat eine Art Doppelgänger irgendwo auf der Welt, hast du sicher schon mal gehört. Sie geben ihr dieselben Kleider wie Sina, verpassen ihr die gleiche Frisur, vielleicht noch ihren Schmuck, alles gleich. Und dann bekommt diese Doppelgängerin die Aufgabe, mit dir auszugehen. Würdest du darauf reinfallen und denken, dass sie die echte Sina ist, oder würdest du es merken?«

»Klar würd ichs merken.«

»Also. Und danach könntest du mir wahrscheinlich groß und breit erklären, woran du es erkannt hast, aber all das würde mir nicht viel sagen, oder?«

Ich hatte schon verstanden. Er gab mir die Uhr zurück.

»Sie ist nicht schlecht gefälscht. Du würdest bestimmt Käufer finden, die den Unterschied nicht merken. Die Frage ist nur, ob man so etwas will, das muss jeder für sich selbst entscheiden. Jetzt muss ich aber weitermachen, und zwar ungestört. Wenn ich hier auf eine falsche Stelle drücke, war ein halbes Jahr Arbeit umsonst.«

Ich bedankte mich und verließ den Laden. Auf der Straße betrachtete ich die Rolex ein letztes Mal. Sie funkelte so schön im Sonnenlicht. Ich warf sie in den ersten Mülleimer, an dem ich vorbeikam.

3

Das Tor an der Einfahrt stand offen und wurde vom Mitarbeiter irgendeiner Eventfirma bewacht. Er trug eine weiße Uniform und glaubte mir nicht, dass ich eingeladen war. Ich musste ewig mit ihm diskutieren, bis er endlich per Headset eine Kollegin rief. Sie kam wenig später mit der Gästeliste und war auch ganz in Weiß gekleidet. Als sie meinen Namen auf der Liste fanden, war es dem Typ sichtlich unangenehm. Für eine Entschuldigung war er sich aber zu fein. Die Frau war da schon freundlicher und bat mich, ihr zu folgen. Die Zeremonie hatte ich verpasst, sagte sie, zum Buffet kam ich aber gerade noch rechtzeitig.

Ich war schon lange nicht mehr auf dieser Seite der Mauer gewesen. Die Villa war der strahlende Mittelpunkt, umgeben von zahlreichen Kieswegen und endlosem Grün. Das ganze Grundstück erinnerte mich immer an den Central Park, dabei war ich noch nie in New York. Hier mal ein Teich, dort mal ein Brunnen, dazwischen ein Minisee mit eigener Brücke. Weiter hinten stand ein kleiner künstlicher Wald mit eigenem Trimm-dich-Pfad. Dort hatte Sinas Vater immer trainiert, als es ihm noch besser ging. Zur anderen Seite der Villa stand Sinas Bungalow mit eigenem Pool, dazu ein Tennisfeld und ein Basketballplatz, daneben ein Gewächshaus, das größer war als meine ganze Wohnung.

Sinas Vater hat das alles selbst entworfen. Er ist Architekt und hat es richtig drauf. Hat schon mal für Stefan Raab gearbeitet und für die Schwester von Bill Gates. Das hat mir Sina erzählt. Mit ihm selbst hab ich höchstens drei Sätze gewechselt.

Wir liefen seitlich an der Villa vorbei. Gleich neben dem Haus standen zwei blaue Riesenbehälter, jeder davon so groß wie ein Wohnwagen, mit ganz vielen Schläuchen, die in einen Schacht im Boden führten. Ich fragte die Frau, was es damit auf sich hatte. »Das sind Wassertanks«, sagte sie, »wegen dem verseuchten Leitungswasser.« Dann zeigte sie auf ein Festzelt und sagte, dass dort vorhin die Zeremonie stattgefunden hatte. Das Zelt stand auf dem Rasen und war zu allen Seiten hin offen. Es waren bestimmt hundert weiße Stühle darin aufgereiht. Ganz vorne bauten ein Pfarrer und zwei Musiker gerade ihre Sets ab.

Wir erreichten das Ende des Kieswegs und kamen an der Rückseite der Villa an. Die Frau ließ mich allein und winkte mir aufmunternd zu, als hätte sie mich in der Spielecke eines Möbelhauses abgeliefert.

Ich sah mich unter den Gästen um: Familien mit kleinen Kindern, Männer zwischen vierzig und sechzig in braven Anzügen und mit teuren Uhren. Wie bei einer Preisverleihung für die besten Wirtschaftsmanager des Jahres. Einige von ihnen saßen noch an den Tischen auf der Terrasse, doch die meisten standen auf dem Rasen um den großen Pool herum. Sie tranken Bier oder Sekt, den sie sich wahrscheinlich an der Bar geholt hatten, die weiter hinten aufgebaut war, gleich neben einer Bühne mit Tanzfläche.

Auf der anderen Seite des Pools sah ich Sinas Eltern. Um die beiden herum hatten sich mindestens fünfzehn Leute versammelt. Sinas Vater redete gerade mit einem älteren Krawattentyp, ihre Mutter hörte dessen Frau zu. Der Rest wartete darauf, ein bisschen Aufmerksamkeit von den Gastgebern zu bekommen. Ich ging hin und drängelte mich schnell durch, und als das ältere Paar wegging, gratulierte ich den beiden. Sinas Vater gab mir kurz die Hand. Seine Frau strahlte übers ganze Gesicht und umarmte mich. »Er ist wirklich gekommen! Wir haben bis zuletzt darum gewettet! Mensch, ist das eine Freude.« Sie hatte noch die gleiche Frisur: schwarze, glatte Haare bis zu den Schultern, vorne ganz gerader Pony. Ihre Stimme klang mindestens zwanzig Jahre jünger, als sie ist. Sie fragte mich, wie es mir geht, was ich so mache, und ich erzählte ein bisschen. Sie hörte ganz interessiert und aufmerksam zu, mit Nicken und Lächeln an den richtigen Stellen. Wenn man mit ihr spricht, hat man immer das Gefühl, dass man etwas ganz Wichtiges sagt. Hoffentlich macht sie das nicht bei jedem so. Sie schaute sich nach Sina um und fragte, ob wir gemeinsam nach ihr suchen sollten, aber ich sagte, dass es nicht nötig war, ich würde sie schon noch finden.

Danach holte ich mir einen Sekt, lief ein bisschen durch die Gegend und stellte mich dann an den Pool. Ein Mann kam zu mir und stieß mit mir an. Er erzählte einen langen Witz, den ich nicht richtig verstand. Nach dem letzten Wort ging er einfach weg und sah dabei stolz über die Schulter zurück zu mir. Ich lachte lautlos und gab ihm mit dem Zeigefinger zu verstehen: Ah, ja, jetzt, der war echt gut. Das freute ihn.

Die Sonne stand so hoch, dass ihr strahlendes Spiegelbild den ganzen Pool einnahm. Ich ging in die Hocke, tauchte eine Hand ins Wasser und brachte die Sonne damit ein bisschen aus dem Gleichgewicht. Auf den kleinen Wellen erschien ein wackliger Schatten, der mir immer näher kam. Sinas kleiner Bruder.

»Ich seh dich, Paul. Denk nicht mal dran.«

Er trug ein weißes Hemd wie ich und grinste mich an. Er hatte die dunkle Haarfarbe seiner Mutter und die Standardfrisur, die man bei den türkischen Friseuren an der Allee verpasst bekommt: Seiten kahlrasiert, oben etwas länger und schräg nach hinten geföhnt. Ich stand auf und klatschte mit ihm ab.

»Glück gehabt, Bro! Jeden anderen hätt ich safe reingeschmissen.«

Seine Stimme war viel tiefer geworden, seit wir uns das letzte Mal gesehen hatten.

»Mach lieber mal langsamer mit dem Wachsen, bald hast du mich überholt.« Als Antwort stellte er sich auf die Zehenspitzen und sah über mich hinweg.

»Wie alt bist du jetzt?«

»In drei Monaten siebzehn.«

»Sauber.«

»Hat dir mein Onkel gerade einen Witz erzählt?«

»Ja.«

»Hast du gelacht?«

»Bisschen.«

»Dann müssen wir abhauen, der wird immer wieder kommen. Lass ne Runde schwimmen, hast du Bock?«

»Wo ist deine Schwester?«

»Die ist mit den anderen schon am Pool, drüben am Bungalow. Lass kurz hoch, dann geb ich dir ne Badehose.«

Wir gingen in die Villa und fuhren mit dem Aufzug in den dritten Stock. In Pauls Zimmer war vom Fußboden kaum noch was zu sehen, überall lagen Kleider, Pizzakartons, Red-Bull-Dosen, eine umgeworfene Shisha. Er gab mir eine orange Badehose und ein Handtuch. Wir zogen uns nacheinander im Badezimmer um und gingen wieder nach unten. Die Hose war ein bisschen eng und kurz, aber egal.

Als wir auf dem Kiesweg in Richtung Bungalow liefen, fragte er, was im Hawaii so los war in letzter Zeit. Ständig wollte er Geschichten über Gangs und Junkies und Drogen hören. Er war verrückt danach. Sina hatte es irgendwann satt und bat mich, ihn mal mitzunehmen und ihm die Gegend zu zeigen.

Wir hatten damals gerade Winterpause und ich war spontan mit dem Jaguar für ein paar Tage nach Heilbronn gefahren, die ganze Strecke von Gaziantep. Ich holte Paul ab und wir verbrachten den ganzen Tag zusammen. Er ging mit mir in der Moschee essen, lernte ein paar meiner Kumpels kennen und lief mit uns ein bisschen durch die Gegend. Sie redeten alle extra auf Deutsch, weil er dabei war. Das Viertel war an dem Tag kalt und leer, aber Paul war trotzdem völlig fasziniert. Und dann, kurz bevor ich ihn heimfahren wollte, stürmte ein Mann aus einem der Nachbarhäuser und schrie um Hilfe. Hinter ihm rannte ein anderer und verfolgte ihn mit einer Axt in der Hand. Sina kennt die Story in- und auswendig, so oft hat Paul sie ihr schon erzählt.

Wir wetteten, wer länger barfuß auf den heißen Kieselsteinen laufen konnte, ohne auf das kühle Gras zu springen. Paul gewann.

Dann sah ich Sina. Sie lag mit ihren zwei Freundinnen direkt neben dem Pool vor ihrem Bungalow und sonnte sich. Sie hatte einen grün-gelb gestreiften Bikini an und hielt sich mit den Händen am oberen Ende der Liege fest. Ihr Bauch glänzte von der Sonnencreme. Im Pool führten zwei Typen einen Showkampf vor, Wasser spritzte in alle Richtungen. Die beiden kannte ich nicht, die zwei Freundinnen neben Sina schon. Mit denen war sie meistens unterwegs. Die im blauen Badeanzug und mit den hellbraunen Haaren war die leise Claudia, die fast nie ein Wort spricht. Umso gesprächiger ist Julia, die ihre schwarzen Haare zum Pferdeschwanz gebunden hatte und einen bunten Bikini trug. Sie ist meine Erzrivalin.

Es gibt an der Hafenstraße einen kleinen After-Hour-Club, Bukowski heißt der. Da gehen am Wochenende alle hin, die noch nicht heimwollen, wenn die anderen Clubs zumachen. Dort sind wir uns mal begegnet. Ich war mit Emre unterwegs, hatte ihn aber verloren und war auf die Raucherterrasse gegangen, um ihn dort zu suchen. Julia stieß mir gegen die Schulter. Sie stand mit irgendeinem Typen da, in einer ganz engen und endlosen Umarmung wie frisch verliebte Teenies an der Bushaltestelle. Ich war damals noch mit Sina zusammen und kannte Julia über sie, hatte sie aber erst ein paarmal gesehen. Julia erzählte mir, dass Sina und sie seit Wochen keinen Kontakt mehr hatten, weil sie wegen irgendwas gestritten hatten, ich weiß nicht mehr, wegen was. »Ach echt, schade«, sagte ich und wollte weiter. Aber dann legte sie los.

»Du wirst schon noch mitkriegen, wie sie sein kann. Ich kenn sie ja schon ewig, ich weiß viel mehr über sie als du. Und über ihre Familie auch. Die brauchen nach außen gar nicht so auf perfekt und glücklich zu machen. Ich mein, wenn man ständig behaupten muss, der Vater ist auf Geschäftsreise, obwohl er in Wahrheit wieder mal eine Entziehungskur machen muss, das sagt doch schon alles. Und dann seine ganzen Frauengeschichten, ihre Mutter weiß sogar davon. Aber kein Wunder, dass sie sich nicht scheiden lässt, bei der ganzen Kohle.«

Sie hörte gar nicht mehr auf. Sina kauft mir meine Schuhe immer nach, Sina ist nie pünktlich, Sina weiß immer alles besser. Ihr Typ stand rauchend bei ihr und grinste ab und zu. Irgendwann wurde es mir zu dumm und ich unterbrach sie: Julia, es reicht, red nicht so über sie, nicht vor mir, klärs mit ihr selbst, das gehört nicht hierher. Und du, lach nicht so dumm. Aber Julia winkte nur ab und sagte: »Jaja, wirst schon sehen.« Und bevor ich von ihr wegging, sagte sie noch: »Weißt du eigentlich schon, dass sie stottert, wenn sie aufgeregt ist? Frag sie doch mal.«

Wusste ich nicht, glaubte ich auch nicht. Ich kannte Sina schon lang genug, sie hatte nie gestottert. Und wennschon. Julia sah mich so ganz stolz über die Enthüllung an, und ihr Typ grinste schon wieder, und genau in dem Moment hätte ich vor den beiden ausspucken sollen, aber ich ging einfach weg.

Ich hab das alles danach natürlich gleich Sina erzählt. Sie war geschockt und wollte nie mehr ein Wort mit ihr wechseln. Ein paar Wochen später haben sie sich doch wieder vertragen. Aber ich will seitdem mit dieser Julia nix zu tun haben. Bei so was bin ich empfindlich. Das hab ich Sina auch so gesagt: Die ist falsch, und von falschen Menschen hält man sich fern. Von Sina weiß ich, dass Julia ihr ungefähr das Gleiche über mich sagt. Aber ich bin nicht falsch, ich bin manchmal nur dumm, das ist ein Unterschied.

»Hier ist er!«, rief Paul, als wir bei den Sonnenliegen ankamen.

Sina hatte uns davor nicht bemerkt. Sie hob kurz ihre Sonnenbrille und richtete sich dann auf. Ihre Haare waren in der Mitte gescheitelt und etwas gewellt. Sie reichten ihr bis knapp unter die Schultern. Mit ein paar Klammern an den Seiten hatte sie dafür gesorgt, dass sie ihr nicht ins Gesicht fielen. Wir wussten beide nicht so genau, wie wir uns zu begrüßen hatten. Sie hob ganz kurz das Kinn und lächelte ein bisschen.

»Meine Mutter hat ihn eingeladen«, sagte sie zu Claudia und Julia. »Hab ich euch ja erzählt. Sie ist immer noch verrückt nach ihm. Wollt ihr euch dazulegen oder gleich ins Wasser?«

»Gleich Wasser«, sagte Paul. Genau in dem Moment rief jemand nach ihm. Der Onkel, der mir den Witz erzählt hatte, stand auf dem Rasen und bat ihn, mitzukommen, um einer Tante hallo zu sagen. Paul wollte nicht.

»Geh halt kurz«, sagte Sina, »die freut sich.«

Paul drehte sich ganz langsam und genervt um und lief zum Onkel. Der Onkel grüßte mich mit Zwinkern und Zeigefinger. Ich zog eine Liege heran und setzte mich drauf. Die zwei Typen stiegen aus dem Pool. Sina stellte sie mir als Robert und Thomas vor. Sie gaben mir nacheinander die Hand, nannten sich aber Rob und Tom.

Rob setzte sich eine eckige Sonnenbrille auf, die sein halbes Gesicht verdeckte, und gab Julia ein Zeichen, ihm Platz zu machen. Er trug eine hellblaue Badehose und war stark gebräunt. Seinen schwarzen Haaren war nicht anzusehen, dass er gerade vom Schwimmen kam, die Frisur stand noch wie eine Eins.

Tom war der Unscheinbare von den beiden. Typen wie Rob suchen sich meistens Kumpels aus, die sie in den Schatten stellen können, das lässt sie nur noch mehr strahlen. Deshalb kann ich mich an Toms Aussehen gar nicht richtig erinnern. Er war ein schlanker Typ mit kurzen Haaren, aber zu seinem Gesicht kann ich nix sagen. Er nahm die freie Liege neben Claudia.

»Wann kommt Marco endlich?«, fragte Rob in die Runde. Ich hörte den Namen zum ersten Mal. Aber ich wusste sofort, wer gemeint war.

»Später«, sagte Sina. »Er ist noch an der Uni, hat heute eine Klausur.«

»Hey Kemal!«, rief Julia, als wäre ich gerade erst gekommen. Sie lehnte sich mit dem Rücken an Rob und stützte ihre Arme auf seine Knie.

»Hey Julia.«

»Ich bin letztens an dir vorbeigefahren, hab dir sogar gewunken. Du standst da vor dem großen Casino, wie heißt das noch mal, Zeus?«

»Kann sein.«

»Arbeitest du jetzt dort? Das war nämlich echt früh, noch vormittags.«

Jetzt musste ich mir wegen Emre schon solche Sachen anhören, der schleppte mich ständig in den Laden mit. Ich sagte nichts.

»Bist du immer so gesprächig?«, fragte Rob. Er lachte über seine Frage und sah sich mit schnellen Kopfbewegungen um, ob jemand mitlachte.

»Nein.«

Ein Kellner kam vorbei und servierte Cocktails. Sie sprachen über Dinge, zu denen ich nichts zu sagen hatte. Vor allem über irgendeine Netflix-Serie. Claudia meldete sich zu Wort, sie kannte die Serie auch nicht. »Was, echt nicht?«, fragte Julia. »Wie kann man die nicht kennen? Ich kenne echt niemanden, der sie nicht kennt. Außer dich jetzt.« Als würden fünf Jahre Knast darauf stehen.

Julia und Rob erzählten die Serie einmal komplett nach, mit sämtlichen Spoilern. Dann ging es um die Abendplanung. Sie einigten sich schnell aufs Creme. Rob rief dort an und reservierte eine Lounge.

Danach wollte Julia von mir wissen, wie es meinem Fuß ging, wie der Unfall abgelaufen war und wie Istanbul eigentlich so ist. Sie macht das immer so, wenn wir uns mal sehen.

Entweder ignoriert sie mich völlig, oder sie redet ohne Pause auf mich ein.

Ich wollte mal nicht so sein, erzählte ein bisschen vom Fuß und vom Unfall und davon, dass ich noch nie in Istanbul war. Immer wenn wir dort ein Auswärtsspiel hatten, war ich entweder verletzt oder gesperrt.

»Also ich will unbedingt mal nach Istanbul«, sagte Julia. »Aber der Herr hier …«, sie deutete mit einem Daumen nach hinten.

Rob lehnte sich zurück, legte beide Hände hinter den Kopf und sagte: »Reizt mich gar nicht.«

»Tom und ich waren mal zusammen dort«, sagte Claudia. »Ist wunderschön.«

»Ich würde auch gern mal hin«, sagte Sina.

»Du kannst aber schon Türkisch, oder?«, fragte mich Rob.

»Ja.«

»Verstehst du das: ›Ey olum hüfkül naber maschalla‹?«

»So halb.«

»Und das hier: Lan amana hafkat siktir! Das heißt was, oder?«

»Nicht wirklich, nee.«

Die anderen machten auch mit. Wörter und Sätze mit möglichst vielen Ü und Ö regneten auf mich ein, bei den meisten war keine Silbe türkisch. Sie hatten den Spaß ihres Lebens. Sogar die ruhige Claudia versuchte sich zaghaft an einem Schimpfwort, das keins war. Für die war es nur ein Spiel. Es juckte sie nicht, dass ich dieses Spiel schon tausend Mal mitmachen musste. Aber wenn man etwas dagegen sagt, ist man gleich wieder der Aggro-Türke. Irgendwann hatte Sina genug: »Jetzt lasst ihn mal in Ruhe.«

Während Julia das nächste Thema vorgab, lief ich an den Rand des Pools und sprang hinein. Endlich Wasser. Sauberes, klares Wasser, das meinen Körper weich und kühl umgab. Ich schwamm an den Rand, legte meinen Hinterkopf auf die gepolsterte Kante und schloss die Augen. Von mir aus hätte ich in diesem Pool bleiben können, bis der Sommer vorbei war. Dann hörte ich ein lautes, näher kommendes *Aaaahhhhhhh*. Paul schlug genau über mir einen Salto und landete im Wasser. »Bro, was ich noch fragen wollte«, rief er direkt nach dem Auftauchen, »hast du deinen Jaguar jetzt reparieren lassen? Wann holst du mich mal wieder damit ab?«

»Bald, auf jeden Fall. Dauert nicht mehr lange.«

»Weißt du noch, als ich eine Runde damit gefahren bin? Das war so krass. Wie ich die eine Kurve mit Handbremse genommen hab, das kann nicht jeder, oder? Sag ehrlich.«

»Wie bitte!«, rief Sina von oben.

»Reg dich ab«, sagte Paul, »das war da im Industriegebiet, da war niemand außer uns.«

Seine Augen glänzten immer, wenn er vom Jaguar sprach. Dabei könnten ihm seine Eltern locker drei Jaguars hinstellen. Aber sie wollen, dass er lernt, mit Geld umzugehen, deswegen bekommt er wenig Taschengeld und muss in den Ferien arbeiten gehen.

»Lass mir übrigens ein Tattoo stechen«, sagte er ganz cool.

»Echt, was für eins?«

»So wie das Graffiti, das wir damals im Hawaii gesehen haben. Weißt du noch?«

»Die Hyänen?«

»Nein, das mit *HNX*. Wo jeder Buchstabe aussieht wie aus Eis.«

»Nicht schlecht, was sagen deine Eltern dazu?«

»Vater ist durchgedreht. Er sagt, dass nur Assis die Stadt Heilbronx nennen. Und ob ich mein Leben lang wie ein Assi durch die Gegend laufen will, blabla, kennst du doch.«

»Es wird kein Tattoo geben«, sagte Sina.

»Werden wir ja sehen«, sagte Paul. Dann erzählte er, dass er nach dem Abitur für ein halbes Jahr nach Australien reisen wollte, um Koalas zu sehen, und zwar nicht die im Zoo, sondern echte, freie Koalas. Als ich ihn fragte, ob er eine Freundin hatte, blickte er geheimnisvoll zu beiden Seiten, sah über seine Schulter und nickte dann einmal ganz schnell.

Rob trug die kreischende Julia zum Pool und warf sie ins Wasser, Tom machte es mit der nicht kreischenden Claudia nach. Dann sprangen sie beide hinterher.

Ich stieg aus dem Pool, rieb meine Haare genau über Sina, die sich immer noch sonnte, und ließ die kalten Tropfen auf sie regnen. Sie schrie kurz auf. Ich setzte mich auf dieselbe Liege wie vorher. Wir sahen Paul dabei zu, wie er aus dem Pool kletterte, Anlauf nahm und über die anderen hinweg noch mal ins Wasser sprang.

»Warum stiftest du ihn noch dazu an?«

»Zu was?«

»Zum Tattoo.«

»Hab ich nicht. Findest du auch, dass nur Assis Heilbronx sagen?«

»Nein. Aber er ist zu jung für so was. Und dann will er es auch noch auf den Unterarm, wo es jeder sehen kann, der spinnt doch. Soll ers gleich auf die Stirn machen.«

Paul winkte mich zu sich, ich sollte wieder ins Wasser kommen.

»Wie läufts im Job?«, fragte ich sie.

»Katastrophe, immer noch. Ich muss mich dort echt jeden Tag hinschleppen.«

»Warum kündigst du nicht einfach?«

»Und dann?«

»Irgendwas wird dir schon einfallen.«

»Nein, das ist ja das Problem. Es gibt einfach keinen Beruf, der mir einfällt und mich zufriedenstellen würde. Ist echt schlimm.«

Wir beide wussten, dass sie gar keinen Beruf brauchte. Aber ich sagte nichts. Sie hasst es, wenn man sie darauf anspricht, weil sie nicht vom Geld ihrer Eltern abhängig sein will. Manchmal redete sie davon, dass sie sich eine eigene Wohnung suchen würde. Nur hatte sie das bis jetzt doch nie durchgezogen. Es ist aber auch ein sehr schöner Bungalow.

Sie stand auf und sagte, dass sie in den Pool wollte. Ich fragte, ob ich kurz die Toilette benutzen durfte. »Klar, du weißt ja, wo sie ist«, sagte sie und ging zur Leiter am Beckenrand.

4

Als ich aus der Toilette kam, standen Rob und Tom im Flur und versperrten mir den Weg. Ich wollte an ihnen vorbei, doch Rob drückte mich gegen die Wand.

»Du bleibst hier.«

Ich schlug seine Hände weg. Tom stellte sich zwischen uns wie ein Ringrichter. Aber Rob schob ihn zur Seite und baute sich vor mir auf.

»Ich wollte dich vor den Weibern nicht blamieren, aber

jetzt hörst du mir mal genau zu. Denkst du, wir wissen nicht, was du vorhast? Daraus wird nix, vergiss es! Sie ist jetzt mit Marco zusammen, und dabei bleibt es, du kannst dich also schön dorthin verpissen, wo du hergekommen bist! Julia hat mir erzählt, was du alles mit Sina abgezogen hast. Dass du dich überhaupt traust, hier aufzukreuzen und so zu tun, als wäre nix gewesen, wie asozial kann man sein? Keiner will dich hier haben, merkst du das nicht?«

»Reg dich ab, Robert«, sagte ich.

Er zuckte einmal schnell nach vorne, als würde er auf mich losgehen. Sein Gesicht war jetzt direkt vor meinem. Ich blieb stehen und wich nicht zurück. Tom legte eine Hand auf Robs Schulter. »Lass gut sein, er hats kapiert.«

Ich hätte ihm einfach eine geben sollen, ohne Witz. Ohne groß nachzudenken. Aber ich hatte noch nie einen echten Kampf gehabt, also so richtig mit Fäusten und Aufeinandereinschlagen und so. Das war sein Glück. Ich ließ ihn noch mal heil davonkommen.

Als sie schon am anderen Ende des Flurs waren, drehte er sich noch mal um und rief: »Und das nächste Mal, wenn dich meine Frau was fragt, gibst du gefälligst eine Antwort!«

»Das hier kannst du deiner Frau ausrichten«, rief ich zurück. Ich formte eine Faust, steckte den Daumen zwischen Zeige- und Mittelfinger durch und ließ die Faust ein paarmal hoch- und runterbaumeln. Stinkefinger auf Türkisch.

Ich ging wieder nach draußen. Sina stand alleine am Pool. Die anderen hatten sich alle etwas angezogen und waren auf dem Weg zur Rückseite der Villa. Sina trug jetzt ein blaues Sommerkleid und trocknete ihre Haare mit einem Handtuch.

»Mein Vater will eine Rede halten«, rief sie. »Wir sollen alle nach hinten kommen.«

»Wo ist Paul?«

»Der musste noch mal jemandem hallo sagen gehen.«

Sie rannte los und schloss zu den anderen auf. Meine Kleider lagen noch in Pauls Zimmer, also nahm ich mein Handtuch von der Liege und warf es mir über die Schulter. Dann lief ich ihnen mit etwas Abstand hinterher.

Die Tanzfläche war komplett voll. Sina und ihre Freunde drückten sich durch eine Lücke in die Mitte. Ich blieb seitlich neben der Menge stehen. Sinas Vater war auf der Bühne und nahm das Mikrofon vom Ständer. In der anderen Hand hielt er ein Glas Whisky oder so was. Die Band saß hinter ihm an ihren Plätzen. Sinas Mutter stand ein paar Meter neben ihrem Mann. Ihr Gesicht sah freundlich aus wie immer, wirkte aber auch etwas angespannt. Als könnte sie sich nicht entscheiden, ob sie ihren Mann im Auge behalten oder sich freundlich der Menge zuwenden sollte. Also tat sie beides abwechselnd. Sinas Vater begann, die Bühne auf und ab zu laufen. »Ich habe eine Frage an euch, liebe Gäste. Seid-ihr-bereit-für«, rief er, und bei jedem der letzten vier Worte zuckte sein Oberkörper in eine andere Richtung. Er blieb stehen und machte in einer leiseren, raunenden Stimme weiter: »Ein bisschen Romantik. Ein bisschen Gefühl. Bereit für ...« Dann ganz laut: »Ein Liebeslied, das ich für meine wunderschöne Frau vorbereitet habe?«

Die Leute jubelten. Sinas Mutter lächelte besorgt. Die Band begann zu spielen, und Sinas Vater legte los: »Einen Stern, der deinen Namen trägt, hoch am Himmelszelt ...« Die Menge klatschte bis zum Ende mit. Bei der letzten Textzeile ging er auf die Knie und zeigte mit dem Mikrofon auf seine Frau. Dann ging er auf sie zu und drückte ihr einen ewig langen Kuss auf den Mund, bis sie ihn mit beiden Händen von sich schob, so sanft wie möglich.

Die Show war noch nicht vorbei. Sinas Vater stellte sich wieder in die Mitte, räusperte sich und dankte los: Danke Gott, du hast mir ein erfülltes Leben beschert, danke an meine Frau, an meine Kinder, an meine Eltern im Himmel, an unsere Freunde, meine Geschäftspartner, danke, danke, danke. »Ihr seid mein Antrieb, ihr inspiriert mich, jeden Tag«, rief er, und weil gar nicht mehr klar war, bei wem er sich gerade bedankte, ging Sinas Mutter zu ihm und nahm ihm das Mikrofon weg.

Die Band machte eine Pause. Dafür kam jetzt *Sexy Bitch* von David Guetta aus den Boxen. Vor der Bühne bildete sich ein Kreis um den Mann, der am motiviertesten tanzte. Eine Frau war auch dabei. Beim Refrain lief er im Kreis um sie herum, sang mit – *Damn, you's a sexy bitch* – und zeigte dabei auf die Frau.

Ich stand noch immer neben der Tanzfläche. Außer mir hatte jeder etwas an. Und auf einmal setzte mir das alles irgendwie zu. Dass Sinas Mutter vor allen Leuten die Einlage ihres Vaters über sich ergehen lassen musste, dass die falsche Julia dabei direkt neben Sina gestanden und zugesehen hatte und dass dieser Rob mich so dumm angemacht hatte. Und dann die Frau, die sich auf der Tanzfläche als sexy Bitch besingen lassen musste. Von diesem komischen Vogel, der dabei ein hellblaues Jackett trug, auf dem die Weltkarte zu sehen war. Ich musste weg hier.

Ich fand Paul und bat ihn, mit mir hochzugehen, damit ich mich wieder anziehen konnte. Als wir im Aufzug zurück nach unten fuhren, musste ich ihm zum Abschied ein paar Versprechen machen.

Ja, ich werd dich abholen kommen, sobald der Jaguar wieder ganz ist.

Ja, du darfst noch mal eine Runde damit fahren.

Okay, dein Freund Salim, der es dir beim ersten Mal nicht geglaubt hat, darf auch mitkommen.

Nein, du darfst dann nicht auch noch kurz über die Allee brettern.

Sina stand draußen an der Bar und redete gerade mit ein paar Leuten, die ich nicht kannte. Ich ging hin und sagte ihr, dass ich gehen wollte. Sie kam mit und begleitete mich bis zum Ausgang. Wir hatten das Ende des Kieswegs noch nicht erreicht, konnten das große Tor aber schon sehen. Ich blieb stehen.

»Sina, gehst du mit mir weg?«

»Wie weg?«

»Weg von hier. Weg aus Heilbronn.«

»Geht das jetzt wieder los?«

»Ich meins ernst.«

»Kemal, ich geb mir hier echt Mühe, dass wir wieder normal miteinander umgehen, und du kommst mir schon wieder mit so was. Du weißt genau, dass ich einen neuen Freund hab. Warum machst du das?«

»Lass uns abhauen. Ich halt das nicht mehr aus.«

»Was denn?«

»Alles. Einfach alles.«

Sie sah mich kurz von der Seite an und dann schnell wieder weg.

»Also irgendwas ist mit dir. Du bist anders geworden. Du redest anders, du schaust anders, du bewegst dich anders.«

»Niemals.«

»Doch.«

»Ich mach halt miese Zeiten durch. Jeder ist irgendetwas, jeder steht für etwas, verstehst du? Mein Vater ist Arbeiter, dein Vater ist Architekt, Rainer, den kennst du ja, der ist für sein Leben gern Druckermeister, und dieser Rob ist ein Hurensohn. Und was bin ich? Gar nix. Andere Leute gehen ins Bett und wissen, morgen ist wieder Arbeit, sie müssen früh aufstehen, sie wissen genau, wie ihr Tag verlaufen wird, und ich gehe ins Bett und denke: Wieder ein Tag, an dem ich nichts gefunden hab. Ich schau nur nach hinten, nie nach vorne. Ich bin einundzwanzig und denke wie einer, der schon alles hinter sich hat. So was ist nicht gesund. Ich müsste gerade die beste Zeit meines Lebens haben. Verstehst du ungefähr, was ich mein?«

»Ich glaub schon. Ja, doch. Ich denke, es ist auch normal, dass du dich so fühlst. Nach allem, was passiert ist. Aber du musst jetzt versuchen, etwas zu finden, das dich erfüllt. Einen Job, eine Aufgabe, ein neues Ziel, irgendwas. Ich kann dir leider auch nicht sagen, was genau. Bei mir ist es ja auch nicht anders.«

»Genau deswegen sag ich es ja. Lass uns weg. Du willst doch auch nicht dein ganzes Leben hier verbringen, oder? Schon der Gedanke daran macht mich verrückt.«

Wir liefen weiter in Richtung Ausgang, viel langsamer als vorher.

»Aber wo willst du hingehen? Was willst du machen?«

»Einfach durch die Welt reisen, unterwegs können wir hier und da mal arbeiten und Geld verdienen, wir sehen uns alle

Städte an, die wir schon immer sehen wollten. Du wolltest doch Istanbul sehen, dort können wir hin, ich würd gern mal nach New York, zwischendurch mal ne Safari, solche Sachen. Dann kommen wir irgendwann zurück nach Heilbronn, heiraten und bauen uns ein schönes Haus, machen ein paar Babys und werden alt und glücklich.«

Sie schnaufte und schüttelte den Kopf.

»Du tauchst ewig ab, kommst zwischendurch vorbei, bringst mich völlig durcheinander, dann verschwindest du wieder. Das macht man doch nicht. Ich hab so lange nichts von dir gehört, und jetzt sollen wir zusammen in die weite Welt losziehen. Das macht doch gar keinen Sinn.«

»Für mich schon. Überlegs dir einfach.«

Das Eingangstor öffnete sich. Ein Typ mit hellbraunen Haaren, ganz engen Jeans und zugeknöpftem Poloshirt kam herein. Sina stellte sich etwas verlegen zwischen uns und machte uns miteinander bekannt. Marco. Kemal.

Er sah erst sie und dann mich ganz überrascht an.

»Oh, du bist es! Hab schon viel über dich gehört. Was macht der Fuß, wieder gesund?«

»Alles bestens.«

Er und Sina redeten darüber, wie seine Klausur verlaufen war. Ich blieb daneben stehen wie ein Idiot. Er sah gar nicht schlecht aus. Bestimmt war er Zehnkämpfer oder Schwimmer oder so, bei denen sind die Brust und das Kreuz auch immer so breit. Und dieses Strahleweißlächeln, das er uns beiden abwechselnd präsentierte. Es war eins von der Sorte, wo man sich fragt: Moment mal, warum strahlt diese Person ausgerechnet mich so an? Wir kennen uns doch gar nicht. Und trotzdem fühlt sich das Angelächeltwerden automatisch gut an. Alles antrainiert.

Während sie noch redeten, lief ich auf die Straße. Es war Zeit, wieder hinabzusteigen zum Rest der Stadt, zum Dampf und Rauch, zum Lärm und Geschrei. Dorthin, wo es nach Suppe roch und wo ich hingehörte, ob ich wollte oder nicht.

5

Die schönste türkische Flagge der Stadt gehört meinem Vater. Das wurde mir mal zum Verhängnis.

Meine Kumpels und ich saßen im Mittelkreis des Rasens, wo am nächsten Tag das große Spiel anstand. Emre war dabei, Hakan auch, der kleine laute Mehmet und noch ein paar andere. Keiner von uns würde mitspielen, wir waren ja erst zwölf, dreizehn Jahre alt. Aber wir wollten unsere Mannschaft unterstützen und wir diskutierten, wie die Unterstützung auszusehen hatte.

Die Mannschaft hieß Hawaiispor und war der ganze Stolz des Viertels. Seit ihrer Gründung stieg sie jedes Jahr auf und schaffte es bis in die Landesliga. Am vorletzten Spieltag kam es zum Derby gegen den FC Heilbronn. Wer das Spiel gewann, war fast schon sicher Meister. Deshalb war es ein Riesenthema in der ganzen Stadt. Heute gibt es beide Vereine nicht mehr.

Hawaiispor spielte immer im Argentinien-Look: hellblau-weiß gestreifte Trikots, schwarze Hosen, weiße Stutzen. Der Zehner hieß Dima und kam aus Bulgarien, glaub ich. Er bekam nicht nur das größte Gehalt, der Verein hatte ihm zusätzlich noch einen Job in irgendeiner Fabrik besorgt. Man sah ihn nie lächeln. Wenn er nicht am Ball war, lief er mit hängenden Schultern über den Platz, als würde ihn das alles gar nix angehen. Seine Kickschuhe waren nicht einfach schwarz oder bunt wie die der anderen, sondern sahen aus wie zwei kleine Barren aus reinem Gold. So wie er kickte, konnte er sich das erlauben. Bei den Spielen hörte man ständig seinen Namen. Jeder rief nach ihm.

Seine Mitspieler, wenn er den Ball hatte: Dima, Dima, hier!

Sein Trainer, wenn die Mitspieler den Ball hatten: Spielt zu Dima!

Die Zuschauer, wenn er in Tornähe war: Schieß, Dima!

So ging es das ganze Spiel über, aus allen Richtungen. Bravo, Dima! Koçum Dima! Aslanım Dima! In unserer Gegend war er so was wie ein Volksheld. Jeder wusste aber auch, dass Dima eine Schwäche für Eskapaden hatte. Er trieb sich in den Clubs herum und machte die Nächte durch, kam ständig zu spät zum Training. Wenn er mal Stress mit einem Trainer hatte, kam er gar nicht mehr, bis sich der Verein zwischen ihm und dem Trainer entscheiden musste. Jedes Mal flog der Trainer raus.

Aber fürs Derby würde er sich zusammenreißen, da waren wir uns alle sicher. Wir hatten damals unsere Bikerphase. Jeder hatte seine Eltern so lange angefleht, bis er ein BMX bekommen hatte. Bei der Besprechung beschlossen wir, vor dem Derby eine Runde durchs Viertel und dann zum Sportplatz zu fahren, geschlossen in einer Reihe, das würde Eindruck machen.

Jetzt musste nur noch entschieden werden, ob wir eine Flagge mitnehmen wollten. Mehmet war dafür. Er hatte auch die Idee gehabt. Aber einige andere waren dagegen. Ich hielt mich eher raus, weil ich das bei den meisten Diskussionen tue und weil ich mich irgendwie immer noch wie der Neue fühlte. Dabei wohnten wir schon seit zwei Jahren im Hawaii.

»Was hast du mit deiner Flagge?«, fragte Emre. »Das ist

Fußball, kein Krieg, Mann! Ich weiß, du hättest am liebsten, dass unsere Spieler die Gegner auf dem Feld direkt abknallen. Hör mal auf, so viel Resident Evil zu spielen.«

»Die Zuschauer von denen kommen mit Flaggen, also kommen wir auch mit Flaggen!«, rief Mehmet.

»Die kommen mit den Fahnen ihres Fanclubs, nicht mit Deutschland-Flaggen«, sagte Emre.

Er suchte Unterstützung bei Hakan, aber der gab Mehmet recht: »Unsere Mannschaft hat keinen Fanclub und keine eigenen Fahnen. Also müssen wir eine türkische Flagge nehmen.«

Dann ging es darum, wer die Flagge mitbringen sollte. Jeder hatte eine Ausrede, wie immer bei solchen Sachen.

»Dein Vater hat doch eine, bring sie mit!«

»Die ist zu klein. Dein Vater hat auch eine, bring doch du!«

»Unsere ist zu groß.«

Dann sagte ich etwas, was die Diskussion beendete.

»Wir haben eine daheim. Die müsste passen von der Größe her. Hat auch eine eigene Stange.«

Sie schauten alle zu mir, als hätte ich es auf Dänisch gesagt. Aber sie waren erleichtert: Sags doch gleich, und wir machen hier ewig rum, dann ist ja alles klar, Kemal bringt sie mit. Bevor wir vom Platz gingen, sollte ich ihnen versprechen, dass ich sie auch wirklich mitbringen würde. Ja klar, sagte ich, macht euch keinen Kopf, und fuhr nach Hause.

Beim Abendessen war ich als Erster fertig und stand vom Tisch auf. Ich ging zur Kommode in der Ecke und öffnete die unterste Schublade. Das war der feste Platz der Flagge, dort lag sie in einem Lederkoffer. Ich bekam sie nicht oft zu sehen, es gab keine festen Anlässe, an denen sie ausgepackt wurde oder so. Aber sie war immer da und sie war wichtig. Vor allem für meinen Vater, denn er hatte sie als Kind von seinem Opa geschenkt bekommen.

Ich nahm die Flagge und die weiße, faltbare Stange aus dem Koffer. Ihr Rot war immer noch klar und kräftig und das Weiß des Halbmonds und des Sterns war ganz rein, ohne Flecken oder Verfärbungen.

Ich wusste, dass meine Eltern mich und die Flagge sehen konnten, vielleicht wollte ich das auch. Da kam auch schon die Frage, was ich vorhatte. Ich erzählte es ganz locker und meinte genau zu wissen, welche Antwort kommen würde: Ah ja, coole Sache, es ist ja auch ein wichtiges Spiel morgen. So kommt sie auch endlich mal wieder an die frische Luft. Gut so, Junge, hier hast du hundert Euro Taschengeld.

»Die Flagge bleibt im Koffer«, sagte mein Vater.

»Nein, warum?«

Erst wollte er es nicht erklären. Der Fernseher lief, die Nachrichten lenkten ihn ab. Ich sah es aber nicht ein. Also stellte er den Fernseher lautlos und winkte mich zu sich. Immer wenn er etwas genau erklären wollte, musste ich antanzen.

»Pass auf, Kemal. Da werden morgen sehr viele Zuschauer kommen, aus der ganzen Stadt. Der *Kurier* schickt einen Fotografen, und ich hab sogar gehört, dass ein Kamerateam da sein wird. Es gibt ja hier jetzt auch einen Fernsehsender, wie heißt der noch mal, ist ja egal. Wenn du und deine Freunde dort mit dieser großen Flagge herumrennt, da warten die nur darauf. Die werden das dann überall ganz groß bringen, und die Leute, die das sehen, werden denken: Da, schaut sie wieder an, die Türken, so sind sie, die wollen mit uns doch nichts zu tun haben. Unser Ruf ist schlecht genug. Das Spiel da morgen, das ist nur Fußball. Es gefällt mir ja, dass euch die Flagge so wichtig ist. Aber ihr könnt noch nicht verstehen, was das alles bedeutet. Da steckt bestimmt wieder der Mehmet dahinter, oder?«

»Nein.«

Ich hatte keinen Bock auf den nächsten Vaterkampf.

»Baba, ich muss sie mitbringen. Die verlassen sich alle drauf.«

Aber er ließ nicht mehr mit sich reden.

»Mama, sag was.«

»Er hat recht, Kemal. Lass es besser sein.«

Ich musste versprechen, dass ich die Flagge nicht mitnehmen würde. Danach ging ich wütend ins Bett, blieb ewig wach und drehte mich hin und her. Ich musste mich entscheiden. Irgendwann blieb ich auf dem Rücken liegen und sagte mir: Machs einfach. Das erste Versprechen zählt. Baba wird es schon irgendwie verstehen. Der war auch mal jung.

Nach dem Aufstehen lauerte ich auf den richtigen Moment und schlich zur Kommode. Ich zog die Schublade leise hervor, entführte den Koffer in mein Zimmer und schob ihn in meinen Rucksack. Eine Stunde vor dem Spiel holte ich mein BMX aus dem Keller und fuhr zum Treffpunkt vor dem türkischen Supermarkt.

Alle anderen waren schon da. Außer mir hatten noch drei andere eine Flagge dabei. Ich konnte es nicht fassen. Sie wollten trotzdem meine Flagge sehen, also packte ich sie aus. Sie wunderten sich darüber, warum ich die Flagge in einem Koffer transportierte. Und den Koffer in einem Rucksack. Wenn sie nur gewusst hätten, was ich für sie auf mich genommen hatte, wie schlaflos meine Nacht gewesen war. Meine Flagge gefiel ihnen, weil sie die größte und sauberste war, mit dem kräftigsten Rot. Jemand schlug vor, dass wir einfach alle vier Flaggen mitnehmen sollten.

»Nein, Mann, eine einzige Flagge hat mehr Power«, sagte Mehmet. »Habt ihr schon mal ein Kriegsschiff mit mehr als einer Flagge gesehen?«

»Wir haben noch nie ein Kriegsschiff gesehen, du Freak!«, rief Emre. Die beiden mochten sich nicht so richtig. Aber Mehmet bekam wieder recht.

Wir fuhren unsere Runden durchs Viertel, mindestens fünfzehn BMX in einer Reihe. Beim vordersten musste immer einer am Hinterrad stehend mitfahren, sich mit einer Hand am Fahrer festhalten und mit der anderen die Flagge hochhalten. Die Positionen wurden zwischendurch gewechselt. Jeder durfte mal ganz vorne fahren, jeder durfte mal die Flagge hochhalten.

Als wir eine Pause einlegten, sprachen wir über Dima. Ein paar von uns hatten mitbekommen, dass er wohl schon wieder nach einer langen Nacht abgetaucht war und dass ihn die Leute vom Verein überall suchten. Aber keiner wusste, wo er steckte.

Dann fuhren wir zum Spiel. Als wir ankamen, ging es gerade los. Der alte Sportplatz war danach nie mehr so voll wie an diesem Tag. Es waren über tausend Zuschauer da. Jeder von ihnen sah meine Flagge. Um den Platz herum gab es drei hohe Betonstufen, auf denen die Zuschauer standen. Genau zwischen diesen Stufen und dem Rasen fuhren wir eine Runde nach der anderen, immer mit der Flagge voraus.

Zwischendurch versammelten wir uns an der Eckfahne und schauten von dort aus zu. Es lief mies, bei Hawaii ging gar nix.

Dima spielte mit, sie hatten ihn kurz vor dem Spiel irgendwo aufgegabelt und hergebracht. Aber er war nicht derselbe Dima. Seine Pässe kamen nicht an, er rutschte ständig aus, verlor oft den Ball. In der ersten Halbzeit riefen noch alle nach ihm wie immer, in der zweiten dann schon seltener. Als er zur Seitenlinie lief und seine goldenen Schuhe gegen schwarze austauschte, gab ich alle Hoffnung auf.

Gegen Ende des Spiels rief keiner mehr nach Dima. Jetzt waren nur noch die Fans des FC auf der Gegenseite zu hören. Sie zündeten Bengalos und riefen immer wieder: »Hier! Regiert! Der FCH!«

Ich schaute mich immer wieder in den Zuschauerreihen nach meinem Vater um, fand ihn aber nicht.

»Kemal, ich seh deinen Baba«, sagte Mehmet. »Schau mal, genau da hinten.«

»Wo?«

Er kam zu mir und zeigte mit dem Finger in die Ferne. Während ich noch in die Richtung schaute, riss er mir die Flagge aus der Hand. Dann rannte er einfach los, rannte einmal über das ganze Feld und hielt dabei die Flagge hoch. Das Spiel wurde unterbrochen, der Schiri und die Spieler warteten ab, bis er auf der anderen Seite ankam. Mehmets Aktion tröstete die Hawaii-Fans ein bisschen, sie klatschten und feuerten ihn an.

Dann war das Spiel zu Ende. 4:0 für den FC. Die Meisterschaft konnten wir vergessen. Für die Fans war klar, an wem es gelegen hatte. Er ging als Letzter vom Platz, mit hängenden Schultern wie immer. Und jetzt gab es doch wieder ein paar Rufe.

Du hast uns verkauft, Dima!

Jetzt kannst du zurück in dein Creme!

Dein Gehalt soll dir haram werden!

Hör nicht auf sie, Dima, dachte ich. Du bist immer noch der Beste. Nach dem Spiel wurde er aber für eine Woche suspendiert. Die Woche hat er dazu genutzt, abzuhauen und nie mehr zurückzukommen. Er soll inzwischen im Knast sitzen, hab ich mal gehört, wegen Betrug oder so. Ich wills gar nicht wissen.

Nach dem Spiel schoben wir unsere BMX zurück ins Viertel. Die Flagge kam zurück in den Rucksack. Keiner wollte mehr rumfahren oder reden, einer nach dem anderen ging nach Hause. Ich war der Letzte.

Es war nur meine Mutter da. Sie wusste schon Bescheid, keine Ahnung, woher. Sie machte mir etwas zu essen, stellte es auf den Küchentisch und setzte sich dazu. Erst als ich mit dem Teller fertig war, sagte sie etwas.

»Du hättest sie nicht einfach nehmen dürfen. Das war ihm wichtig. Du hast es uns versprochen.«

»Aber davor hab ich es schon meinen Kumpels versprochen. Das hab ich versucht euch zu erklären. Ich kam aus der Sache nicht mehr raus. Passiert.«

»Nein, nix passiert. Das darf nicht passieren. Versprechen, die man nicht halten kann, gibt man nicht. Schon gar nicht, wenn man vorher nicht weiß, ob man sie einhalten kann.«

Ich stand auf und wollte in mein Zimmer.

»Schön hiergeblieben, bis er nach Hause kommt. Da müssen wir jetzt durch.«

»Ich kann nicht stundenlang warten, bis er aus dem kahve kommt. Ich hab morgen Schule.«

»Es dauert nicht mehr lange. Er hat Frühschicht.«

Also blieb ich am Tisch und saß die Zeit ab. Sie schaute eine türkische Serie auf dem kleinen Küchenfernseher. Ich zockte auf meinem Handy. Der aufgeklappte Koffer mit der Flagge stand auf dem Tisch wie Beweismaterial. Ich war der Festgenommene im Hollywoodfilm, der auf seine Vernehmung wartet. Fehlte nur noch der Chief Detective.

Da kam er endlich. Wir hörten, wie die Wohnungstür aufging und ins Schloss fiel. Meine Mutter schaltete den kleinen Fernseher aus. Ich steckte das Handy weg und hörte, wie er im Flur langsam die Schuhe auszog. Er ging kurz ins Bad, kam dann ins Wohnzimmer, schaltete das Licht dort aber nicht ein.

Dann erschien er vor der Küchentür. Er blieb einfach stehen und sah mir aus ein paar Metern Entfernung in die Augen. Zehn Sekunden lang, mindestens. Mit jeder Sekunde wuchs die Enttäuschung in seinem Gesicht. Ich machte mich auf die Ansage gefasst, die jetzt kommen würde. Er sagte aber kein Wort und ging einfach von der Tür weg. Ich hörte nur noch, wie er die Schlafzimmertür hinter sich zumachte.

Meine Mutter schloss den Koffer und brachte ihn an seinen Platz. Dort liegt die Flagge bis heute. Ich hab sie seitdem nie mehr angerührt.

In den Tagen danach sprach mein Vater nur das Allernötigste. Aber schon am nächsten Morgen hinterließ er mir eine Botschaft auf dem Wohnzimmertisch. Als ich von der Schule kam, lag dort der *Kurier,* die Sportseite war aufgeschlagen. Direkt über dem Spielbericht war eine Großaufnahme vom rennenden Mehmet zu sehen, mit wütendem Blick und unserer wehenden Flagge.

6

Die Stadt kam mir jetzt noch viel lauter vor als vorher. Autofahrer hupten, in der Ferne ertönte schon wieder eine Sirene. Von irgendwoher hörte ich Schlachtrufe oder Trommelschläge oder Donner. Eins davon oder alle drei zusammen. Vielleicht hatte ich einen Sonnenstich, keine Ahnung. Ich nahm mir vor, heimzugehen und erst wieder rauszukommen, wenn die Sonne untergegangen war.

Als ich an der Aral beim Wienerwald vorbeilief, kam Tyson gerade raus. Er winkte mir und gab mir ein Zeichen, auf ihn zu warten. Tyson war ein Freund von meinem Onkel. Die beiden haben damals zusammen eine Bande angeführt, die wohl ziemlich berüchtigt in Heilbronn war. Bis sie halt aufgeflogen sind und die meisten von ihnen in den Knast mussten oder abgeschoben wurden.

Tyson war irgendwie davongekommen. Ich kannte ihn, weil er mal auf mich zugekommen war, seine Hände auf meine Schultern gelegt und mir gesagt hatte: Wenn dir irgendjemand irgendwo in der Stadt dummkommt, gib mir Bescheid. Seitdem erzählte er mir jedes Mal von den alten Zeiten, wenn ich ihn sah. Dein Onkel war der Kopf und ich die Faust, sagte er dann immer. Weil dein Onkel mit Leuten wie diesem Tyson abhing, ist er heute nicht mehr hier, sagte mein Vater.

Mit schweren, langsamen Schritten kam er auf mich zu. Seine riesigen Wangen gingen nahtlos in den Hals über. Unter seinem Kanka-Shirt zeichnete sich sein massiver Bauch ab. Tyson wirkt zwar ziemlich schwerfällig und unbeweglich, aber der könnte das ganze Wollhaus in tausend Teile boxen. Ich hab mal selbst gesehen, wie er Stress mit einem hatte und ihm eine zentriert hat. Auf dem Parkplatz von McDonald's war das. Hinter dem anderen Typ stand sein Kollege, der ihn auffangen wollte, stattdessen aber einfach mit ihm zu Boden fiel, so wuchtig war der Schlag.

Tysons Gesichtsausdruck war wie immer: Die Mundwinkel nach oben gezogen, aber nicht lächelnd, die Augen zusammengekniffen, als würde ihm jemand gerade etwas erzählen, das er überhaupt nicht hören wollte.

Ich wusste, was er mich gleich fragen würde. Wie geht es deinem amca, was macht er so, hat er eine neue Nummer? So ungefähr kam es auch. Ich spulte meine Standardantworten ab. Er wirkte aber irgendwie abgelenkt und hörte mir gar nicht richtig zu.

»Das mit Fatih hast du schon mitbekommen, oder?«

»Nein. Welcher Fatih?«

»Video noch nicht gesehen?«

Ich schüttelte den Kopf. Er zog sein Handy aus der Tasche, ließ ein Video laufen und reichte es mir. Ich konnte aber nix erkennen oder hören. Die Sonne strahlte direkt aufs Display und die Autos auf der Straße neben uns waren viel zu laut.

»Komm, wir machen es anders. Schaus dir kurz im Wagen an.«

»Abi, um was geht es denn? Ich muss eigentlich echt weiter.«

»Komm einfach kurz mit. Es ist wichtig, glaub mir, das geht uns alle was an. Sonst würd ich es dir nicht zeigen.«

Also gut. Auf dem Weg zu seinem weißen Kleinbus, der an der Zapfsäule stand, legte er einen Arm um meine Schultern und sagte mir, dass ich meinem Onkel immer ähnlicher sah.

Ich nahm auf dem Beifahrersitz Platz. Tyson ging um den

Bus herum, stieg ein und gab mir das Handy erneut. Ich ließ das Video von Anfang an laufen und machte den Ton an.

Ein Mann sitzt in einem Wohnzimmer auf der Couch, Füße auf dem Tisch, Bierflasche in der einen Hand, Fernbedienung in der anderen. Dann steht er auf, und ein anderer, der das Video aufnimmt, fragt ihn: »Jetzt sag noch mal, wo gehst du hin?«

Der Mann antwortet, ohne in die Kamera zu sehen: »Raus an die frische Luft.«

»Und was machst du?«

»Stech nen Ausländer ab.«

»Bist du sicher?«

»Ja.«

»Da bin ich ja mal gespannt.«

Der Mann greift sich ein Messer vom Tisch und geht aus dem Zimmer.

Auf orangen Hintergrund ist in hellblauen Buchstaben *5 Minutes Later* zu lesen. Eine französische Stimme liest es vor. Von SpongeBob geklaut.

Dann kommt der Mann ins Zimmer zurück, legt das jetzt blutige Messer auf den Tisch und setzt sich wieder auf die Couch.

Der andere fragt: »Und, hats geklappt?«

»Ja.«

»Was wars für einer?«

»Türk.«

»Aha! Wie sagt man so schön? Für jeden toten Deutschen …«

»… einen toten Ausländer.«

Der Mann, der es aufnimmt, lacht los, und der andere auf

der Couch versucht, nicht mitzulachen. Eine lustige Melodie ist zu hören.

Ende.

»Was ist das für ein kranker Scheiß? Ist das echt?«

»Ja. Der wurde festgenommen und hat es schon zugegeben. Der Junge, den er abgestochen hat, war sechzehn Jahre alt.«

»Ist er gestorben?«

»Liegt auf der Intensivstation. Sieht nicht gut aus.«

Ich konnte nichts mehr sagen. Aber ich spürte auf einmal diese Wut. Richtige Wut, die in meiner Magengegend aufstieg wie eine schwarze Wolke, die sich ausbreitete in mir und meine Hände zu Fäusten werden ließ. Tyson sah auf sie herab.

»Ich und meine Kollegen werden uns gleich treffen, das wird eine große Versammlung, da sind auch viele in deinem Alter dabei. Wir wollen endlich etwas dagegen unternehmen. Die anderen sind schon da. Willst du mitkommen?«

»Ja.«

»Gut. Gehen wir.«

7

Tyson fuhr langsam durch das verlassene Industriegebiet und schaute dabei immer wieder in den Rückspiegel. Als wir zum dritten Mal am selben Schrottplatz vorbeifuhren, bog er ganz schnell ab und fuhr hinein. Dann hielt er an. Wir stiegen aus und standen mitten in einem dichten bunten Dschungel aus Metall. Es gab ganze Berge davon, die so hoch waren, dass der ganze Schrottplatz im Schatten lag. Ich traute mich nicht, auch nur einen Schritt vom Auto wegzugehen. Wenn ich irgendwo hängenblieb oder stolperte, würden diese Massen an Metall bestimmt über uns zusammenbrechen. Wir waren umgeben von Sträuchern aus Draht, überfüllten Containern, Rosthaufen, aus denen spitze Teile herausragten. Das Einzige, das sich bewegte, war ein gelber Bagger, der mit seinem langen Arm in einem der haushohen Schrotthaufen herumwühlte.

Tyson legte den kleinen Finger an den Mund und pfiff ganz laut. Der Arm des Baggers kam zur Ruhe. Ein Mann mit silberner Lockenmähne und verschmiertem Shirt stieg ab und kam zu uns gelaufen.

»Kommt noch jemand?«, fragte er.

»Nein«, sagte Tyson. »Wo müssen wir hin?«

»Kommt mit.«

»Den Wagen hier stehen lassen?«

»Ja, ja«, sagte der Mann, »der Parkplatz ist eh schon zu voll.«

Er hustete einmal kurz und kräftig. Selbst das klang so, als würden zwei Blechteile aufeinanderprallen. Dann führte er uns in Schlangenlinien zu einer Fläche, die ungefähr so groß war wie ein Dorfmarktplatz. Zwischen den vielen Schrotthügeln wirkte sie wie eine Schlucht. Mindestens hundert Leute standen in dieser Schlucht, dicht zusammen wie bei einem Konzert. Der Baggerfahrer blieb hinten stehen, Tyson und ich drückten uns bis fast ganz nach vorne durch. Dort bildeten vier geschlossene Container zusammen eine Bühne für ungefähr zwanzig Männer in Kanka-Shirts und Kutten. Einer von ihnen erkannte Tyson und winkte ihn nach oben. Aber er schüttelte den Kopf, zeigte auf mich und blieb neben mir stehen.

Ein Typ auf der Bühne fiel mir sofort auf. Er hatte ganz dichte schwarze Augenbrauen, trug eine dicke Goldkette und war viel jünger und schmächtiger als die anderen. Er stand auch nicht bei ihnen, sondern saß ganz vorne in der Hocke. Ganz langsam ließ er seinen Blick über die murmelnde Menge vor ihm schweifen.

»Das ist Abdullah«, sagte Tyson. »Kennst du, oder?«

Ich nickte, dabei sah ich ihn zum ersten Mal. Aber ich hatte viel über ihn gehört. Hakan erzählte immer wieder mal von ihm. Meistens lästerte er dabei, aber ich hörte schon raus, dass er ihn insgeheim doch bewundert.

»Gut, dass wir es noch rechtzeitig geschafft haben«, sagte Tyson, »geht gleich los.«

Abdullah stand auf und machte einen Schritt nach vorne. Das Gemurmel hörte sofort auf.

»Ihr wisst alle, was heute passiert ist«, rief er. Seine Stimme war richtig tief und kraftvoll. Man sah sie ihm gar nicht an.

»Ihr alle habt das Video gesehen. Der Mann, der das getan hat, hat es nicht nur zugegeben, nein, er ist auch noch stolz drauf. Stolz drauf, einen von uns abgestochen zu haben, auf offener Straße. Und es gibt Menschen, die ihn dafür feiern. Was heißt das für uns? Das kann ich euch genau sagen. Es ist ein weiterer Beweis dafür, dass Menschen wie wir in dieser Stadt nichts wert sind. Uns kann man beschimpfen, auslachen, an allem die Schuld geben, auf uns kann man mit dem Messer losgehen. Und nein, damit meine ich nicht nur Türken, damit meine ich alle, die sich hier versammelt haben. Schaut euch um, wir haben hier viele Nationalitäten unter uns, Iraner, Senegalesen, Syrer, Nigerianer, Marokkaner, ich sehe euch alle, und ich bin froh, dass ihr gekommen seid. Weil wir alle das Gleiche durchmachen. Wer soll uns beschützen, außer wir selbst? Die Polizei? Hat die Polizei die Flüchtlingsheime beschützt, damit sie nicht wieder in Brand gesteckt werden? Nein, wir machen das, sonst keiner! Ich sag euch eins, es gibt in Heilbronn einige Polizisten, die das heute mit Fatih mitbekommen haben und die sich jetzt denken: Sehr gut, ein Türke weniger, ein Ausländer weniger. So sieht es nämlich aus. In so einer Welt leben wir heute.«

Während seiner Ansprache hatte er ganz still gestanden. Jetzt erst begann er, langsam auf und ab zu laufen. Noch immer sprach außer ihm niemand ein Wort.

»Das ist heute ein sehr wichtiger Tag für Heilbronn. Wenn wir jetzt nichts tun, dann werden schon bald unsere Häuser und Wohnungen brennen. Jeder von uns kann das nächste Opfer sein. Unsere Mütter, unsere Väter, unsere Geschwister. Und zwar nur, weil wir so aussehen, wie wir aussehen. Weil wir da herkommen, wo wir herkommen. Wollt ihr das? Sollen wir immer nur die Opfer bleiben? Ich sage nein! Wir sagen nein! Es reicht!«

Zum ersten Mal gab es zustimmende Rufe. Erst von den anderen Kankas auf den Containern, dann von der Menge davor. Es wurde sehr schnell so laut, dass Abdullah eine kurze Pause einlegen musste. Er blieb wieder stehen, machte eine beruhigende Geste und sprach weiter.

»Und genau deshalb haben wir euch hier versammelt. Wir wissen, dass viele von euch den Wunsch haben, bei uns dabei zu sein. Heute bekommt ihr die Chance dazu. Erfüllt die Aufgaben, die euch gegeben werden, und ihr werdet belohnt. Ab heute wehren wir uns! Wir werden auf die Straßen gehen und ihnen zeigen, dass diese Stadt nicht ihnen gehört. Wenn sie Krieg wollen, bekommen sie Krieg. Wir haben diesen Tag schon lange kommen sehen, wir sind gut darauf vorbereitet. Wir wissen genau, wo ihre Anführer stecken, und wenn sie aufmucken, werden sie kaputtgeschlagen! Unsere Brüder aus anderen Städten stehen bereit, viele von ihnen sind schon auf dem Weg hierher. Wir haben viel zu lang gewartet!«

Die Menge vor den Containern wurde immer lauter und hektischer, rückte noch näher zusammen, drängte nach vorne. Ich warf einen Blick nach oben zu den Spitzen der Metallberge um uns herum, um sicherzugehen, dass sie nicht wackelten. Abdullah kam wieder an den vorderen Rand und rief:

»Wir schlagen zurück! Wir werden die Stadt aus ihren dreckigen Händen reißen! Seid ihr bereit?«

Die letzte Frage rief er mehrmals aus, und bei jedem Mal machte er eine Bewegung mit dem Arm, als würde er eine Handgranate über die Menge hinwegschleudern.

Das von allen zusammen gebrüllte *Ja* wurde noch lauter, bis es in eine ohrenbetäubende Mischung aus Jubel und Kampfschrei überging, bei der nichts mehr zu verstehen war. Ich schrie mit.

Abdullah blieb lange stehen, atmete schwer und genoss den anhaltenden Lärm. Dann drehte er sich zu den anderen um. Sie klopften ihm auf die Schulter, klatschten mit ihm ab und umarmten ihn, bis er zwischen ihnen verschwand.

8

Als Kind war ich verrückt nach dem Volksfest. Es findet immer auf der Theresienwiese statt, die gar keine Wiese ist, sondern ein kahler Platz aus Beton und Kies. Er liegt das ganze Jahr über grau und leblos da, außer wenn Flohmarkt ist oder Weihnachtszirkus oder halt Volksfest.

Ohne Witz, ich liebte es. Die bunten, leuchtenden Fahrgeschäfte, die schnelle Musik, das Geräusch des Nebels, der ständig irgendwo ausgesprüht wurde, das hysterische Gekreische der Leute, die routinierten Ansagen der Betreiber. Und dazwischen der kleine Kemal, der mit seinen Eltern durchspazierte und große Augen machte. Ich fuhr Breakdance, sah den Großen am Boxautomaten zu, haute mir Zuckerwatte, gebrannte Mandeln und Pommes rein, bis mir schlecht wurde. Und mein Vater verschoss jedes Mal mindestens fünfzig Euro am Schießstand, bis er endlich einen Blumenstrauß für meine Mutter gewann.

Dann kam der 25. April 2007. Ich war acht Jahre alt und mit meinem Vater auf dem Weg nach Stuttgart, wo ich mein Training hatte. Wir kamen aber nicht aus der Stadt raus, sie war komplett abgeriegelt. Der Verkehr stand still, überall waren Polizisten. Im Radio und von den Leuten in den anderen Autos hörten wir, was passiert war. Eine Polizistin war erschossen worden, am helllichten Tag, mitten auf der Theresienwiese. Die Polizei suchte die ganze Stadt ab, fand aber keinen Mörder. Damals wusste noch niemand, dass Nazis die Polizistin erschossen hatten. Das kam erst Jahre später raus. Ich habe alles zu diesem Fall verfolgt. Erst dachten die Ermittler, dass es eine Frau gewesen war, weil sie ihre DNA-Spuren gefunden hatten, bis rauskam, dass diese Frau nur die Wattestäbchen für die DNA-Proben verpackt hatte. Ein Riesenchaos. Und währenddessen konnten die Nazis schön wieder im Untergrund verschwinden.

Als mein Vater und ich an jenem Tag endlich zu Hause waren, machten wir sofort den Fernseher an. In allen Nachrichten wurde das Foto der Polizistin gezeigt. Ich zog mich auf mein Zimmer zurück und blieb lange vor dem Spiegel des Kleiderschranks stehen. So ist das also, dachte ich, so schnell kann das gehen. Alles, was ich war, alles, was ich im Spiegel sah, konnte einfach verschwinden. Wie ich aussah, was ich dachte, was ich fühlte. Von einer Sekunde auf die andere und für immer. Damit kam ich nicht klar, überhaupt nicht. Und das Volksfest hatte auf einen Schlag seinen ganzen Zauber verloren.

9

Tyson machte den Kofferraum auf, griff sich eins der darin herumliegenden Shirts und gab es mir. Ich tauschte es gegen mein Hemd und schaute herab auf den Stier auf meiner Brust. Das Shirt roch ungewaschen.

Wir stiegen ein. Der Ausgang war nur so um die zwanzig Meter entfernt, aber es dauerte einige Minuten, bis wir rausdurften. Ich hab keine Ahnung, wo der Parkplatz war, von dem der Baggerfahrer gesprochen hatte, aber aus allen Richtungen kamen jetzt Autos zwischen den Schrotthaufen hervorgefahren. Dadurch entstand in der engen, kurzen Ausfahrt ein Chaos wie im überfüllten Parkhaus. Ganz vorne an der Lücke standen zwei Kankas, behielten die Straße zu beiden Seiten im Blick und winkten jeden Wagen erst raus, wenn die Luft rein war.

Tyson zündete sich eine Zigarette an und ließ das Fenster etwas runter. »Dieser Abdullah«, sagte er, schüttelte lächelnd den Kopf und nahm einen Zug. »Hast du gehört, wie der Junge reden kann, hast du das gesehen? Der wird noch ein ganz Großer bei uns. Lass dich mal nicht davon täuschen, dass er so dünn und harmlos aussieht. Der ist bei jeder Aktion ganz vorne mit dabei. Der glaubt an das, was wir tun. Solche

Jungs brauchen wir. Wenn der so weitermacht, ist er bald der Boss.«

Ich hörte ihm nur halb zu, weil ich dachte, ich hätte in einem der Autos Emre gesehen. Dann kamen wir endlich an die Reihe und wurden durchgewinkt.

»Was machen wir jetzt?«

»Wir fangen erst mal langsam an, mit kleineren Aktionen. Das ist alles durchgeplant und besprochen von uns. Bis es draußen dunkel wird, müssen wir noch aufpassen. Aber wir fangen schon mal an.«

Ich sagte: »Alles klar.«

Dann merkte ich, dass mir gar nix klar war.

»Aber was machen wir genau?«

Er warf einen kurzen Blick zu mir rüber.

»Kemal, bleib locker! Das wirst du schon noch sehen. Und keine Angst, du musst nix Verrücktes machen. Niemand erwartet, dass du heute noch jemanden totschlägst oder sonst was. Vertrau mir einfach. Aber wenn du jetzt das Gefühl hast, dass dir das alles zu heiß wird, dann sag mir das lieber jetzt als nachher.«

»Nein, alles gut.«

Er nickte zufrieden. Das Radio schaltete sich von selbst ein, weil gerade Verkehrsmeldungen kamen. Sie sagten, dass die Hitze jetzt schon den Asphalt der Straßen aufplatzen ließ und für mehrere Staus in der Stadt sorgte.

»Wenn das dein Onkel sehen würde, dass du und ich zusammen unterwegs sind. Was ich mit dem alles durchgemacht habe damals. Wir waren wie Brüder. Hat er immer noch vor zurückzukommen? Ich will ihn schon länger mal besuchen, das letzte Mal ist schon ein paar Jahre her.«

»Er will es noch mal versuchen. Mein Vater hat ihm jetzt paar Papiere und Formulare und so dafür mitgebracht, die er ausfüllen soll. Aber wird nicht einfach. Der vermisst Heilbronn richtig arg. Er gibt sich jeden Tag die Webcam vom Kiliansplatz und redet ständig von seiner Jugend hier und so.«

»Das glaub ich. Alle, die für längere Zeit zurückgehen und versuchen, dort zu bleiben, wollen früher oder später zurück. Jeder, den ich kenne, der dort war, ist wieder hier gelandet. Man stellt sich das so einfach vor. Du warst doch auch ein Jahr oder so drüben, hast du doch auch gemerkt, oder? Also. Wir sind hier aufgewachsen, wir denken und leben ganz anders als die Leute dort, das kann man gar nicht vergleichen. Ich lieb die Türkei über alles, aber ich könnte es dort keine drei Monate aushalten. Du verabredest dich mit einem, und er sagt zu dir: Ich bin dann so um halb da, tamam, abi, tamam, bis dann. Dann taucht er zwei Stunden zu spät auf und tut so, als wär das ganz normal. Daran kann man sich nicht gewöhnen, wenn man hier geboren ist, glaub mir, kannst du vergessen.«

Er nahm einen Zug von seiner Kippe und schaute zu mir rüber.

»Das Shirt steht dir!«

Dann wuschelte er in meinen Haaren wie bei einem kleinen Jungen.

In der Ablage zwischen unseren Sitzen vibrierte es. Er nahm sein Handy, las etwas und legte es wieder ab. Draußen sah ich eine fünfköpfige Familie, die komplett in HWA-Shirts gekleidet auf dem Gehweg lief. Alle fünf mit dem schwarzen, weit aufgerissenen Auge auf dem Rücken.

An der Autobahnbrücke bog Tyson ab. Die Brücke ist mehrere Kilometer lang und führt direkt an der Stadt vorbei. Sie kreuzt riesige Felder und Wiesen, den Neckar und viele Straßen. Wir fuhren langsam auf einem Schotterweg, der parallel zur Brücke verlief. Sie wurde von Pfeilern gestützt, die aussahen wie hellgraue Schornsteine, immer zwei in einer Reihe, alle zwanzig Meter oder so. Tyson fuhr sie langsam ab und suchte nach etwas. Nach ungefähr fünfzig Pfeilerpaaren hatte er es gefunden. Er parkte und zog die Handbremse. Dann stieg er aus, ging nach vorne und lehnte sich mit dem Rücken an den Bus. Ich lief ihm hinterher, aber ganz langsam, weil ich schon von innen gesehen hatte, was vor einem der Pfeiler abging. Aber ich konnte es nicht so richtig glauben. Drei Männer, vielleicht dreißig Meter von uns entfernt. Einer kauerte auf dem Boden und machte sich so klein wie möglich, ein anderer schlug und trat auf ihn ein. Der dritte lehnte sich mit einem Fuß gegen den Pfeiler und rauchte eine.

Auf der anderen Seite der Brücke lag ein Feld, so groß wie ein Fußballplatz, mit meterhohen Sträuchern. Und dahinter eine noch größere Wiese mit einem Weg, auf dem gerade eine Radfahrerin und ein Mann mit Hund unterwegs waren. Was unter der Brücke passierte, konnten sie nicht sehen. Sie waren viel zu weit weg und die Sträucher boten Sichtschutz.

Der Mann am Boden schützte seinen Kopf mit angezogenen Knien und seinen Armen. Ich konnte sein Gesicht nicht sehen. Der Typ, der auf ihn einschlug, hatte einen weißen Trainingsanzug an. Der am Pfeiler trug einen schwarzen.

Der Typ im weißen Anzug prügelte nicht einfach nonstop auf den Mann ein. Er nahm sich Zeit, lief um ihn herum, schlug hier mal drauf, trat da mal zu. Jetzt kickte er ihm in die Rippen. Der Mann konnte sich nicht mehr halten und fiel seitlich um, gab seinen Kopf aber nicht preis.

Der im schwarzen Anzug warf seine Kippe weg und gab dem anderen ein Zeichen, dass er jetzt dran war. Der im weißen Anzug sah uns, winkte und grinste schief. Hinter ihm saß der andere schon auf dem Mann drauf und schlug mit beiden Fäusten immer wieder zu. »Kemal!« Tyson hielt mir einen Kaugummi hin und hatte wohl schon mehrmals gefragt. Ich nahm an, ohne meinen Blick von den drei Männern abwenden zu können.

Inzwischen liefen beide um den Mann herum und wechselten sich mit Schlägen ab. Ich hörte nichts von den Schlägen oder Tritten, auch keine Stimmen oder Schreie, nur die Geräusche der vorbeiziehenden Autos von der Brücke über uns.

Tyson pfiff wieder mit dem kleinen Finger. Die beiden ließen sofort von dem Mann ab.

Sie kamen auf uns zu. Ich erkannte, dass sie Zwillinge waren. Alles an ihnen sah gleich aus, bis auf die Farbe der Trainingsanzüge und den Ausdruck in ihren Gesichtern. Der Weiße grinste uns an, vorne hatte er einen Goldzahn. Der andere hatte kurze schwarze Haare wie sein Bruder und genau das gleiche Gesicht, nur in grimmig.

Ihr Opfer lag jetzt mit ausgebreiteten Armen auf dem Rücken. Sein Gesicht war blutüberströmt. Er rührte sich noch. Wir stiegen ein.

»Lassen wir ihn einfach da liegen?«

»Auf jeden Fall«, sagte Tyson. Die Zwillinge setzten sich nach hinten und schnallten sich an. Ich ging wieder auf den Beifahrersitz.

»Mit dem brauchst du kein Mitleid zu haben«, sagte Tyson, als er den Motor startete. »Das ist einer der schlimmsten Nazis in ganz Heilbronn. Der hätte noch mehr verdient. Wenn der könnte, würde er dich von der Brücke hier oben stoßen, ohne zu zögern. Glaub mir. Scheiß auf den. Soll schauen, wie er wieder auf die Beine kommt.«

Wir fuhren zurück in die Stadt. Ich drehte mich immer wieder zu den Zwillingen um, übertrieben oft. Ich konnte nicht anders. Sie saßen beide breitbeinig da, die Hände auf dem Schoß, schauten aus dem Fenster und sprachen kein Wort.

Irgendwann hielt ich es nicht mehr aus und drehte mich ganz zu ihnen um.

»Wo kommt ihr her? Wo habt ihr den Mann gefunden, wie habt ihr ihn dort hingebracht? Seid ihr Türken, kommt ihr aus Heilbronn? Ich hab euch hier noch nie gesehen.«

Tyson lachte. »Die verstehen dich nicht.«

»Warum nicht?«

»Das, was Abdullah bei der Versammlung gesagt hat, das war ja nicht nur Gelaber, dahinter steht ein Plan. Die zwei Jungs hier, die kommen nicht aus Heilbronn, aber sie wissen, was Krieg ist, echter Krieg. Sie haben das schon durchgemacht. Wir sind jetzt in einer Situation, in der man genau solche Motherfucker wie die beiden braucht, verstehst du? Deshalb haben wir sie hergeholt. Heute Nacht kommen noch mehr, viel mehr.«

»Sind das also Söldner?«

»Ja genau. So kann man es sagen.«

Der Weiße saß hinter Tyson. Er merkte, dass ich ihn beobachtete, grinste mich an und hielt mir seine Faust hin. Ich faustete zurück. Danach suchte ich unauffällig meine Finger nach Naziblut ab.

10

Wir hielten vor einem Dönerladen in der Nähe des Bahnhofs.

Auf dem Ladenschild stand *Anadolu Kebap*. Direkt unter dem Namen war ein lustiges Dönerspießmännchen zu sehen.

Tyson und ich gingen rein, die Zwillinge blieben vor der Tür. Hinter der Theke stand ein Typ, der ungefähr so alt war wie ich, vielleicht auch ein, zwei Jahre jünger. Er hatte ein Handtuch über der linken Schulter. Beim Anblick von Tyson erstarrte er. Ich sah es genau.

»Naber koçum«, sagte Tyson und stellte sich direkt vor der Theke auf. »Wo ist dein Vater?«

»Er musste vorhin weg. Ich weiß nicht, wohin«, sagte der Junge.

Ich sah mich im Laden um. Er war nicht sehr groß, und außer uns war keine Kundschaft da. Nur an einem der Tische draußen am Gehweg aßen ein paar Jugendliche.

»Sicher?«

»Ja.«

»Ruf ihn mal an. Mit Lautsprecher. Er soll sofort herkommen.«

Doch das war nicht nötig, denn er kam schon aus der Küche gelaufen. Ich sah den Mann zum ersten Mal, aber an der Reaktion aller Beteiligten merkte ich, dass er der Vater war.

»Oh, wen haben wir da«, sagte Tyson gespielt verwundert zum Sohn. »Seit wann lügen wir uns an?«

Er begrüßte den Vater. Der grüßte nicht zurück und stellte sich neben seinen Sohn.

»Was ist los? Warum bist du wieder hier?«

»Abi, glaub mir, es wäre mir auch lieber, wenn ich nicht

kommen müsste. Aber es gibt nun mal Leute über mir, und wenn die etwas wollen, muss ich das für sie erledigen. Und diese Leute ärgern sich sehr über dich, abi. Es ist wahrscheinlich sogar besser für dich, dass ich gekommen bin.«

»Du solltest dich schämen«, sagte der Mann. »Ich weiß noch, wie du als kleiner Junge hier durch die Straßen gelaufen bist.«

»Es liegt nicht in meinen Händen, abi.«

»Schämen solltest du dich.«

»Ich mich schämen?«

»Jawohl.«

»Du musst dich schämen! Wir kämpfen jeden Tag für unsere Leute, wir beschützen euch, und was machst du? Nicht mehr zahlen wollen ist die eine Sache, aber mit der Polizei reden und deine Landsmänner verpfeifen? Willst du so ein Vorbild für deinen Sohn sein? Wenn sich einer schämen muss, dann du. Warum hast du eine Aussage gemacht?«

Der Mann schlug auf die Theke und brüllte: »Weil ihr mein Geschäft kaputt macht! Weil ihr uns kaputt macht! Gott wird euch eure Strafe geben!«

Tyson blieb ganz ruhig. »Wir hätten für alles eine Lösung finden können. Du musst nur mit uns reden. Und nicht mit denen. Wie oft hab ich jetzt schon versucht, dir das klarzumachen?«

Er ging zur Tür und klopfte kurz an die Scheibe. Die Zwillinge kamen sofort rein. Sie waren zwei verdammte Kampfhunde.

»Zeig meinen zwei Kollegen hier mal schnell dein Büro, abi«, sagte Tyson. »Und du, mach mir einen Döner mit allem, extra scharf. Kemal, willst du auch was essen?«

Ich hatte übertriebenen Hunger. Aber ich schüttelte den Kopf.

Der Mann kam um die Theke herum und ging mit den Zwillingen zu einer Treppe, die nach unten führte. Der Sohn wollte hinterher, aber der Vater befahl ihm, sich wieder hinter die Theke zu stellen. Tyson pfiff die Zwillinge noch mal zurück, griff sich ein Nudelholz und reichte es dem weißen Zwilling. Und er gab ihm einen Hinweis, indem er auf seinen Kopf zeigte und mit dem Finger wackelte. Der Zwilling nickte.

Dann zog mich Tyson am Arm. Wir nahmen an einem der Tische Platz. Als der Sohn den Döner brachte, sagte Tyson ihm, dass er ganz normal weiterarbeiten sollte und dass seinem Vater nix passieren würde. Er wollte, dass ich ihm den Pfeffer reichte. Von unten war nix zu hören. Tyson aß schnell und in Riesenbissen.

»Tyson abi, komm schon, was soll das? Der Mann sah doch harmlos aus. Was machen die mit ihm?«

»Boah, Junge, was sollen die vielen Fragen? Warum bist du so empfindlich? Also von deinem Onkel hast du das nicht. Gar nix machen sie mit dem. Nur für bisschen Respekt sorgen. Sie schlagen ihm vielleicht ein paar Regale kaputt, das wars. Die wissen schon, wie sie es am besten machen. Geh rein und schau zu, wenn du willst.«

Ich sah rüber zur Treppe. Tyson drehte sich zur Theke um.

»Hey koçum, hat einer von uns schon mal deinem Vater irgendwas angetan, also mit Gewalt?«

Der Sohn gab keine Antwort. Er stand einfach nur da und starrte mich aus der Ferne an, und ich hatte das Gefühl, dass er das die ganze Zeit schon tat. Tyson winkte ab und drehte sich wieder nach vorne.

»Haben wir nie. Es geht hier ums Prinzip. Das versteht ihr, wenn ihr älter seid.«

Er aß weiter. Ich erwiderte den Blick des Jungen nicht mehr, aber ich sah trotzdem, dass er immer noch unverändert dastand. Die Jugendlichen vor dem Laden lachten, ich hörte es durch irgendein offenes Fenster. Tyson nahm den nächsten Bissen, er war fast schon fertig.

Ich stand auf.

»Was ist los?«, fragte er mit halbvollem Mund.

Ich sagte nichts mehr und ging zur Tür. Krieg ist einfach nicht mein Ding, dachte ich, gemeinsame Sache mit Söldnern machen ist nix für mich. Für etwas kämpfen, schön und gut. Aber nicht so.

Das Letzte, was ich im Laden hörte, war klirrendes Glas im Untergeschoss, und das Letzte, das ich sah, war der stumme Sohn, der seinen Blick nicht von mir nahm, bis ich die Tür zumachte.

Dann rannte ich los.

11

Ich kam an einem Brunnen vorbei: trockengelegt. Gleich dahinter lag ein kleiner Park mit einem Riesenbaum in der Mitte und im Kreis angeordneten Sitzbänken. Alle belegt. Als ich gerade vorbeilief, standen zwei alte Damen auf. Die Tauben, die sie gefüttert hatten, liefen ihnen hinterher. Ich ging in den Park und setzte mich auf die frei gewordene Bank. Auf der Lehne sah ich einen gelben HWA-Aufkleber. Ich zog ihn ab und warf ihn weg.

Ich atmete ein paarmal durch. Bei Verrätern sind die Kankas ziemlich streng, das hatte ich schon öfter mal gehört. Aber ich hatte keine Angst. Sollten sie doch kommen und mich holen. Ein Kemal Arslan flieht vor niemandem. Trotzdem stimmte irgendwas nicht mit mir. Obwohl mir heiß war, hatte ich Gänsehaut. Meine Augen waren komisch überreizt, als hätte ich zu lange in die Sonne geschaut. Ich schloss sie für ein paar Sekunden und versuchte es dann noch mal. Brachte nix. Alles blinkte und strahlte. Der Asphalt der Straße, die ich von hier aus sehen konnte, die vorbeilaufende Frau, ihr Hund. Der Baum in der Mitte, die Häuser gegenüber, die Weinberge am Horizont.

Aus dem Nichts kam ein kalter Schuss und machte mich nass. Mein Gesicht, die Brust, den Bauch. Das Wasser tropfte von mir ab und sorgte für dunkle Flecken auf dem Boden. Ich war froh über die Abkühlung, fand es aber auch frech. Also stand ich auf und breitete fragend die Arme aus. Ich hatte keine Ahnung, woher es gekommen war, und die Leute auf den anderen Sitzbänken hatten es wohl gar nicht mitbekommen. Sie lasen, sprachen, telefonierten weiter.

Dann sah ich ihn. Zuerst nur seinen Kopf, der schräg hinter dem dicken Baumstamm erschien, alle zwei Sekunden, immer auf einer anderen Seite. Es war schon wieder der Alte, der gestern vor meiner Haustür gestanden hatte. Er schlich um den Baumstamm herum, blieb genau davor stehen und hielt sich mit einer Hand den kichernden Mund zu. In der anderen Hand hielt er eine blaue Wasserpistole. Immer noch im dunkelbraunen Anzug, die gleichen löchrigen Schuhe und die Schiebermütze auf dem Kopf. Als er ausgekichert hatte, trippelte er mit kleinen Schritten zu mir her.

Er nahm viel zu nah neben mir Platz. Ich rutschte ein Stück von ihm weg.

»Was sollte das?«

»Ich dachte, dass dir eine Abkühlung vielleicht guttut. Ich hab sogar sauberes Wasser besorgt. Das gibt es nämlich noch, man muss nur wissen, wo. Erinnerst du dich nicht an mich? Wir haben uns gestern kennengelernt, danach bist du in die Parkgarage, zu deinem kaputten Auto. Und in der S-Bahn hast du mich ignoriert. Das war nicht sehr freundlich. Geht es dem Jaguar besser?«

»Woher weißt du das?«

»Der alte Kemal weiß alles.«

»Alter Kemal? Gestern hast du mir noch einen anderen Namen genannt. Hör zu, amca, ich weiß nicht, wer du bist, aber ich hab grad genug Sorgen.«

»Werd nicht frech, mein Sohn. Ich heiße Kemal und hieß schon immer so. Du und ich sind übrigens die einzigen zwei Heilbronner mit diesem Namen, wusstest du das?«

Ich berührte ihn am Arm. Erst nur sanft, dann packte ich fest zu.

»Was machst du da?«

»Ich muss wissen, ob du echt bist.«

»Oh, ich bin echt. Sehr echt sogar. So echt wie die Weinberge da drüben und so echt wie die Schnecke hier. Schau, die Arme, wie sie nicht vorankommt, der Boden ist zu trocken, ihr Schleim reicht wohl nicht mehr aus. Moment mal, hörst du das? Ich glaube, sie sagt etwas.«

Er senkte seinen Kopf, hielt eine Hand an sein Ohr und machte ein angestrengt konzentriertes Gesicht. Richtiger De Niro.

»Aha, die Schnecke heißt also auch Kemal! Sind wir doch zu dritt. Warte, sie sagt noch etwas: ›Aua, mein Fuß tut so weh, ich komm nicht vom Fleck, es ist so heiß, aua aua, wo ist mein Auto, wo ist mein Ball?‹ Hehehe.«

Beim Kichern schloss er die Augen. Seine Schultern bewegten sich im Rhythmus auf und ab.

»Gute Nummer, aber Schnecken haben keine Füße.«

»Da irrst du dich, mein Junge. Der ganze Körper der Schnecke ist streng genommen ein Fuß. Du denkst, du weißt alles. Gar nichts weißt du.«

Ein kleines Mädchen stand ein paar Meter von uns entfernt, aß ein Eis und starrte uns an. Der Alte winkte sie zu uns her und schenkte ihr die Wasserpistole. Sie nahm sie mit und rannte ganz aufgeregt zu ihrer Mutter, die gerade telefonierte, und zeigte auf uns.

Der Alte nahm seine Mütze ab und fächerte sich damit Luft zu. Die wenigen Haare klebten nass auf seinem Kopf.

»Was hast du hier draußen verloren bei einer solchen Hitze?«, fragte er.

»Du bist doch auch hier.«

»Bei mir ist es anders. Ich bin immer hier.«

Ich wollte ihn fragen, ob er obdachlos war, aber mir fiel das türkische Wort dafür nicht ein.

»Kannst du Deutsch?«

Danach sprach er nur noch Deutsch.

»Ob ich Deutsch kann, fragt er! Was für eine Frage! Seit vierzig Jahren bin ich hier, wie soll ich da kein Deutsch können? Geh und frag mal in der Stadtbücherei nach mir. Jeden Morgen sitze ich dort, eine Stunde Zeitung lesen, eine Stunde Gedichte und Geschichten. Wer reitet so spät durch Nacht und

Wind? Hehehe. Ich bin vielleicht arm und alt, aber ich bin ein belesener Mann.«

»Gut, sehr gut. Aber was willst du von mir?«

»Hör auf, dich im Kreis zu drehen. Das nimmt kein gutes Ende. Ich hab ein Auge für die Zeichen, die Gott uns gibt. Und das nicht erst seit gestern, nein, seit vielen Jahren schon. Er hat uns oft genug gewarnt. Aber diesmal ist es anders, es gibt keinen Zweifel mehr. Oder denkst du, die Hitze ist ein Zufall? Das verschmutzte Wasser? Dass fast alle Straßen, die aus der Stadt rausführen, gesperrt werden mussten, weil die Wärme den Asphalt schmelzen lässt? Das sind keine Zufälle. Das ist Gott, der uns sagt: Wie lange wollt ihr noch streiten da unten, wann seht ihr es endlich ein, dass ihr alle gleich seid? Ich schaue mir das nicht länger an, nein, ich heize euch jetzt mal so richtig ein, und zwar so lange, bis ihr entweder zur Vernunft kommt oder endlich in den Kampf zieht. Krieg oder Frieden, eins von beiden, eine Lösung muss her, und zwar jetzt, denn meine Geduld ist am Ende!«

Er war inzwischen aufgestanden und rief seine Worte laut und mit großen Gesten in Richtung Himmel. Die anderen Menschen im Park beachteten ihn gar nicht. Ich hielt es nicht mehr aus und schrie dazwischen, damit er aufhörte. Er drehte sich zu mir um, mit einem überraschten, fast erschrockenen Gesichtsausdruck. Als hätte er vergessen, dass ich noch da war. Ganz langsam setzte er sich wieder hin.

»Amca, ich hab keinen guten Tag, also lass mich einfach in Ruhe. Und hör auf, mich zu verfolgen!«

Ich stand auf. Hinter meinem Rücken hörte ich es schon wieder: *Hehehe.*

»Na gut, wie du willst. Ich bin doch nur ein alter Mann,

der sich ein bisschen unterhalten will, das ist alles. Aber tu mir doch den Gefallen, hilf mir auf die Beine, dann gehe ich meinen Weg und du deinen.«

Ich reichte ihm die Hand. Doch als ich ihn hochziehen wollte, zog er sie mit einem Ruck ganz nah an sich heran und drückte gleichzeitig zu. Ich ging in die Knie und versuchte, nicht zu schreien, aber der Schmerz war nicht auszuhalten.

»Du musst etwas mehr Respekt vor dem alten Kemal haben. Ich rede hier nicht umsonst. Alles, was ich dir sage, ist wichtig, jedes einzelne Wort, verstehst du?«

»Lass los!«

»Wirst du mir jetzt zuhören?«

»Ja!«

»Sehr gut.«

Er ließ los. Ich schüttelte meine Hand, hielt sie kurz fest, schüttelte weiter. Er klatschte auf den Platz neben sich, bis ich mich wieder hinsetzte.

»Der alte Kemal hat die Zeichen zu spät erkannt und ist für immer in diesen Straßen gefangen. Du hast noch Zeit, aber nicht mehr viel. Du musst dich entscheiden. Wenn du so weitermachst, wird dir das Gleiche passieren wie mir, und das kann ich nicht zulassen. Du heißt Kemal, ich heiße Kemal, die Schnecke hier heißt auch Kemal, und schau, sie ist einen Zentimeter weitergekommen, aber was bringt ihr der eine Zentimeter?«

Er beugte sich nach vorne und rief zur Schnecke herunter: »Schau doch, da drüben stehen die Weinberge, da musst du hin, warum kriechst du immer noch um diesen Baum herum?« Dann lehnte er sich wieder zurück und schüttelte lächelnd den Kopf, wie über ein ungezogenes Kind. »Geh jetzt.«

Ich wartete ab. Vielleicht war es wieder ein Trick.

»Du hast mich gehört, geh. Steh auf, lauf los. Tu etwas.«

Ich sprang auf. Nichts wie weg. Ich hörte, wie er mir etwas hinterherrief, wollte mich aber nicht mehr umdrehen. Als er noch mal rief, tat ich es doch.

Er hob sein Bein und ließ seinen Fuß über der Schnecke schweben. Dann ließ er ihn blitzartig nach unten schnellen, und ich rief »Nein!«. Ein paar Zentimeter über der Schnecke stoppte er ab und zog den Fuß zurück. Er kicherte wieder, *hehehe,* es wurde immer lauter und ausgedehnter, bis es ein richtiges Lachen war und er sich den Bauch halten musste.

12

Eine Weile lief ich planlos durch die Straßen. In Bewegung bleiben, das war wichtig. Wenn ich stehen blieb oder mich hinsetzte, passierte meistens nix Gutes. Ich kam in eine ziemlich lange Unterführung mit vier Spuren und wurde langsamer. Zwischen den vorbeiziehenden Autos und der Innenwand spürte ich zum ersten Mal seit einer Ewigkeit so etwas wie Wind.

Die Wand war komplett zugeklebt mit Hunderten von Plakaten. Von den ältesten sah man nur noch Teile und Fetzen, die neuesten erkannte man an ihren kräftigen Farben. Ein Plakat sah ich mindestens zwanzig Mal hintereinander. Es war ziemlich schlicht. Auf blauem Hintergrund stand in weißen Buchstaben:

Creme21
Special Guest vor der Sommerpause
DJ Howard Donald
Bekannt aus der weltberühmten Erfolgsband Take That

Und dazu das heutige Datum. Auf einem anderen Riesenplakat wurde Menschen in verschiedenen Sprachen schmackhaft gemacht, in die Länder zurückzukehren, aus denen sie gekommen waren. Daneben sah man Fotos der strahlenden Sehenswürdigkeiten ebenjener Länder. Obendrüber stand ganz groß *Verpisst euch,* aber in Slogansprache:

Deine Heimat. Deine Zukunft. Jetzt!

Ich hatte fast das Ende der Unterführung erreicht, als ich das Plakat mit dem Heilbronner Astronauten sah. Ich blieb sofort stehen. Das Volksfest. Die Fragestunde. Ich hatte es komplett vergessen. Als Uhrzeit war 18:30 angegeben. Ich hatte keine Ahnung, wie spät es war, machte mich aber sofort auf den Weg.

Ich lief zum Bahnhof, der gleich um die Ecke war. Von dort waren es nur noch ein paar hundert Meter. Unterwegs hielt ich einen älteren Herrn an und fragte ihn nach der Uhrzeit – kurz nach sechs. Eine halbe Stunde hatte ich also noch.

Das Riesenrad sah ich zuerst. Gleich hinter dem Eingang standen auf beiden Seiten kleine, nach vorne hin offene Zelte, in denen alles Mögliche angeboten wurde, Kleidung, Schmuck, Spielzeug, Holzfiguren, Sonnenbrillen.

Das Kanka-Shirt war immer noch nicht trocken. Außerdem roch es irgendwie noch komischer, seit mich der Alte abgeschossen hatte. Also blieb ich an einem der Zelte stehen, in dem eine Frau von einem bunten Meer aus T-Shirts umgeben war. Sie lagen in Stapeln auf dem langen Tisch vor ihr und hingen links und rechts von ihr an langen Kleiderständern, die so aussahen, als würden sie unter dem Gewicht gleich zusammenbrechen.

Ich schaute in Ruhe die Shirts auf den beiden Ständern durch. Auf der einen Seite nur unlustige Sprüche, auf der anderen nur uncoole Marken. Dann sah ich ein weißes Shirt mit Martin Luther King und Malcolm X drauf, das an der Wand hinter der Frau hing.

Über die beiden hatte ich schon mal eine Doku gesehen. So wie sie da auf dem T-Shirt abgebildet waren, händeschüttelnd und lächelnd, erinnerten sie mich irgendwie an meinen Vater und meinen Onkel. Ich ließ mir das Shirt in meiner Größe geben, zahlte die zwanzig Euro und zog es direkt an.

Nach den Verkaufsständen folgte das Programm für die Kinder: Karussell, Pferde, Plastikenten, Geisterbahnen. Am Breakdance saßen die Teenies um die sich drehende Scheibe herum. Die Mädchen auf der einen Seite, die Jungs auf der anderen. Dazwischen stand ein gelangweilter Mitarbeiter, der darauf wartete, dass die Runde zu Ende ging, damit er auf die Scheibe springen und die Leute befreien konnte. Gegenüber bei den Boxautos saßen die noch Jüngeren. Wer noch nicht am Breakdance mitsitzen durfte, traf sich hier und schaute sehnsüchtig rüber.

Die Wilde Maus gab es auch noch, meine Lieblingsachterbahn. Von der bekam man mich früher kaum runter. Die Wagen fahren immer bis ganz ans Ende der Schiene, bis man sich fast schon sicher ist, dass man diesmal wirklich abstürzen wird, aber nein, im allerletzten Moment reißt der Wagen doch noch die Kurve und man kommt davon. In der Mitte der Bahn war die Wilde Maus selbst zu sehen, sie war bis ans obere Ende einer Stange geklettert und hielt die tschechische Flagge hoch.

Ich konnte inzwischen kaum mehr gehen vor Hunger. Deshalb blieb ich an einem Imbiss stehen, kaufte mir eine Portion Pommes und fand einen freien Platz auf den Bierbänken daneben.

Gegenüber war die Apollo 13 aufgebaut. Schon das Kassenhäuschen, eine Nachbildung des Fußabdrucks auf dem Mond, war mindestens fünf Meter hoch. Immer wieder blieben Leute stehen und machten Fotos davon.

Auf dem riesigen Gerüst daneben war ein Medley zum Thema Weltall zu sehen: Sternschnuppen und Sternzeichen, Elliott und E. T. auf dem Fahrrad, Saturn und Mars, Neil Armstrong und ein böser Alien. Sie hatten an alles gedacht.

Die Apollo hatten sie zweimal nachgebaut und mit einer Stahlsäule verbunden, die wohl länger war als jedes Gebäude der Stadt. Sie drehte sich im Kreis und schleuderte die zwei offenen Raketen durch die Luft. Die Leute, die in den Raketen saßen, kreischten ohne Pause.

Danach stolperten alle Passagiere die Treppe hinunter. Sie strahlten, lachten, schlugen sich auf die Schultern und erzählten sich lautstark, wie es war. Was auf diesem Platz mal passiert war, juckte hier keinen mehr. Aber man muss den Leuten ihren Spaß lassen.

Ich stand auf, warf meinen Pappteller in den Mülleimer und ging in Richtung Festzelt. Es war endlich Zeit für die Fragestunde.

13

Vor dem Eingang des großen Festzelts standen ein paar Security-Leute. Einer von ihnen war Serdar. Ich erkannte ihn an seinen Tattoos. Er bemerkte mich nicht.

Drinnen war die Luft stickig. An der Decke hingen bunte Girlanden und an den Wänden Hunderte Plastikhähnchen, die zusahen, wie ihre gegrillten Kollegen gegessen und mit Bier runtergespült wurden.

Die große Bühne war am anderen Ende des Zeltes aufgebaut. Zwischen ihr und dem Eingang standen Hunderte von Bierbänken und Tischen, so gut wie alle komplett besetzt. Ziemlich weit vorne gab es drei Tischreihen nebeneinander, an denen mindestens dreißig Männer in HWA-Shirts saßen. Ich drängelte mich bis zur Bühne durch. Daneben gab es einen Stand, an dem man sich für die Fragestunde anmelden musste. Ich ließ mir ein Formular geben und füllte es schnell aus. Bitte kreuzen Sie an: *Wie wurden Sie auf die Veranstaltung aufmerksam*? *Wie finden Sie den Sender RadioTon auf einer Skala von eins bis zehn*? *Welche Heilbronner Persönlichkeit würden Sie sich für die nächste Fragestunde wünschen*? Ganz unten musste ich noch unterschreiben, dass ich auf der Bühne nichts *Politisches/Obszönes/Rechtswidriges* sagen würde. Dann stellte ich mich als Letzter in die Warteschlange, die an der seitlichen Treppe der Bühne begann und an den ersten Tischreihen vorbei bis zum ersten Notausgang reichte. Ganz vorne in der Schlange standen zehn Kinder, dahinter um die vierzig Erwachsene und ich. Ich war also ein gutes Stück von der Bühne entfernt, hatte aber immerhin gute Sicht nach vorne.

Gerade als ich mich angestellt hatte, sprang ein Moderator

mit Hemd, Hosenträgern und Headset auf die Bühne und begrüßte die Gäste. »Das ist ja der Wahnsinn, so viele von euch in Tracht zu sehen!«, rief er. »Da fühlt man sich wie in einer Familie. Eine Familie mit 800 Mitgliedern, hier vereint, ist das nicht wunderbar? Einmal einen warmen Applaus für euch selbst bitte! Bei gefühlt 50 Grad hier im Festzelt sollte das doch kein Problem sein.«

Applaus.

»Wir alle haben mitbekommen, dass sich in unserer Stadt momentan unschöne Dinge abspielen. Umso mehr freut es uns, dass ihr so zahlreich erschienen seid! Wir lassen uns die Freude an einem so besonderen Event doch nicht durch ein paar Querulanten nehmen! Oder was meint ihr?«

Mehr Applaus.

Der Moderator ging zur Seite und machte die Sicht frei auf eine Leinwand. Zu dramatischer Musik wurde das bisherige Leben des Astronauten im Schnelldurchlauf präsentiert: als kleiner Junge mit Haaren, als junger Mann mit weniger Haaren, als mittelalter Mann ganz ohne Haare, dafür mit einem dichten, hellen Bart und nettem Lächeln. Er rennt auf einem Laufband, spricht auf einer Pressekonferenz, schwebt im weißen Raumanzug durchs All, führt dort ein paar Experimente durch, landet wieder auf der Erde und reckt die Faust.

Während das Video lief, hielt der Moderator eine Hymne auf ihn: »Er hatte einen Traum und machte ihn wahr! Vom normalen Heilbronner Jungen zum Kommandanten der Internationalen Raumstation ISS! Hier ist er, der Stolz der Stadt!« Dichter Nebel strömte auf die Bühne, Konfettisterne regneten von oben herab. Als der Nebel sich langsam löste und die Sterne gelandet waren, kam der Astronaut zum Vorschein.

Er trug wie immer seinen blauen Overall mit den vielen Abzeichen und der deutschen Flagge am linken Ärmel. Zuerst schüttelte er dem Moderator die Hand, dann stützte er beide Hände in die Hüften und lächelte ins Publikum. Seine zwei Bodyguards bauten sich weiter hinten auf, jeder an einer Seite der Leinwand. Die Leute standen alle von ihren Plätzen auf, sie jubelten, klatschten, machten Fotos und Videos. »Du hast das Wort«, sagte der Moderator zum Astronauten, der auch ein Headset trug. Er musste warten, bis der Applaus aufhörte. »Wow! Seit meiner Rückkehr von der ISS habe ich schon sehr viele Termine absolviert, aber auf diesen Auftritt habe ich mich besonders gefreut. Es ist immer wieder eine Freude, in meine Heimatstadt zurückzukehren, und dann noch so ein Empfang! Besser geht es nicht, vielen Dank.«

Zwei Stühle wurden gebracht, der Astronaut und der Moderator setzten sich. Der Astronaut erzählte, dass man sich nach der Rückkehr auf die Erde an die Schwerkraft erst mal wieder gewöhnen muss, ein Kugelschreiber fühlte sich für ihn an wie Blei, solche Sachen halt. Er streute auch immer wieder mal einen Spruch ein, der alle lachen ließ.

Mich juckt die Raumfahrt eigentlich gar nicht. Aber auf den Astronauten lass ich nix kommen. Wenn ich ihn in den Nachrichten oder auf YouTube sehe, bin ich immer stolz und denke: Das ist unser Mann, der kommt aus Heilbronn, der ist einer von uns. Jetzt ist er in der ganzen Welt bekannt. Einem wie ihm gönnt man es einfach. Diese freundliche Art und das Lächeln, das er immer im Gesicht hat, ist bei ihm nicht gespielt. Ich merke so was schnell. Außer halt, wenn einer richtig gut schauspielern kann, wie Tayfun zum Beispiel. Ihn hatte ich ja auch durchschaut, bis er mich mit der Rolex blendete. Aber beim

Astronauten bin ich mir ziemlich sicher. Also wenn sich irgendwie mal herausstellen würde, dass der in Wahrheit doch ein mieser Typ ist, dann wär ich übertrieben enttäuscht.

Jetzt redete er von den Klimaschäden und davon, wie deutlich er sie von oben erkennen konnte. Der Moderator nickte jeden Satz mit, und am Ende sagte er: »So! Ich habe jetzt all meine Fragen gestellt, nun ist das liebe Publikum an der Reihe. Die Kleinen dürfen zuerst, dann sind die Großen an der Reihe. Wir sind schon sehr gespannt.«

Ein blondes Mädchen ging langsam und schüchtern auf die Bühne und bekam ein Mikrofon in die Hand gedrückt. Sie hatte ihre Frage auf einem Zettel dabei, aber beim Vorlesen versagte ihr die Stimme und sie begann zu weinen. Der Astronaut nahm sie in den Arm, las mit ihr gemeinsam die Frage vor und beantwortete sie. Das Publikum war natürlich hin und weg. Nach dem Mädchen kam ein Junge, der sich für seine Frage extra so verkleidet hatte wie sein Held, mit blauem Overall, aufgemaltem Bart und falscher Glatze. Dann kam ein älteres Mädchen mit Zöpfen auf die Bühne und schenkte dem Astronauten einen selbstgebastelten Helm.

So ging das noch eine Weile, dann waren die Erwachsenen dran. Meine Beine wurden langsam schwer. Nach jeder Frage machte ich zwei Schritte nach vorne, stand aber immer noch mindestens zehn Meter von der Bühne entfernt. Die Leute fragten ihn alles Mögliche: Fliegst du auch mal zum Mond oder zum Mars? Konntest du Heilbronn von dort oben sehen? Was hast du am meisten vermisst da oben? Lauter belangloses Zeug. Meine Frage hatte mit Raumfahrt und Weltraum nix zu tun. Mir ging es um etwas. So eine Frage wie meine hatte ihm sicher noch niemand gestellt.

Endlich kam ich auf die Bühne, musste aber immer noch am Seitenrand warten. Vor mir war noch ein Typ um die vierzig im grünen, ganz zugeknöpften Hemd dran. Als er das Mikrofon bekam, stellte er sich nicht mit Blick zum Astronauten hin wie alle anderen vor ihm, sondern schaute nach vorne zum Publikum. Dann räusperte er sich und begann, von einem Blatt abzulesen.

»Sehr geehrter Herr Pseudo-Astronaut, ich bin hier, um Ihnen meinen allergrößten Respekt auszusprechen. Nicht etwa für Ihre angeblichen Ausflüge ins All, ganz sicher nicht. Sondern für Ihre schauspielerische Leistung und für die Ausübung der Rolle, die Ihnen von den hohen Herrschaften in Berlin, Washington und Tel Aviv vordiktiert wird. Diese Aufgabe erledigen Sie wirklich bravourös.«

Der Moderator und die Bodyguards wollten auf den Mann zugehen, doch der Astronaut gab ihnen mit der Hand ein Zeichen, es zu lassen.

»Euch, die Bürger Heilbronns, möchte ich eindringlich davor warnen, diesen Mann und seine Ausführungen ernst zu nehmen. Denn, mit Verlaub: Sie sind eine Marionette. Sie waren nie im Weltall. Dass Sie es trotzdem behaupten, darüber könnte ich noch hinwegsehen. Dass Sie seit neuestem aber auch noch die Ihnen gebotenen Bühnen für politische Propaganda nutzen, dass Sie über Phantomthemen wie den Klimawandel schwadronieren, ist inakzeptabel. Das steht Ihnen nicht zu! So wie ein Schuster bei seinen Leisten zu bleiben hat, so mögen Sie sich doch bitte auf das Präsentieren gefälschter Aufnahmen beschränken. Damit wäre allen gedient. Schließen möchte ich mit ...«

Die Buhrufe wurden immer lauter, und der Astronaut gab

seinen Bodyguards zu verstehen, dass es jetzt doch reichte. Der eine Bodyguard schob den Mann von der Bühne, der andere nahm ihm das Mikrofon weg und gab es mir.

Der Astronaut begrüßte mich mit einem Augenzwinkern und sagte: »Warte bitte, ganz kurz.« Er sagte, dass über hunderttausend Menschen weltweit mitgearbeitet hatten, um zu ermöglichen, dass er und seine Kolleginnen und Kollegen in den Weltraum fliegen konnten, und dass er schon allein aus Respekt vor diesen Menschen und ihrer Arbeit nicht auf die Behauptungen des Mannes eingehen wollte. »Sachlicher Kritik stelle ich mich gerne, aber so nicht, tut mir leid.«

Die Leute klatschten, und als es wieder ruhiger wurde, lächelte mich der Astronaut an und wartete auf meine Frage.

Dann ging alles ganz schnell.

Die Kankas kamen durch einen der Haupteingänge rein, am anderen Ende des Zeltes. Ich sah sie sofort. Mindestens dreißig Mann, die zusammen nach vorne marschierten. Sie wurden von Abdullah angeführt, dem Typen mit der Goldkette. Ich stand immer noch mitten auf der Bühne und der Astronaut immer noch neben mir. Aber mir war klar, dass es mit der Frage jetzt erst mal nix werden würde.

Im Publikum drehten sich alle Köpfe in Richtung der Kankas. Die Bodyguards hatten den Typen im grünen Hemd inzwischen weggeschafft und kamen zurück auf die Bühne. Einer von ihnen rief »*Heyheyhey*, zurück da« und rannte zum hinteren Teil der Bühne. Und da waren sie. Die Zwillinge in ihren Trainingsanzügen. Einer links von der Leinwand, der andere rechts.

Jetzt ist es so weit, dachte ich, jetzt kommen sie mich holen. Ausgerechnet jetzt, wo ich meine Frage stellen wollte. Nirgends hat man mehr seine Ruhe. Der Bodyguard blieb mittig vor der Leinwand stehen und machte mit beiden Händen abwehrende Gesten, für jeden Zwilling eine. Sie liefen trotzdem langsam auf ihn zu. Er musste sich entscheiden, welchen von beiden er stoppen wollte. Der andere Bodyguard eilte ihm zu Hilfe, kam aber zu spät. Der schwarze Zwilling hatte schon mit einem schnellen Griff dafür gesorgt, dass der Bodyguard sich nicht mehr bewegen konnte. Der weiße Zwilling stellte sich vor den beiden auf, holte mit einer Faust halb aus und machte dem anderen Bodyguard mit erhobenem Zeigefinger klar: Noch ein Schritt und dein Partner kassiert. Er verstand und blieb stehen. Der schwarze Zwilling ließ den anderen Bodyguard wieder frei. Dann zogen sich die beiden zurück und liefen zum Astronauten. Sie schirmten ihn so eng ab, dass ich ihn kaum mehr sah.

Die Zwillinge kamen nach vorne und stellten sich nebeneinander auf. Der weiße führte einen Robotertanz auf. Sein Bruder gab ihm mit einem ernsten Blick den Befehl, damit aufzuhören. Der weiße machte trotzdem weiter. Als er mich erkannte, hörte er sofort mit seinen kantigen Armbewegungen auf, lief auf mich zu und blieb vor mir stehen. Ich machte einen Schritt zurück. Er zeigte wieder sein schiefes Lächeln, der Goldzahn funkelte. Dann nahm er mir das Mikrofon weg und kniff mir in die Wange. Das Mikro stellte er vorne auf dem Boden ab und ging wieder zurück in Position, direkt neben seinem Bruder.

Die Kankas waren inzwischen direkt vor der Bühne angekommen und machten sich dort breit. Tyson war nicht dabei. Sie bildeten eine Gasse in ihrer Mitte, damit Abdullah auf die Bühne konnte. Er streckte seine Hand aus. Der schwarze Zwilling zog ihn hoch. Drei, vier andere Kankas halfen von unten mit. Ich wollte abhauen, aber das ging nicht mehr, sie hatten die

Bühne von allen Seiten umzingelt. Der Moderator war schneller gewesen als ich, er war verschwunden.

Abdullah hob das Mikrofon auf. Der Astronaut bewegte seinen Kopf hin und her, um zwischen seinen Bodyguards hindurch sehen zu können, was passierte. Die Leute auf den Bierbänken schrien, buhten und pfiffen. Jemand warf einen Plastikteller mit halbem Hähnchen nach vorne. Außer den Bodyguards waren keine Sicherheitsleute in Sicht.

Abdullah sprach ganz ruhig. »Ich weiß, ich weiß, ihr wollt nicht, dass wir hier auftauchen, ihr wollt uns nicht sehen und nicht hören. Aber ab heute geht es nicht anders. Hört uns kurz zu, es dauert auch nicht lange. Ihr könnt gleich weitermachen.«

Über die Lautsprecher klang seine Stimme noch mal etwas tiefer und kräftiger. Die Buhrufe und Pfiffe nahmen ab. Eine komische Stille machte sich in der Halle breit.

»Wir sind hier wegen HWA. Aber je mehr Heilbronner mithören, umso besser. Man hat mir gesagt, dass wir ihre Anführer hier finden würden, und da vorne sitzen sie ja auch alle beieinander. Sehr schön. Hört mir gut zu. Der Mann, der heute einen Jungen abgestochen hat, trug dabei eure Farben und euer Zeichen. Jeder, der ab heute dieses Zeichen trägt, macht gemeinsame Sache mit einem Mörder. Ihr habt dieses Feuer gelegt, mit eurem Heilbronn-wach-auf-Gelaber, ihr und sonst niemand. Wir sind hier, um euch ein Angebot zu machen. Jetzt bekommt ihr die Chance, das Feuer zu löschen, bevor es nicht mehr zu stoppen ist. Wenn ihr uns jetzt und hier zusichert, dass ihr aufhören werdet, gegen uns zu hetzen und Hass zu verbreiten, wenn ihr euch von dieser Tat distanziert, dann belassen wir es dabei. Ihr müsst es uns nur auf dieser Bühne versprechen. Wenn nicht, kann ich für nichts garantieren.«

An den HWA-Tischen waren alle aufgestanden. Sie schickten einen gelben Trupp mit ungefähr zwanzig Mann los, der sich zwischen den Tischen und Bänken nach vorne durchdrückte. Nur die Ältesten von ihnen blieben zurück. Auf dem Weg wurden es immer mehr.

Als sie an der Bühne ankamen, bauten sie sich vor den Kankas auf. Beide Gruppen schickten ihr größtes und breitestes Mitglied an die Front. Bei den Kankas war es Serdar, bei HWA ein brüllender Schrank mit Sonnenbrille und Halstattoo, an die zwei Meter groß.

»Oh, oh«, sagte Abdullah ins Mikrofon. »Meine Damen und Herren, das sieht nicht gut aus. Aber das ist normal, es sind wohl einfach zu viele Emotionen im Spiel, auf beiden Seiten. Wir haben es versucht, Heilbronn, ihr habt es alle gehört. Aber dann wollen wir mal.« Er warf das Mikrofon auf den Boden und sprang runter zu den anderen, die Zwillinge sprangen sofort hinterher.

Serdar und sein Gegner standen so nah beieinander, dass der Platz nicht mal dazu ausreichte, um für einen ersten Schlag auszuholen. Also packten sie sich gegenseitig am Nacken und versuchten, sich irgendwie zu Boden zu bekommen. Das war der Startschuss. Jetzt gingen vor der Bühne alle aufeinander los. Die restlichen Leute im Zelt begannen sofort zu flüchten, als wäre vorne eine Riesenwelle losgebrochen, die auf sie zukam. Sie rannten in Massen zu den zwei Hauptausgängen und zu den seitlichen Notausgängen. Jemand stand hinter der Bühne und rief, dass es auch dort einen Ausgang gab. Der Astronaut und die Bodyguards rannten nach hinten und sprangen von der Bühne. Ich blieb einfach stehen, ich konnte nicht anders.

Es kamen Durchsagen: Bleiben Sie ruhig! Suchen Sie die

Ausgänge auf! Es gibt keinen Grund zur Panik! Alles ist unter Kontrolle!

Sah nicht danach aus. Vor der Bühne schlugen und traten sie aufeinander ein, im Stehen, auf dem Boden, auf den Tischen liegend. Gläser, Teller, Sitzbänke flogen durch die Gegend. Ein Mann im HWA-Shirt schlug gerade auf einen liegenden Kanka ein. Der Zwilling im schwarzen Trainingsanzug kam mit vollem Anlauf von der Seite und knockte ihn mit seinem Knie aus. Der Mann ging langsam zu Boden, die Augen und der Mund halb offen, das ganze Gesicht wie ausgeschaltet.

Es dauerte zwei, drei Minuten, bis Polizisten mit Schutzhelmen und schwarzen Uniformen durch die Haupteingänge strömten. Inzwischen sah das halbe Zelt aus wie ein Kriegsgebiet. Die meisten Kämpfenden bemerkten die Polizisten noch rechtzeitig, ließen voneinander ab und rannten los. Andere schlugen, traten, zerrten einfach weiter. Zwischen ihnen lagen die Ausgeknockten, die sich kaum mehr rührten, umgeben von umgeworfenen Tischen und Bänken, Scherben und Blutspritzern und Plastikhähnchen, die von den Wänden geflogen waren.

Dann bekam ich einen Schlag auf den Kopf. Keine Ahnung, woher er kam und von wem. Ich spürte nur diesen blitzschnellen Schmerz an meiner Schläfe, der alles verlangsamte.

Und ich weiß noch, wie ich mir sagte: Bleib auf den Beinen, du musst deine Frage noch stellen. Aber halt, der Astronaut ist ja schon weg. Und wer weiß, vielleicht gibt es auf deine Frage auch gar keine Antwort. Dann lass dich einfach fallen. Stehen kannst du eh nicht mehr. Alles wird gut. Alles wurde schwarz.

14

Ich bekam die Augen nicht richtig auf. Die längliche Lampe an der Decke strahlte viel zu grell.

»Können Sie mal das Licht ausmachen?«

»Kann ich leider nicht, weil wir hier nur dieses eine Licht haben. Und sag ruhig du, ich bin die Heidi. Geht's dir besser?«

Ich blinzelte und erkannte eine ältere Frau, die an einem Tisch saß, der schräg vor meinem Bett an der Wand stand. Ihre dunkelbraunen Haare waren kurzgeschnitten und wahrscheinlich getönt. Sie trug eine Brille mit kleinen Gläsern und ein Halstuch. Ganz kurz schaute sie über den Rand ihrer Brille hinweg zu mir. Dann konzentrierte sie sich wieder auf ihr Handy, das auf dem Tisch stand, gestützt von der aufgeklappten Schutzhülle. Was auf dem Handy lief, konnte ich nicht sehen.

»Wo bin ich? Ist was mit meinem Fuß?«

»Jemand hat dir einen Bierkrug an den Schädel geworfen, bei der Schlägerei im Zelt. Das haben sie jedenfalls gesagt, als sie dich reingebracht haben. Wer den Krug geworfen hat, wussten sie nicht.«

So langsam konnte ich mich an alles erinnern. Vor allem an den Mann im grünen Hemd und sein ewiges Gelaber. Der Depp hatte mir alles versaut. Und die ganzen anderen Deppen auch. An meiner Schläfe pochte es. Ich fasste hin und spürte eine Wölbung.

Ich richtete mich auf, rutschte zur Seite und setzte mich an die Bettkante. Es war ein enger, kühler Raum ohne Fenster. Neben meinem Bett standen drei weitere, die benutzt aussahen. Am anderen Ende des Raums gab es eine Behandlungsliege und ein kleines Waschbecken mit Spiegel.

»Wo sind die ganzen anderen Verletzten?«

Sie schaute in meine Richtung und senkte dabei wieder das Kinn. Ihre Brille war wohl nur für die kurze Distanz.

»Na, im Krankenhaus, wo du jetzt auch sein solltest! Du wolltest ja nicht. Hast dich geweigert und wolltest abhauen, konntest dich aber nicht auf den Beinen halten. Da hieß es: Was machen wir jetzt mit dem? Also habe ich gesagt, dann bleib ich eben mit ihm da, bis er wieder auf die Beine kommt. Ich mache ja nur noch Teilzeit, die Bandscheibe macht nimmer mit, aber bei größeren Notfällen wie heute helfe ich noch aus. Der Arzt meinte, du könntest eine leichte Gehirnerschütterung haben. Damit ist nicht zu spaßen.«

Ich starrte eine Weile ins Leere. Was immer sie sich am Handy gerade reinzog, es kam auf jeden Fall ein Hubschrauber oder so was darin vor, das hörte ich, ein paar Explosionen auch. Es dauerte, bis ich eine Antwort hinbekam: »Ich hasse Krankenhäuser.« Jedes Wort strengte mich an.

»Stur seid ihr Fußballer, meine Güte! Das war schon vor vierzig Jahren nicht anders. Du bist doch einer, oder? Darüber haben der Arzt und einer der Sanitäter kurz gesprochen, die haben dich gleich erkannt.«

»Ich war mal.«

»Stimmt, das haben sie auch gesagt. Du gehörst aber nicht zu den Rockern, die da vorhin einmarschiert sind, oder?«

»Nein.«

»Der Sanitäter meinte nämlich, dass du jetzt einer von denen bist. Das hätte er so mitbekommen. Aber du siehst gar nicht aus wie ein Schlägertyp.«

»Hab nur mal reingeschnuppert.«

»Aha. Was man über die so in der Zeitung liest … Also, ich

finde das nicht gut. Die sollen ja auch ganz groß mitmischen, wenn es um Zuhälterei und Drogen und so was geht, oder? Und dann diese ganzen Rechtsradikalen, die jetzt überall auftauchen. Man kann sich nur noch an den Kopf fassen. Ein großer Sturm sollte kommen und diese ganzen kriminellen Banden aus der Stadt schwemmen. Das wäre mein Wunsch.«

»Da kann man lange warten.«

»Wahrscheinlich, ja. Da draußen geht es gerade zu wie im Krieg.«

»Krieg?«

»Aber ja. Schrecklich. Ich war vorhin kurz auf der Straße und bin ganz schnell wieder rein.« Sie winkte mich zu sich. »Komm, komm, schau selbst. Aber schön langsam, keine Eile. Soll ich helfen?«

Die drei Meter bekam ich irgendwie hin. Ich setzte mich zu ihr an den Tisch. Sie schob das Handy an die Wand, damit wir es beide sehen konnten. Es war eins von diesen teuren Riesenhandys, und es zeigte den Livestream von HN-TV, dem einzigen örtlichen Fernsehsender. In jeder Ecke des Bildschirms stand etwas: Oben links das Senderlogo, oben rechts *Sondersendung*. Unten links *Drohnenaufnahmen*, unten rechts die Uhrzeit, *21:17*.

Die Drohne flog knapp über den Dächern der Stadt, in der Nähe der Kilianskirche. Als Erstes fielen mir die vielen kleinen Feuer auf. Auf den Straßen, den Gehwegen, an den Haltestellen. Es sah aus, als würden die Flammen direkt aus dem Boden kommen. »Wie lang hab ich geschlafen?«

»Zwei Stunden mindestens, würd ich sagen.«

Die Drohne überflog jetzt den Kiliansplatz, ganz langsam, mit schwenkender Kamera. Die Leute dort liefen und rannten in alle Richtungen. Von den meisten Läden und Geschäften waren die Schaufenster zerstört.

Aus einer Douglas-Filiale spazierten zwei maskierte Personen raus und hatten mehrere Parfümpackungen unter dem Arm. Edeka spuckte alle paar Sekunden einen randvollen Einkaufswagen aus, der schnell davongeschoben wurde. Ein Typ hatte sich einen Berg aus Red Bull zusammengeklaut, der so hoch war, dass bei seiner Flucht alle paar Meter eine Dose abfiel. Man konnte das alles aus der Distanz ganz gut beobachten, es war noch nicht dunkel draußen.

Vor einem Eiscafé hoben zwei Männer einen Tisch hoch. Sie trugen ihn bis zum Juweliergeschäft nebenan und schmissen ihn mit Anlauf ins Schaufenster. Die verbliebenen Glasteile traten sie ab und stiegen dann hinein.

»Das ist doch nicht zu fassen«, sagte Heidi, »wie kann das denn möglich sein! Wenn das mein Hermann noch erleben würde, um Gottes willen.« Sie schüttelte immer wieder den Kopf. Ich legte meine Hände übereinander auf den Tisch und stützte meinen Kopf drauf. Ein Kommentator meldete sich zu Wort.

»Liebe Zuschauerinnen und Zuschauer, wie wir hier sehen, können die Plünderer in der Innenstadt quasi frei walten. Es bieten sich erschreckende Bilder.« Er sprach mit ganz ruhiger, ernster Stimme, wie bei einer Naturdoku. »Polizei ist nicht in Sicht. So langsam drängt sich der Gedanke auf, dass die Einsatzkräfte mit den Unruhen überfordert sind. Auch aus anderen Stadtteilen erreichen uns inzwischen Berichte von Randalen, Brandstiftungen, Schlägereien und Hetzjagden. Zudem werden immer mehr Trittbrettfahrer gesichtet, die verkleidet und zum Teil bewaffnet durch die Straßen ziehen. Fast scheint es, als hätten viele nur auf einen Tag wie heute gewartet. Ob und wie viele Heilbronner bisher zu Schaden gekommen sind, ist noch unklar. Carsten, unser Mitarbeiter von der Technik, gibt mir gerade zu verstehen, dass er mit der Drohne nun die Allee ansteuern wird, um uns einen Eindruck von den Geschehnissen dort zu vermitteln. Wie wir wissen, wird sie belagert von rechtsradikalen und migrantischen Gruppen, die sich dort heftige Gefechte liefern.«

»Ah, super«, sagte ich. »Hätt ich bloß weitergeschlafen.«

Der Kommentator blieb unsichtbar, es waren nur die Bilder der Drohne zu sehen. Sie flog gerade über der S-Bahn-Strecke in Richtung Allee. Fünf, sechs Männer entdeckten sie, wedelten mit den Armen und schrien nach oben. Einer von ihnen rannte zu einem weißen Auto, kletterte aufs Dach und sprühte ein rotes Hakenkreuz drauf. Dann streckte er beide Fäuste nach oben.

Heidi weinte. Vielleicht weinte sie schon länger. Aber ich merkte es erst jetzt, weil ich hörte, wie sie dreimal ganz schnell durch die Nase einatmete. Sie schaute sich die Übertragung gar nicht mehr an, sondern starrte mit hängenden Schultern auf ihren Schoß.

»Nicht weinen, Heidi. Das wird schon wieder.«

Sie zog ein Tempo aus der Hosentasche und putzte sich die Nase.

»Der Hermann saß viele Jahre im Gemeinderat, der hat das alles schon damals gewusst. Die muss man alle bekämpfen, hat er gesagt, die muss man ernst nehmen. Immer wieder werden die kommen, und wenn man nichts dagegen tut, dann werden sie ganz schnell wieder groß und mächtig. Ganz oft hat er das gesagt. Er hat Heilbronn geliebt. Wenn der das jetzt sehen würde.«

Der Kommentator sprach inzwischen mit irgendeinem Lokalpolitiker, der per Telefon zugeschaltet war. Der Politiker antwortete nie auf seine Fragen, sondern erklärte nur endlos, wer an den Ausschreitungen schuld war. Alle Parteien außer seine. Der Bürgermeister und die Polizei hatten auch versagt. Dabei hatte seine Partei schon lange vor der Gefahr gewarnt. »Der heutige Tag ist für uns der beste Beweis, dass wir weiter unbequem bleiben und Wahrheiten konsequent aussprechen müssen«, sagte er. »Die Welt geht unter, und der Vogel macht noch Wahlkampf«, sagte ich. Es munterte Heidi ein bisschen auf. Sie machte eine ganz schnelle Handbewegung: Ach du.

»Geht's wieder?«

»Ja, keine Sorge, das ist normal bei mir. So schnell, wie die Tränen kommen, so schnell hören sie auf. Was meinst du, warum sie mich in der Schule schon Gießkanne genannt haben. Aber ich sage immer: Lieber so als alles in sich reinfressen.«

Das Handydisplay wurde auf einen Schlag komplett rot. In der Mitte blinkten weiße Buchstaben: *Connection to Phantom lost.* Der Kommentator sprach von technischen Problemen und davon, dass sein Kollege sich darum kümmerte. Im Hintergrund hörte man den Kollegen aber darüber fluchen, dass jemand auf die Drohne geschossen hatte, und er benutzte das Wort Dreckspack. »Ruhig bleiben, Carsten«, sagte der Kommentator, »wir sind immer noch auf Sendung.«

Die Tücken von Low Budget. Ich sagte Heidi, dass ich losmusste.

»Wohin?«

»Zur Allee. Ich wohne dort. Das Haus gehört meinem Onkel. Nicht, dass die das noch abfackeln.«

»Es ist aber gefährlich da draußen, und ganz gesund siehst du mir noch nicht aus. Lauf am besten ein bisschen durch das Zimmer und schau erst mal, ob du das Gleichgewicht halten kannst.«

Ich ging bis zur Tür, blieb dort stehen und führte ihr vor, wie gut ich auf einem Bein stehen konnte. Beim zufälligen Blick zum Spiegel fiel ich aber fast schon wieder um. Die Beule an meiner Schläfe war viel größer und hässlicher, als sie sich angefühlt hatte. Ein Golfball in Schimmelfarben, direkt über meinem rechten Auge. Heidi rief, dass ich nicht zu oft hinfassen sollte, weil sie ihn mit einer Salbe eingeschmiert hatte.

Ich fluchte ziemlich laut. Sie stellte sich neben mich.

»Sei lieber froh, dass nichts Schlimmeres passiert ist. Dein Auge hat nichts abbekommen, und genäht werden musstest du auch nicht. Das dauert ein paar Tage, dann ist die wieder weg.«

»Aber die muss sofort weg.«

»Warum?«

»Ich bin verabredet.«

»Ha! Verabredet, also du bist gut. Bei dem Chaos da draußen?«

»Es ist wichtig.«

»Wie wärs mit einer Kappe? Ich habe eine zu Hause, die hat mein Sohn vergessen, als er das letzte Mal zu Besuch war. Soll ich sie holen? Ich wohne gleich ums Eck.«

»Danke, aber auf keinen Fall. Ich muss in den Club. Da geht das nicht.«

»Na, toller Club, der seinen Mitgliedern verbietet, Kappen zu tragen.«

»Nicht so ein Club. In die Disco. Nur Fische laufen dort mit Kappe rum.«

»Ach so. Und du denkst, die hat heute offen, bei der Lage da draußen? Also das glaube ich kaum.«

»Keine Ahnung. Aber ich muss hin.«

»Na schön. Ich hab eine Idee.«

Sie nahm ihr Halstuch ab, faltete es ganz auseinander und hielt es in die Höhe, als würde sie damit gleich einen Zaubertrick vorführen. Es war ein rotes Tuch mit sehr vielen, unterschiedlich großen Zeichnungen in Weiß. Blumen, Bäume, Bären, Vögel, Sonnen. Und irgendwelche Fabelwesen, die wie eine Mischung aus Mensch und Tier aussahen.

Heidi faltete das Tuch ein paarmal und hielt es zur Probe an meine Stirn. Ein Teil der Beule war aber noch zu sehen. Sie faltete es neu und machte es etwas breiter. Diesmal reichte es. Ich stellte mich vor den Spiegel und sie band es hinten zu. Von den Bildern auf dem Tuch waren jetzt nur noch ein paar ganz kleine Abschnitte zu sehen.

»Du siehst ja aus wie Jimi Hendrix damals, kennst du den?«

»Schon mal gehört.«

»In den waren wir alle verliebt, der hat das immer so getragen, wenn er mit seiner Gitarre auf der Bühne stand.«

»Aber heute trägt das niemand mehr.«

»Also ich finds cool. Kann man das noch so sagen?«

»Ja klar. Du darfst alles.«

»Kleiner Charmeur. Falls du es tragen willst, kannst du es gerne haben. Willst du?«

»Meinetwegen. Besser als die Beule. Danke.«

Ich musste noch irgendeinen Wisch unterschreiben, dass ich mich geweigert hatte, ins Krankenhaus zu gehen. Heidi meinte, sie würde sonst Ärger kriegen. Dann begleitete sie mich zur Tür und sagte, dass sie schnell aufräumen und dann nach Hause gehen wollte.

Der Container lag ganz am Rand der Theresienwiese, gleich neben den vielen Wohnwagen, die den Betreibern der Fahrgeschäfte gehörten. Ich wechselte die Straßenseite und schaute noch mal zurück. Hinten am Horizont warf die Sonne ihre letzten Strahlen über die Stadt. Die Apollo 13 ragte leer und lichtlos über dem Volksfest. Heidi stand in der Tür des Containers, winkte einmal kurz und ging wieder rein.

15

Ich hatte mich ja schon darauf eingestellt, in ein anderes Heilbronn rauszugehen. Jetzt war ich mittendrin und kam doch nicht damit klar. Ich schaffte nur die paar hundert Meter bis zum Bahnhof, rettete mich unter das Vordach der geschlossenen Eingangstür und schaute von dort aus den Menschen beim Eskalieren zu.

Manche trugen Bankräubermasken, manche das Kanka-Shirt, andere hatten obenrum gar nix an. Die Krankenwagen ließen sie durch, alle anderen Autos wurden gejagt oder mit Gegenständen beworfen. Ich hörte so viel Geschrei und so viele Explosionen auf einmal, dass ich keine Ahnung mehr hatte, von wo die Geräusche kamen. Dazu Hubschrauberlärm, Alarmanlagen, Gehupe, Trommeln, Schlachtrufe. Schüsse. Splitter auf der Straße, fliegende Steine und Flaschen.

Meine Beule pochte unter dem Stirnband. Mein Fuß wurde eifersüchtig und meldete sich auch wieder. Es reichte für heute. Ich musste nach Hause. Lass die Jäger sich jagen und geh ins Bett, sagte ich mir. Morgen früh wird bestimmt alles vorbei sein. Hier draußen gibt es nix für dich. Also lief ich los.

Ich hielt mich auf den Gehwegen, hatte alle Richtungen im Blick und schaute immer wieder über die Schulter. Das hatte mir mein Onkel beigebracht, als ich noch ein kleiner Junge war: Im Kampf oder Krieg muss dein Kopf immer in Bewegung sein, du musst den Überblick behalten, denn der Gegner kann jederzeit angreifen, von überall. Damals hatte ich noch vor, Gangster zu werden wie er.

An der S-Bahn-Haltestelle lag ein Auto auf dem Gleis, verkehrt herum und komplett verkohlt. Ein Junge mit Baseballschläger lief daran vorbei, er war vielleicht sechzehn. Ein paar Kumpels folgten ihm. Er blieb vor einem der flachen Glaskästen stehen, in denen die Fahrpläne hingen, und holte aus. Seine Kumpels streckten ihre Hände nach vorne, ließen die Finger zappeln und machten *Oooooooo*. Als er zuschlug, streckten sie die Arme in die Luft und riefen *Heeeeeeyyyy*. Das Ganze wiederholten sie ein paar Mal, bis alle Glaskästen zertrümmert waren. Zwei andere Jungs fuhren in einem Auto ohne Frontscheibe vorbei. Der Fahrer konnte gerade mal über das Lenkrad schauen. Er hupte und lachte, die zwei oberen Schneidezähne fehlten ihm.

Ich sah einen Langhaarigen, der ganz gemütlich von einem Baum zum anderen ging und sie alle mit einer Kerze anzündete. Ein Typ mit Gorilla-Maske stand auf einem flachen Dach und warf Molotow-Cocktails auf die Straße. Ein paar Leute unten machten sich einen Spaß daraus, ihn zu provozieren und gerade noch rechtzeitig abzuhauen. In der nächsten Straße prügelten mehrere Männer zusammen auf jemanden ein, der auf der Straße lag. Ihr Opfer war nicht zu erkennen, so eng standen sie um ihn herum und schlugen auf ihn ein. Dann hielt einer von ihnen ein blutiges HWA-Shirt hoch und sie verbrannten es.

Die Sonne war längst untergegangen, der Himmel war dunkel, aber die Hitze war noch da. Ständig musste ich abbiegen und Umwege machen. Das Ibis-Hotel hatte auch schon dran glauben müssen. Die Schiebetüren lagen auf dem Boden. Beim Vorbeilaufen sah ich, dass die ganze Lobby voller Menschen mit Anonymous-Masken war. Sie saßen auf den Sofas im Empfangsbereich, liefen in der Halle hin und her, kamen aus dem Aufzug. Alle mit dem gleichen schwarz-weißen Gesicht und eingefrorenem Lächeln.

Als ich in Richtung Allee abbog, wurde es so langsam etwas ruhiger. Ein Rentner kam ganz gemütlich mit einem Schubkarren voller Erotik-DVDs aus der alten Videothek. Dann überholte mich eine rennende Frau und rief mir zu, dass der halbe Media Markt brannte, die ganze obere Etage, aber ins Erdgeschoss konnte ich noch rein, wenn ich mich beeilte. Sie hatte drei iPhone-Packungen unter dem Arm. Ich lief weiter und sah den roten Doppeldecker-Bus, der für die Sightseeing-Touren genutzt wurde, mit zerstörten Fenstern mitten auf der Straße liegen.

Von weitem konnte ich eine Barrikade erkennen. Sie war direkt am Zugang zur Allee aufgebaut und deckte sie in ihrer ganzen Breite ab, von der Tankstelle auf der einen Seite bis zum Stadttheater auf der anderen. Sie hatten eine Mauer aus Sperrmüll gebaut, die um die zwei Meter hoch war, und davor Stacheldraht ausgelegt. In der Mitte gab es eine enge Lücke, davor waren zwei offene Jeeps in Camouflagefarben geparkt. Um die Jeeps herum hatten sich ungefähr fünfzig Leute versammelt.

Sie standen in Gruppen oder saßen auf Gartenstühlen, tranken Bier, erzählten sich etwas und lachten. Eine Mischung aus Grillparty und Grenzposten. Die Gasse in der Mitte war von einem Mann versperrt. Das Licht von zwei Straßenlaternen fiel auf seinen Rücken. Sein Gesicht konnte ich erst erkennen, als ich ihm etwas näher kam. Die Leute außen herum verstummten.

»Ausweis dabei?«

»Was?«

»Aus-weis! Spreche Deutsch? Pa-sa-por-ta!«

Er war ein Nazi wie aus dem Bilderbuch: Springerstiefel, schwarze Jeans, kurzrasierte Haare, dumm-böser Gesichtsausdruck. Auf seinem Shirt stand *Auch Ohne Sonne Braun*.

»Was für Ausweis? Ich will nach Hause. Ich wohn gleich da hinten.«

»Biste Ausländer?«

»Sieht man doch!«, rief eine Frauenstimme.

»Weiß nich«, sagte der Nazi. »Is so ne Sache bei dem, der könnt alles sein. Wobei, wenn ich mir so anseh, was der alles anhat … machste einen auf Neger, oder was?«

»Lass mich einfach durch.«

»Kann ich nich machen, Meister. Es gibt neue Regeln. Auf die Allee dürfen nur noch Deutsche. Deshalb –«, er pfiff zweimal und machte dazu mit der Hand eine Geh-weg-Geste.

Ich ging noch einen Schritt auf ihn zu, packte ihn am Kragen und schrie ihm ins Gesicht. Ich weiß nicht mehr, was genau. Als ich ihn losließ, stolperte er rückwärts und machte auf ganz erschrocken. Dann lachte er mich aus. Die anderen lachten mit. »Lach ruhig, wenn du allein wärst, würd ich dir die Fresse einschlagen. Du Drecksnazi.«

Da schaltete sein Gesicht doch wieder auf böse. Er stieß mir mit beiden Händen so schnell und fest in die Brust, dass ich mich fangen musste, um nicht hinzufallen. Ich sah es nicht ein und wollte noch mal auf ihn los. Aber da stand plötzlich ein anderer da und schob seinen Arm genau zwischen uns. Er gab seinem Kollegen ein Zeichen, sich zu verziehen. Dann stellte er sich vor mir auf, die Arme hinter dem Rücken verschränkt.

Er hatte pechschwarze Haare, die er seitlich hochgekämmt hatte, nur eine Strähne fiel ihm vorne auf die Stirn. Er trug kein schwarzes Shirt mit Slogan oder das gelbe HWA-Shirt wie die meisten hinter ihm, sondern ein dunkelblaues Poloshirt. Für einen Nazi sah er ziemlich gepflegt aus.

»Martin Luther King und Malcolm X, nicht schlecht.« Er deutete mit dem Kinn auf mein Shirt. »Darf ich fragen, ob du dich näher mit den beiden beschäftigt hast und welchem du näherstehst? Ich bin ja eher Team Malcolm, der hat ein paar ganz gute Dinge gesagt.«

Ich ging nicht darauf ein. Dass ich das Shirt nur gekauft hatte, weil die beiden mich an meinen Vater und meinen Onkel erinnert hatten, ging ihn gar nichts an. Er war nicht dumm, das merkte ich gleich. Und ich wollte nicht dümmer dastehen als ein Nazi.

»Egal. Du hast Mut, mein Lieber, das gefällt mir. Deshalb bin ich eben auch dazwischengegangen. Bei deinen Landsmännern waren wir nicht so zimperlich. Oder was glaubst du, wie wir die ganze Gegend hier eingenommen haben? Das war kein Zuckerschlecken, mein Bester.«

»Ihr kommt doch gar nicht aus Heilbronn, oder?« Ich merkte es an so Sachen wie *mein Lieber, Meister* und *mein Bester*. So was sagt bei uns kein Mensch.

»Hey, gut erkannt!«, rief er und grinste breit. Er erinnerte mich irgendwie an einen Autoverkäufer oder Bankkaufmann. Am liebsten hätte ich ihn gefragt: Bruder, warum bist du Nazi geworden? Dir stehen doch alle Türen offen.

»Wir kommen aus ganz Deutschland und kämpfen für die gemeinsame Sache. Ich persönlich bin zum ersten Mal hier. Nicht die schönste Stadt, muss ich zugeben. Nach allem, was sich hier in letzter Zeit zugetragen hat, für uns aber sehr wichtig. Wie ist es bei dir, du wohnst hier?«

»Klar.«

»Schön, schön. Wenn mich nicht alles täuscht, liegt Heilbronn aber in Deutschland, richtig? Und das heißt, dass jeder von uns jetzt schon mehr Heilbronner ist, als du es jemals sein wirst.«

»Samol, was machet ihr mit dem so lang rum?«, rief einer von hinten. »Des ischn Türk. Den hab i gsehe vor zwei Tag, i weiß es noch. Lasset eich net täusche, des isch einer, da geb i eich Brief un Siegel!«

Es war Micha aus der Bierhölle, der Mann mit der Mauerfallfrisur. Er saß auf einem Plastikstuhl und hatte ein HWA-Shirt an. Der Typ vor mir drehte sich kurz nach ihm um und zog danach irritiert die Augenbrauen hoch.

»Er versichert euch, dass ich Türke bin.«

»Ah. Danke. Dann ist das ja geklärt.«

»Lasst mich doch einfach durch. Ich will nach Hause. Ich hab mit dem ganzen Krieg hier draußen nix zu tun.«

»Schau dich doch um!« Er breitete die Arme aus und drehte sich einmal im Kreis. »Jeder hat jetzt damit zu tun. Darum geht es doch! Aber glaub mir, es ist am besten so. Du würdest auf der Allee keine hundert Meter weit kommen. Die Kameraden da hinten sind nicht so nett wie ich. Du brauchst auch gar nicht auf die Idee zu kommen, es über eine der anderen Zufahrten zu probieren, wir kontrollieren sie alle. Aber, Moment! Da fällt mir was ein. Vielleicht kannst du uns ja einen Gefallen tun. Vielleicht kommen wir doch noch auf einen Nenner, du und ich! Na, das wäre doch was.«

Er redete mit mir wie mit einem, der schwer von Begriff ist, so betont langsam und deutlich und gespielt freundlich. Ich hielt das nicht mehr lange aus.

»Da du von hier kommst, bist du sicherlich mit der Gruppierung vertraut, die uns heute einigen Ärger bereitet hat. Kankos oder Kankas oder Kanakas, wie auch immer. Du weißt, von wem ich spreche, nicht wahr? Sehr gut. Die sollen irgendwo einen geheimen Treffpunkt haben, wo sie ihre Versammlungen abhalten und Waffen lagern. Falls du uns den Ort nennen kannst und der stellt sich als richtig heraus, dann sorge ich persönlich dafür, dass du bis zu deiner Haustür eskortiert wirst. Mein Ehrenwort.«

»Okay, klingt gut. Er liegt direkt am Fick-deine-Mutter-Weg 1, du verdammter Hurensohn.«

Er lachte leise vor sich hin. Dann rief er über seine Schulter hinweg, ohne nach hinten zu schauen: »Uwe! Bist du so gut und bringst mir mal mein Spielzeug? Der Kollege hier will einfach nicht zur Vernunft kommen. Ich denke, ich habe es lange genug versucht.«

Uwe war der dumme Nazi von vorhin. Er ging zum Jeep, kletterte hoch, beugte sich zwischen den Sitzen nach hinten zur Ladefläche und sprang mit einem Gewehr in der Hand wieder runter. Dann brachte er die Waffe ganz erfreut nach vorne. Der Schwarzhaarige nahm sie entgegen und hielt sie eng an seinen Oberkörper. Der Lauf des Gewehrs war direkt neben seinem Kopf.

Ich ließ mir nix anmerken und dachte daran, was mir mein Onkel immer gesagt hatte. Dein Gegner darf nie sehen, was du denkst und fühlst. Angst hat jeder mal, aber keiner darf es mitbekommen. Doch seine Stimme wurde verdrängt von der Stimme meines Vaters. Von seinem Spruch, den er mir tausend Mal gesagt hatte und der jetzt in meinem Kopf immer lauter wurde.

Wer allein bleibt, den frisst der Wolf
Wer allein bleibt, den frisst der Wolf
Wer allein bleibt, den frisst

»Also, Kollege. Lass mich raten: Du hast gar keine Ahnung, wen und was du da auf deinem Shirt trägst. Kein Problem, ich erklär es dir. Der nette Herr hier links, der hat die Ansicht vertreten, dass man mit seinen Feinden den Dialog suchen sollte. Der Mann daneben aber, der mit der Brille, fand, dass man Gewalt anwenden muss, wenn die andere Seite nicht hören will. Und er hatte wohl recht. Denn wir sehen ja, was passiert, wenn man zu viel redet. Ich werde hier von einem kleinen Kanaken bedroht und beleidigt. Mitten in Heilbronn. Auf unserem deutschen Boden! Das geht natürlich nicht. Also müssen andere Mittel her.«

Er beugte sich leicht nach vorne und flüsterte in mein Ohr: »*Renn!*«

Die Männer und Frauen hinter ihm kamen alle näher. Er lud durch. Ich rannte los.

Für Taktik blieb keine Zeit. Es gab eh keine Möglichkeit, mich hinter irgendwas zu verstecken, die Straße war zu breit dafür, der umgeworfene Bus zu weit weg, also rannte ich einfach, so schnell ich konnte. Einmal sah ich ganz kurz nach hinten. Er hatte das Gewehr angelegt und zielte. Ich rannte weiter und konnte an nichts mehr denken, ich spürte nur das Pochen in meinem Fuß und an meiner Schläfe und in meinem Herzen, und dann hörte ich nur noch *Boom! Boom! Boom!*

Und Gelächter.

Ich drehte mich noch mal um. Er zielte nicht mehr, sondern hielt das Gewehr nach oben. Und er schrie es noch mal: *Boom!* Das Nazigelächter schallte über fünfzig Meter bis zu mir her. Ich rannte wieder los, bis ich endlich um die Ecke war.

16

Hinter mir und immer weiter weg: die Allee, mein Zuhause, die schießenden Nazis. Über mir: ein dröhnender Helikopter, der die Straße mit seinem Scheinwerfer absuchte. Auf der linken Seite meines Gesichts spürte ich die Hitze, die von drei brennenden Mülltonnen ausging, die vierte daneben war auch bald dran. Rechts sah ich den Alten, der lachend vor einer Haustür stand und dessen Backenzähne im Schein der Flammen glänzten. So langsam begann ich zu verstehen, was er im Park gemeint hatte.

Ich überlegte, bei Ayhan hoca vorbeizugehen, hatte aber keine Ahnung, wo er wohnte. Also blieb nur noch das Creme. Es lag am Stadtrand und war noch ziemlich weit weg, aber egal. Ich musste hinlaufen und wenigstens nachsehen, ob es geöffnet hatte.

Als ich die Innenstadt endlich hinter mir ließ, nahmen der Lärm und die Flammen immer mehr ab. Ab dem Industriegebiet verschwanden sie ganz. In meinen Ohren piepte es aber immer weiter. Die letzten paar hundert Meter schleppte ich mich nur noch. Dann kam ich endlich an. Die Einlasskontrolle begann diesmal schon vor dem riesigen Parkplatz. Fünf Türsteher blockierten die Einfahrt. Einer kam auf mich zu und tastete mich komplett ab. Seine Kollegen hielten ein ankommendes Auto an, ließen drei Typen aussteigen und kontrollierten sie.

Auf dem Parkplatz sah alles aus wie immer. Ein paar hundert Stellplätze, alle besetzt. Ganz hinten in der Ecke der beleuchtete Eingangsbereich, davor eine Warteschlange, die einmal quer über den Parkplatz reichte. Der Imbisswagen gleich neben dem Eingang hatte auch geöffnet. Ich stellte mich an. Die Schlange stand still, vorne war wohl gerade Einlassstopp. Ich konnte den Bass aus dem Club schon hören, er vermischte sich mit den dumpfen Geräuschen, die immer noch von der Innenstadt herkamen, auch wenn sie jetzt mehrere Kilometer entfernt war.

Ich sah zu meinen dreckigen Händen runter und dachte nur: Was für ein Tag. Was für ein verdammter, verrückter Tag. Und jetzt auch noch das hier. Fühlte sich irgendwie komisch an. Aber so war es nun mal. Lieber Club als Krieg.

Die drei Typen vom Auto stellten sich hinter mir an. Der eine erzählte davon, was er in der Innenstadt alles gesehen hatte. Ähnliches wie ich. Der andere glaubte ihm nicht. Sie diskutierten kurz, ob sie doch hinfahren sollten, aber der dritte sagte, dass die Polizei inzwischen das Zentrum eingekreist hatte und niemanden mehr durchließ. Dann sahen sie sich gemeinsam ein ziemlich langes Handyvideo an. Ich konnte es mithören. Rufe und Schreie, die immer lauter wurden, dann eine Explosion. Die drei Typen reagierten mit Ausrufen, die erstaunt und aufgeregt und erschüttert zugleich klangen, wie die Zuschauer beim Boxkampf, wenn einer richtig mies k. o. geht.

Direkt vor mir stand eine Gruppe aus acht, neun Frauen, die meisten von ihnen so um die vierzig. Sie stießen gerade mit Jägermeister-Kurzen an und kippten sie runter. Ihre Shirts und mitgebrachten Plakate waren alle selbstgemacht und voller Bilder und Sprüche und Herzen. Auf dem Shirt der einen war hinten ein Bandfoto aufgedruckt, auf dem fünf Typen in komischen Lederklamotten viel Haut zeigten und streng schauten. Über dem Foto stand *Take That* und darunter *In Our ♥s 4ever*.

Es dauerte ewig, bis ich an der Reihe war. Der eine Türsteher grinste wegen meinem Stirnband und nannte mich Karate Kid, sein Kollege grinste mit. Aber sie ließen mich rein.

Schon der Außenbereich war brechend voll. Ich kämpfte mich irgendwie bis zum Pool durch und tauchte meine Hände hinein, um den Schmutz der Straßen abzuwaschen. Knapp unter der Wasseroberfläche entstand ein dunkles Seeungeheuer, das sich innerhalb von Sekunden auflöste.

Dann stellte ich mich vor die Bar und bestellte einen Jacky, der mich meinen letzten Zehner kostete. Damit war ich offiziell bankrott. Ich nahm einen möglichst kleinen ersten Schluck und ging rein.

Innen war es noch viel voller als im Außenbereich. Und es gab nur eine einzige Farbe. Ich weiß noch genau, wie ich auf den ersten Metern ganz langsam und unsicher ging, als wäre ich in einem dunklen Geisterhaus gelandet. Dabei war der Club gut beleuchtet, aber halt nur in Blau. Dichtes, strahlendes Blau, das alles und jeden überzog. Die lange Bar, die Tanzfläche daneben, die drei VIP-Bereiche, die Stehtische, die Menschen. Sogar die Luft im Raum sah irgendwie blau aus. Man bekam das Gefühl, als würde man an einem sonnigen Tag im Meer herumspazieren, nur halt ohne Sauerstoffmangel. Und bei den Menschen sorgte das Blau dafür, dass das Weiß ihrer Augen richtig unnatürlich leuchtete und die Pupillen fast ganz verschwanden. Keine Ahnung, wie sie das alles hinbekommen hatten.

Ich fand einen freien Platz an der Bar und beobachtete die Fangruppe, die sich schon auf der Tanzfläche eingefunden hatte, direkt vor dem DJ. Er legte Electro auf oder Techno oder Minimal, ich kenn mich da nicht aus. Er war aber offensichtlich nicht der, für den die Frauen in den Fanshirts gekommen waren, denn sie beachteten ihn gar nicht. Stattdessen posierten sie für Gruppenselfies und jubelten auf Kommando.

Immer wieder schaute ich mich nach Emre und Hakan und Sina um, sah aber nur Unbekannte. Von der Seite stieß mir jemand leicht in die Rippen und rief Prost. Es war mein alter Fahrlehrer, der sich auf den Hocker neben mir gesetzt hatte. Ich brauchte einen Moment, um ihn zu erkennen, denn auch er hatte keine Pupillen mehr. Der blonde Mittelscheitel war aber noch der gleiche. Er deutete auf mein Stirnband und fragte, ob ich jetzt Rapper war. Für einen Fahrlehrer ist er noch ziemlich jung, für den Club ein bisschen zu alt. Er ist einer der Menschen, die immer allein unterwegs sind und jeden kennen. Und er liebt es, Getränke auszugeben und seine Geschichten zu erzählen.

Mein Glas war noch fast halbvoll. Er gab mir trotzdem ein neues aus. Bevor er Fahrlehrer wurde, war er Animateur. Deshalb spielt jede seiner Geschichten entweder im Fahrschulauto oder in einem Urlaubsparadies. Ich verstand nicht viel, denn die Musik war viel zu laut, um zu reden, aber das war egal. Ab und zu tat ich so, als würde ich das, was ich nicht verstanden hatte, richtig amüsant und spannend finden. Das kann ich ganz gut. Bisschen Mimik hier, bisschen Gestik da. Nach dem dritten Getränk wurde mir schlecht. Ich stand auf, um aufs Klo zu gehen. Mein Fahrlehrer klopfte mir zum Abschied auf die Schulter und bestellte mir noch ein Getränk für den Weg.

Im Untergeschoss gab es wieder andere Farben als Blau. Meine Augen mussten sich erst daran gewöhnen. Oskars Tisch stand wie immer genau zwischen der Garderobe, den Toiletten und der Sitzecke, aber er war nicht da.

Ich ging aufs Klo und wusch mir danach die Hände an einem Riesenfass mit Zapfhahn, das sie neben das abgeklebte Waschbecken gestellt hatten.

Als ich wieder rauskam, stand da Sina. Sie lehnte an der Wand und schaute sich mit verschränkten Armen um. Sie hatte eine kurze Hose an und ein ärmelloses Top, beides in Schwarz. Ihre Haare waren zum Pferdeschwanz gebunden. Und sie hatte roten Lippenstift aufgetragen, das macht sie selten.

Es fühlte sich an, als würde ich sie nach vielen Jahren wiedersehen, in einem fremden Land. Ich wäre fast losgerannt zu ihr, obwohl sie nur wenige Meter von mir entfernt stand. Aber da hatte sie mich schon entdeckt und kam auf mich zu.

»Du bist hier! Cooles Stirnband, woher?«

»War ein Geschenk.«

Sie machte ein genervtes Gesicht, aber gespielt genervt.

»Wie heißt sie?«

»Heidi. Aber nein, nicht so. Sie ist mindestens sechzig.«

»Freut mich für euch.«

Sie stieß mir mit ihrem Ellenbogen gegen den Unterarm,

diesmal gespielt böse. Sie hatte also auch schon vorgeglüht. Ich wurde alle paar Sekunden angerempelt. Sie zog mich am Arm, und ich stellte mich neben sie an die Wand.

»Gab es bei euch oben auch Randale oder wars ruhig?«

»Eher ruhig. Aber Paul ist von der Feier abgehauen und runter in die Stadt, weil er unbedingt dabei sein wollte. Nach einer Stunde hat er sich hinter einer Hecke versteckt und angerufen, damit ich ihn abhole. Wegen ihm ist jetzt meine hintere Scheibe kaputt. Und ich hab nicht mal gesehen, wer es war! Frechheit, echt. Paul hat für immer Hausarrest. Er ist übrigens beleidigt, soll ich dir sagen. Hat dich nämlich auch ein paarmal angerufen, von der Hecke aus.«

»Echt? Ich hab doch kein Handy mehr.«

»Ach, stimmt. Und deine Wohnung ist noch ganz? Auf der Allee soll es ja am heftigsten gewesen sein.«

»Keine Ahnung.«

Ich erzählte ihr von der Ausweiskontrolle an der Nazibarrikade. Sie machte den Mund weit auf und hielt die Hand davor. Dann kam Julia aus der Toilette.

»Mit wem bist du da?«, fragte Sina.

»Emre feiert heute in seinen Geburtstag rein. Hakan und ich sind eingeladen. Aber ich hab die beiden noch nicht gefunden. Und du?«

»Mit Marco und noch ein paar anderen Freunden. Komm doch mit in die Lounge.«

Julia wartete darauf, dass der Strom aus Vorbeilaufenden schwächer wurde, damit sie zu uns kommen konnte.

»Später komm ich mal vorbei.«

Ich schaffte es gerade noch rechtzeitig, zu gehen, bevor Julia ankam.

Danach zog ich ein bisschen durch den Club, immer noch das fast volle Glas in der Hand. Ständig wurde ich auf mein Stirnband angesprochen. Gangster oder was – Woher hasch des Teil – Ey geil, kann ich mal anprobieren – Tupac, bisch dus? Nur Styleberater unterwegs. Aber je mehr sie mich damit volllaberten, umso besser gefiel es mir, das Stirnband zu tragen.

Ein ehemaliger Klassenkamerad stand plötzlich vor mir und grinste mich erwartungsvoll an. Er hatte ein Hollister-Shirt an. Es dauerte einen Moment, bis ich ihn erkannte. Ich hatte mal die Wahl zum Klassensprecher knapp gegen ihn gewonnen. Zwei Wochen später hatte ich ihm das Amt überlassen, weil es nicht mein Ding war. Er schrie mir ins Ohr, dass er jetzt in Hamburg studierte und wie *meganice* es dort war und dass er sich nach seinem Abschluss selbstständig machen wollte. Sein großer Traum war eine eigene Finanz-App. Zum Glück zog seine Freundin ihn irgendwann am Arm. Er brüllte noch mal: »Wir reden nachher!« Ich hob den Daumen: Hoffentlich nicht.

Danach wurde ich irgendwie auf die Tanzfläche gespült. Sina und ihre Freunde hatten sich die teuerste Lounge gegönnt, direkt an der Tanzfläche, gegenüber vom DJ. Die kurze Treppe, die zu ihr hochführte, wurde von einem Türsteher bewacht. Sina stand vorne an der Absperrung und hatte sich mit ihren Unterarmen auf sie gelehnt. Ich überlegte, zu ihr zu gehen, aber Marco wich ihr keine Sekunde von der Seite. Dahinter saß der dumme Rob mit Julia, Claudia und Tom waren auch da, und noch ein paar Paare, die alle ungefähr gleich aussahen.

Auf einmal wurde es leiser und dunkler. Auf der blau angestrahlten Wand hinter dem DJ-Pult blitzten weiße Buchstaben auf, die eine Weile hin und her sprangen, um am Ende zu einem Namen zusammenzufinden: *Howard Donald*. Die Buchstaben blinkten erst langsam, dann immer schneller, dazu pumpte der Bass wie ein langsamer Herzschlag. Die Buchstaben zersprangen in tausend Teile und die Musik ging los, alles leuchtete wieder blau, und dann tauchte Howard Donald hinter dem Mischpult auf. Seine Fans in der vordersten Reihe rangelten um die beste Position, um ihn mit ihren Handys aufnehmen zu können, sie hielten sich gegenseitig fest, er war es wirklich.

Den Namen Take That hatte ich schon mal gehört, mehr auch nicht. So wie die da vorne abgingen, musste die Gruppe mal eine ganz große Nummer gewesen sein. Howard beachtete seine Fans aber gar nicht. Er beachtete niemanden. Er stand einfach nur da, schlank und lang, im weißen Shirt und mit angegrautem Vollbart, und machte seine Arbeit. Eine Hand hielt er am Kopfhörer, mit der anderen schraubte er am Mischpult herum.

Ich war inzwischen richtig gut drauf. Das Glas, das ich immer noch mit mir herumschleppte, trank ich auf ex leer und stellte es irgendwo ab. Das blaue Licht wurde immer wieder von Blitzlicht unterbrochen, schnellem weißem Blitzlicht, das alle Bewegungen ganz langsam wirken ließ. Immer wenn Howard ein neues Lied anspielte, machte ich es wie alle anderen, hob eine Hand und schrie *Woooooo*, als würde ich seit Jahren nur auf diesen einen Beat warten.

Ein Typ tanzte so, als würde er lächelnd im Stehen joggen. Ich fand das cool und klatschte mit ihm ab. Wir schrien uns gegenseitig Sachen ins Ohr, die wir nicht verstanden, und lachten zusammen. Kurz waren wir die besten Freunde, dann ging jeder seinen Weg. Die Fangruppe stand jetzt zwei Meter von mir entfernt und war immer noch in ihrem eigenen Film. Sie hatten ihre Plakate abgelegt und schunkelten hin und her, als würden sie einer Liebesballade zuhören. Eine von ihnen nahm ihren Mut zusammen und lief die Treppe hoch, die zum DJ-Pult führte. Sie tippte an Howards Schulter, zeigte auf ihr Handy und machte eine flehende Geste. Er hob eine Hand abwehrend hoch und zeigte auf das Mischpult: Jetzt grad nicht. Sie lief die Treppe langsam wieder runter und war bemüht, sich nichts anmerken zu lassen. Die anderen nahmen sie tröstend in Empfang.

Ich konnte sie verstehen. Noch mehr verstand ich aber Howard. Es gab niemanden im ganzen Club, der ihn so gut verstand wie ich.

Ich ging nach draußen, fragte eine Frau sinnlos nach einer Zigarette und klemmte sie mir hinters Ohr. Vorne am Ausgang sah ich Emre und Hakan, endlich. Hakan sprach gerade mit zwei Türstehern, Emre stand etwas abseits. Ich ging sofort zu ihm.

»Wo sind die Frauen aus Stuttgart, du Bluffer?«

»Wow, Kemal, bisch doch hier? Hakan! Er ist hier.«

»Wie lange seid ihr schon da?«

»Halbe Stunde erst. Hakan hat ewig gebraucht. Waren aber nur ganz kurz drin. War mir zu voll, zu heiß.«

Ich nahm ihn etwas zur Seite.

»Bruder, sorry wegen meiner Aktion gestern, als ich auf dich los bin. Tut mir echt leid. Ich wollte dich danach gleich anrufen, aber hab ja kein Handy mehr. Gestern sind ein paar miese Dinge auf einmal passiert, deshalb bin ich kurz ausgetickt. Aber du und dieser Faruk habt halt ein paar Sachen gesagt, die mir komisch vorkamen. Du weißt, dass ich so was normalerweise nicht mach.«

»Ja, klar. Mach dir keinen Kopf, schon gut. Ich hab dich nicht verarscht.«

Ich wusste, dass es eine Weile brauchen würde, bis er wieder normal zu mir ist. Wenn er mal beleidigt ist, dauert es mindestens ein paar Tage, manchmal Wochen. Er redet dann fast gar nix mehr mit einem oder antwortet in so wenigen Worten, dass man sein ewiges Gelaber vermisst und es sich zurückwünscht.

»Aha, aha! Wen haben wir da.«

Hakan stand vor uns.

»Stirnband? Kippe hinterm Ohr? Was haben sie mit dir gemacht?«

Ich warf die Zigarette weg und ging mit ihnen vor den Ausgang. Wir stellten uns vor den Imbisswagen. Die Currywurst dort ist aus Rindfleisch, weil der Betreiber Türke ist. Hakan bestellte drei Stück.

»Was ging seit gestern?«, fragte Hakan. »Hab dich bei der Versammlung auf dem Schrottplatz heute gesehen. Ich stand ganz hinten, hab nach dir gerufen, aber du hast mich nicht gehört. Du warst mit Tyson unterwegs, gell?«

»Ja, aber nicht lange.«

»Ich hab auf Nazis geschossen«, sagte Emre.

»Was?«

»Nicht auf Nazis«, sagte Hakan, »er war den ganzen Tag daheim. Dann hat er mitbekommen, wie unten so paar HWA-Fische das Wettbüro stürmen wollten. Er stand oben und hat aus dem Fenster geschossen, aber in die Luft.«

»Kommt doch aufs Gleiche raus, Bruder, sei doch nicht so«, sagte Emre. »Nur damit du wieder als einziger Braveheart dastehst. Wenn ich nicht gewesen wäre, hätten die das Wettbüro zerstört.«

Er wandte sich beim Reden nur an Hakan, nicht an uns beide.

»Seit wann hast du ne Waffe daheim?«, fragte ich ihn.

»Ist noch von meinem Vater.«

Hakan fragte wieder, wo ich mich rumgetrieben hatte. Ich erzählte vom Volksfest, den Zwillingen, den Nazis und den ganzen Rest.

»Keine Sorge«, sagte er, wischte sich den Mund ab und warf die Serviette in den Pappbecher. »Wir haben die vorhin verjagt. Wir waren bestimmt dreihundert Mann, oder noch mehr. Haben die ganze Allee gestürmt. Das hättet ihr sehen sollen, Jungs. Ich hätt niemals gedacht, dass so was bei uns hier passieren kann.«

»Hattet ihr Waffen?«, fragte Emre.

»Nicht alle, aber viele schon, klar. Die doch auch. Aber ich hab nur von Mann zu Mann gekämpft. Fünfzehn Nazis ausgeknockt, mindestens. Ich hab auch gut kassiert zwischendurch, schaut, hier.«

Seine rechte Augenbraue war blutig.

»Ach ja«, sagte Emre in meine Richtung, ohne mich richtig anzusehen. »Soll dich von Faruk fragen, ob du ihm das Auto verkaufen willst oder nicht.«

»Nein, und er soll nicht mehr fragen.«

»Also gut«, und dann zu Hakan: »Lass gehen.«

»Kommst du mit?«, fragte Hakan. »Wir gehen weiter nach Stuttgart oder so, wenn man überhaupt wieder aus der Stadt rausfahren darf. Oder irgendwo chillen. Emre gehts nicht so gut heute. Schau ihn an, er kriegt kaum ein Wort heraus. Hast du ihn so schon mal gesehen? Ich nicht.«

Sie hatten die Rollen getauscht, seit wir uns gesehen hatten. Normalerweise war es immer Emre, der für den anderen sprach.

»Ich würd gern mit, Jungs. Aber ich kann nicht, ich muss noch eine Sache klären.«

»Alles klar, kein Ding«, sagte Hakan.

Wir liefen ein Stück vom Imbisswagen weg.

Hakan sagte zu Emre, dass er schon mal vorausgehen sollte. Emre klatschte mit mir ab, sagte »Bis morgen« und ging davon.

Hakan wartete etwas ab. Dann machte er einen Schritt auf mich zu, packte mich an beiden Wangen und drückte mir einen heftigen Kuss auf den Mund.

»Was geht jetzt ab?«

Er sah mir aus nächster Nähe in die Augen und begann leise zu reden. Mit seinen Riesenhänden hielt er mein Gesicht fest.

»Wie kannst du ausgerechnet auf ihn losgehen? Du weißt ganz genau, wie er bei so was ist. Entscheid dich endlich, zu wem du gehörst, Kemal. Du verstellst dich für sie, deshalb lassen sie dich mitmachen. Warum kapierst du das nicht?«

Während er auf mich einredete, schüttelte er immer wieder meinen Kopf kurz durch. Die Leute, die an uns vorbeiliefen, schauten alle schon komisch, aber er ließ sich davon nicht stören.

»Der Junge da hinten, der liebt dich wie einen Bruder. Ich lieb dich wie einen Bruder. Er hat Geburtstag, er wollte heute mit uns feiern, seit einer Woche freut er sich schon drauf. Hast du ihm überhaupt gratuliert?«

Ah, verdammt. Ich versuchte ihm zu erklären, dass ich mich bei ihm entschuldigt hatte und dass ich deshalb seinen Geburtstag vergessen hatte, aber er unterbrach mich.

»Sina ist ein gutes Mädchen, aber wie lange willst du ihr noch hinterherrennen? Was hast du heute auf der Bühne bei diesem Astronauten gemacht, während unsere Leute gekämpft haben? Die werden dich alle irgendwann fallenlassen, glaub mir, einer nach dem anderen, aber er und ich, wir werden immer da sein. Entweder bist du einer von ihnen oder einer von uns.«

Er ließ mich los.

»Ich hab mich bei ihm entschuldigt. Es war nicht so gemeint.«

»Ich weiß. Komm her.«

Er umarmte mich. »Wir hören uns morgen. Das Stirnband kommt gut«, sagte er beim Weggehen.

17

Ich kam zurück in den Außenbereich, der jetzt nicht mehr ganz so überfüllt war. Direkt vor der Tür stellte sich mir mein Klassenkamerad in den Weg und wollte das Gespräch von vorhin fortführen. Ich legte meine Hand auf sein Gesicht, schob ihn zur Seite wie einen Vorhang und ging rein.

Ich war zurück auf der Tanzfläche, tanzte aber nicht. Ich behielt die Lounge im Auge. Rob stand beim Türsteher, der die Treppe bewachte. Er laberte ihm irgendwas ins Ohr. Damit auch alle schön sahen, wer sich die beste Lounge im Laden leisten konnte. Außer ihm waren nur Tom und Marco und die anderen Typen in der Lounge, Sina und ihre Freundinnen waren nicht da.

Jemand rempelte mich an. Dadurch rempelte ich eine Frau vor mir an, die deshalb ihren Wein auf die Schuhe ihrer Freundin kippte. Sie drehten sich sofort beide um und forderten wortlos eine Entschuldigung. Keine Zeit. Da kam Sina. Sie und ihre Freundinnen liefen die Treppe hoch und gingen zurück in die Lounge. Sie stellte sich wieder an dieselbe Stelle wie vorher, mit Blick auf die Tanzfläche. Marco ging sofort zu ihr, tanzte sie von hinten an und wedelte eine Riesenwodkaflasche über ihrem Kopf hin und her. Also gut, sagte ich mir, dann beenden wir das Ganze jetzt. Genug ist genug.

Als ich um die zwei Frauen herumlief, verdrehten sie synchron die Augen. Ich hielt direkt auf die Lounge zu. Der Türsteher an der Treppe war derjenige, der mich am Eingang Karate Kid genannt hatte. Er ließ mich vorbei und nickte mir locker zu, als hätten wir meinen Plan zusammen ausgeheckt.

Das blaue Licht war in der Lounge noch viel stärker als unten auf der Tanzfläche. Marco stand ganz hinten bei Sina und tanzte nicht mehr. Niemand tanzte mehr, sie starrten mich aus allen Richtungen an. Rob wollte gleich auf mich los, aber Julia hielt ihn zurück. Ich machte im Vorbeigehen eine beruhigende Geste: Hör auf sie, besser für dich. Sina hatte den gleichen besorgt-wissenden Blick, den ihre Mutter bei der Feier gehabt hatte. Weil es viel zu laut war, musste ich ganz nah an Marco heran, damit er mich verstand. Ich schrie ihm ins Ohr: »Was hast du schon erlebt, Junge, was! Was weißt du schon über das Leben, was weißt du über sie? Ich weiß alles über sie, und sie weiß alles über mich. Ich kenn ihre Narben und sie kennt meine, und du, du weißt gar nicht, was Narben überhaupt sind, also such dir mal eine andere, du verdammter, schöner Idiot.«

Ich kann nicht sagen, ob er überhaupt ein Wort davon verstand. Aber er lächelte es einfach weg. Es wurde wieder leise und dunkel im Raum. Sina schob sich zwischen uns. »Was soll das, Kemal? Hör auf, Stress zu machen! Was willst du von ihm?«

Aus den Boxen waren ein paar leise Glockenschläge zu hören, vielleicht auch Wassertropfen oder so was. Howard ließ die Menge wieder ein bisschen zappeln, das machte er gerne.

»Du musst mit mir sein. Und nicht mit dem. Es ist falsch. Ich hab alles so gemeint, was ich zu dir gesagt hab. Zu tausend Prozent. Komm endlich mit. Jetzt sofort. Du gehörst zu mir. Das weißt du, das weiß ich. Und ob die anderen es wissen oder nicht, ist egal. Einfach nur egal.«

Ich nahm ihre Hand. Sie zog sie zurück. Jemand packte mich an der Schulter und drehte mich um. Der Türsteher von der Treppe, neben ihm Rob, der ihn geholt hatte. Ich gab ihm ein Handzeichen: Passt, lass uns gehen. Kurz vor der Treppe drehte ich mich noch mal um. Sina sah zu Boden und rieb sich langsam die Stirn.

Der Beat setzte wieder ein, das weiße Geblitze auch. Die blauen Menschen auf der Tanzfläche schrien vor Glück. Der Türsteher begleitete mich nach draußen wie einen Angeklagten zur Anhörung. Immerhin wurde ich diesmal nicht getragen. Oskar stand am Ausgang und sprach gerade mit ein paar anderen Türstehern, die dort postiert waren. Er kam gleich auf uns zu.

»Hat Ärger in der großen Lounge gemacht«, sagte der

Türsteher. »War mein Fehler. Ging wohl um eine Frauengeschichte.«

»Hi Oskar.«

Diesmal war er es, der überlegte, woher er mich kannte.

»Bin der Fußballer aus der Bierhölle. Wir kennen uns doch.«

»Geh wieder rein«, sagte er zum Türsteher. »Kümmer mich um ihn. Wollt eh grad eine rauchen gehen.«

Oskar lief voraus und bog zwischen Ausgang und Imbisswagen in eine halbdunkle Ecke ab. Er lehnte sich gegen einen Fahrradständer und steckte sich eine Zigarette an. Ich setzte mich schräg vor ihm auf den Boden. Von unten sah es aus, als wäre er fast so groß wie die hundert Meter hohen Türme des Kraftwerks, das auf dem Gelände gleich nebenan steht. Und als würde der Rauch, den er jetzt ausatmete, sich mit ihren Abgaswolken vermischen.

»So«, sagte er. »Erzähl.«

Es dauerte ziemlich lange. Ich wusste nicht, wo ich anfangen sollte.

»Ich flieg überall raus. Überall. Egal wohin ich geh, früher oder später flieg ich raus. Und wenn sie mich nicht rausschmeißen, dann will ich selber gehen. Ich versteh das nicht. Ich verstehs einfach nicht. Es macht mich noch verrückt.«

Er sagte lange nichts, und dann machte er nur *Hmm*.

»Was soll ich tun?«

»Ganz einfach: Find einen Ort, an dem keiner will, dass du gehst. Nicht mal du selbst.«

Ich überlegte. Es machte Sinn.

»Ich hab Micha gesehen vorhin. Er ist jetzt einer von den Nazis.«

»Der ist kein Nazi. Er ist einfach ein Idiot.«

Ich verstand nicht ganz, wie das eine das andere ausschließen konnte. Aber egal.

»Oskar, stimmt es, dass du mal reich warst und dann deine Frau umgebracht hast, weil sie deine Millionen klauen und mit einem anderen ins Ausland gehen wollte?«

»Wer sagt das?«

»Alle.«

Er warf die Zigarette auf den Boden und trat sie aus.

»Nein, stimmt nicht. Ich hab nur dem anderen beide Beine gebrochen.«

Ich fragte ihn noch über andere Sachen aus, die über ihn erzählt wurden.

»Zu viele Fragen, Herr Fußballer. Die Leute sollen reden, was sie wollen. Je weniger sie wissen, umso besser.«

»Also gut.«

»Wenn du mir versprichst, dass du keinen Ärger mehr machst, kannst du wieder rein.«

»Nein danke. Ich geh jetzt.«

Ich lief los, schaffte es aber keine hundert Meter weit. Mir war schwindlig und schlecht. Nicht weit vom Parkplatz gab es eine verlassene Fläche, auf der früher mal ein Autohändler seine Wagen parkte. In der Ecke war noch ein Werbeschild aufgestellt, ansonsten gab es nur noch Gras und flaches Gestrüpp. Ich ließ mich fallen und schlief sofort ein.

18

Sina saß neben mir und blickte zur Straße. Sie hatte die Knie ganz nah an ihren Oberkörper gezogen und umfasste sie so, dass jede Hand den Ellenbogen des anderen Arms festhielt.

»Du wirst gehen, oder?«

»Ja … Ja, werd ich.«

»Ich hab mir viele Gedanken gemacht. Es ist schwer.«

»Ja, ich weiß.«

»Ich hab dir das noch nie gesagt, aber immer wenn du auftauchst, ändert sich für mich irgendwie alles, der ganze Raum, mein ganzes Gefühl. Ich muss dann immer schauen, wo du gerade bist, was du machst. Heute war es auch wieder so. Ich hab dich ständig beobachtet. Ich weiß, dass dich viele auf dein Stirnband angesprochen haben, und ich hab dir angesehen, dass es dich immer mehr genervt hat. Und auch wenn du nicht in der Nähe bist, denke ich oft: Was er jetzt wohl macht? Wo treibt er sich wieder herum? Was wird nur aus ihm? Das ist einfach so, und das krieg ich auch nicht mehr aus mir raus.«

»Das ist doch gut. Bei mir ist es ja genauso.«

»Ja. Aber ich weiß, dass du hier unzufrieden bist. Du sagst es ja selber. Am Anfang hab ich mich darüber aufgeregt, dass du erst wieder bei mir aufkreuzt und mir dann sagst, dass du abhauen willst. Aber ich kanns auch irgendwie verstehen. Nur kann ich nicht mit. Es geht einfach nicht. Das wäre viel zu schnell jetzt, zu unüberlegt. Ich will nicht von meinen Eltern abhängig sein, ich will mir was Eigenes aufbauen, ich muss Geld verdienen und endlich eine eigene Wohnung finden. Da passt es nicht rein, jetzt einfach wegzugehen. Du würdest aber hier nicht glücklich werden, ob jetzt mit mir oder ohne mich.

Am liebsten hätte ich, dass es wieder so wird wie damals. Die Situation, in der sich jeder von uns gerade befindet, und was wir vorhaben, das ist alles zu unterschiedlich. Und das ist das Problem. Verstehst du?«

Der Himmel war schwarz, kein Mond zu sehen. Es war nichts zu hören außer ein paar Grillen. Ich zog meinen Geldbeutel aus der Hosentasche und öffnete das Münzfach. Ich konnte kaum sehen, was drin war, wusste es aber auch so: rote Centstücke, türkische Münzen, und der Schlüssel, den ich immer dort versteckte. Ich gab ihn ihr.

»Was soll ich damit?«

»Das ist der Schlüssel für den Jaguar. Gib ihn Paul.«

»Warum das?«

»Als Geschenk.«

»Kemal, er ist sechzehn. Was soll er mit einem Auto?«

»Das Auto ist eh noch kaputt. Er soll Geld sparen und den Wagen reparieren lassen. Kann sich an Emre wenden, der wird ihm jemanden vermitteln, der es günstig macht. Ich klär das ab. Und wenn er seinen Führerschein hat, kann er damit fahren.«

»Bist du sicher?«

»Ja.«

»Na gut. Danke.«

Sie legte den Schlüssel neben sich ab. Wir redeten noch ein bisschen. Über das Volksfest, über die Ausschreitungen, über die Stadt. Dann stand sie auf und lief langsam weg. Ich sah ihr nach, aber sie drehte sich nicht mehr um. Ich blieb liegen und schlief wieder ein. Als ich wieder aufwachte, lag der Schlüssel immer noch da.

SONNTAG

1

Ich lief langsam durch das halb schlafende, halb brennende Heilbronn.

Obwohl sich die Sonne wieder am Horizont zeigte, war es noch immer ziemlich dunkel. Das lag an einer schwarzgrauen Riesendecke, die sich am Himmel gebildet hatte und über der ganzen Stadt schwebte.

Je näher ich der Innenstadt kam, umso mehr nahmen die Verwüstungen zu. Da, wo am Tag zuvor noch ein alter Getränkemarkt gestanden hatte, lag jetzt ein Riesenhaufen aus Schutt und Glas, wie nach einem Erdbeben. Kurz vor der Allee kam ich an Zeus vorbei. Er saß immer noch in seinem Thron, halbnackt und mit Zepter in der Hand. Das nach ihm benannte Casino war aber verschwunden. Hinter ihm lag nur noch ein Feld aus Trümmern und glühender Asche.

Auf der Allee standen und lagen überall Möbel, Mülleimer, Einkaufswagen, zerstörte Autos herum. Von den zwei Jeeps der Nazis war einer ausgebrannt, der andere umgeschmissen. Die Reste der Barrikade waren noch erkennbar, davor lagen ein paar Plastikstühle und Baseballschläger herum. Ich kam an einem schmutzigen und halb verbrannten Leinentuch vorbei, das auf dem Boden lag und schwarz besprüht war: *Deutscher Inhaber! Bitte nicht a* – der Rest war verkohlt.

Es gab keine Nazis mehr auf der Allee, keine Kankas, keine Polizei. Die wenigen Menschen, die ich sah, liefen langsam durch die Trümmer und blieben dabei immer wieder staunend stehen wie im Museum.

Endlich kam ich an der Haustür an. Das Schaufenster des Ladens im Erdgeschoss war eingeschmissen, aber innen gab es eh nix zu klauen. An der Tür und den Außenwänden sah alles okay aus.

Ich ging hoch in den zweiten Stock und klingelte bei Rainer. Nach wenigen Sekunden riss er die Tür auf. Als er mich sah, hielt er einen Zeigefinger hoch und rief: »Moment, Moment, ich habs versprochen, hoch und heilig!«

Er verschwand nach hinten. Ich hörte ihn im Wohnzimmer etwas rufen. Dann kam er zurück mit seinem Handy, das er mir entgegenstreckte.

»Nimm, nimm! Dein Vater.«

Ich ging ein paar Schritte von der Tür weg und stellte mich ans kleine Fenster im Treppenhaus. Mein Vater klang ziemlich aufgeregt, ich musste ihm sehr viele Fragen hintereinander beantworten. Ja, alles gut. Ich weiß nicht genau. Weil ich doch kein Handy mehr habe. Das Haus steht noch. Ja, eure Wohnung auch. Nein, hab noch nicht nachgesehen. Das Schaufenster im Laden ist kaputt. Ja, mir ist wirklich nix passiert. Das Gespräch bei Tayfun war ganz gut. Muss es mir noch überlegen. Dann war meine Mutter dran. Sie sagte, dass sogar in den türkischen Nachrichten kam, was hier passiert war. Ich musste ihr versprechen, dass ich mir ein Handy besorgen und mich von jetzt an jeden zweiten Tag melden würde.

Nach dem Auflegen las ich die Uhrzeit auf dem Display ab. Während ich ihm das Handy zurückgab, redete Rainer auf mich ein. Schnell und hektisch und aufgeregt. Das Einzige, was ich mir merken konnte: Er war früher mal Judo-Stadtmeister und musste letzte Nacht zum ersten Mal seit über zwanzig Jahren seinen Spezialgriff anwenden. Es war fast unmöglich, ihn zu unterbrechen.

»Rainer … Rainer … Rainer!«

»Ja?«

»Warum bist du so aufgedreht? Es ist grad mal sieben Uhr.«

»Ich hab noch gar nicht geschlafen! Die ganze Nacht hab ich durchgemacht, musste einen Kaffee nach dem anderen trinken. Dann bin ich da unten gestanden und hab das Haus beschützt und verteidigt. Das hättest du mal sehen sollen, wie der alte Rainer sie alle verscheucht hat, die wissen schon, mit wem sie sich anlegen können und mit wem nicht! Nur einmal, als ich oben war, um neuen Kaffee zu kochen, da hat jemand das Schaufenster eingeschmissen. Hab ich mich danach aufgeregt! Wo hast du denn gesteckt? Ich hätte hier Verstärkung brauchen können. Mein Wasser ist übrigens alle, hab alles für den Kaffee gebraucht, kannst du mir ein paar Flaschen Sprudel geben? Dann würd ich kurz mit hochkommen, geht das?«

»Kein Problem. Kannst du mir tausend Euro leihen?«

»Oh, tausend? Ja klar, kann ich machen. Was hast du vor?«

Wir liefen die Treppen hoch. Er ging in meine Küche und nahm sich zwei Flaschen aus der Sprudelkiste, die er mir gestern gebracht hatte.

Ich ging in mein Zimmer, legte meine schwarze Sporttasche auf den Boden und warf alles hinein, was reinpasste. Kleidung, Unterwäsche, Schuhe, Zahnbürste, Sonnenbrille, solches Zeug. Sie war nicht besonders groß und ziemlich schnell voll.

Dann nahm ich ein Blatt aus dem Drucker, fand in einer der Schubladen noch einen Briefumschlag und setzte mich aufs Sofa im Wohnzimmer. Rainer blieb immer in der Tür des Zimmers stehen, in dem ich mich gerade befand. Er wollte, dass ich ihm erzählte, wo ich seit gestern war und was ich erlebt hatte, warum ich ein Stirnband trug und so weiter. Aber ich war zu beschäftigt. Also erzählte er einfach immer weiter. Ein paar Kankas hatten ihn für einen Nazi gehalten, bis er ihnen ein paar türkische Sprichwörter aufsagte, die er von seinen Arbeitskollegen gelernt hatte. Da ließen sie ihn dann in Ruhe.

Ich schrieb eine kurze Nachricht an Sina auf das Blatt. Dann faltete ich es zusammen, schob es gemeinsam mit dem Schlüssel für Paul in den Briefumschlag und schrieb Sinas Adresse drauf.

Ich gab Rainer den Umschlag, machte alle Fenster zu, ließ die Rollläden runter und schloss die Wohnung ab.

Rainer wollte das Geld für mich abheben. Die Bank war nur zwei Gebäude weiter. Auf dem Weg dorthin erklärte ich Rainer, was ich vorhatte. Er sagte nicht viel dazu. Zwischendrin unterbrach er mich nur mal kurz und fragte, ob ich mir auch wirklich sicher war. Dann ging er in die Bank und ich wartete davor.

Auf der Allee fuhren immer noch keine Autos. Fünf Anzugträger folgten zu Fuß einem sechsten Anzugträger, der ihnen die herumliegenden Trümmer und beschädigten Gebäude erklärte. Die Männer waren wohl sehr wichtig, denn sie wurden von drei Kameras und mindestens zwanzig Schaulustigen begleitet.

Am Bürgersteig gegenüber saß ein Mann mit schwarzen Flecken auf der Kleidung und im Gesicht. Er starrte ins Leere. Zehn Meter weiter kehrte ein Dönerladenbesitzer die Scherben seiner Schaufenster zusammen.

Rainer kam wieder raus. Als er die Anzugträger auf der Fahrspur sah, rief er ihnen zu: »Hinterher dann rumspazieren und euch wundern, das könnt ihr, das könnt ihr gut!« Er klang dabei aber nicht wütend, sondern spöttisch. Ich weiß gar nicht, ob Rainer so richtig wütend werden kann, erlebt hab ich es noch nie. Eine der Kameras schwenkte zu uns rüber. Rainer winkte ab und reichte mir die Geldscheine.

»So! Hier hast dus.«

Ich steckte die Scheine in meinen Geldbeutel.

»Danke. Ich klärs mit meinem Onkel ab, dass er das mit deiner Miete verrechnet.«

»Aber klar. Mach dir keinen Kopf.«

»Können wir noch kurz bis zum Wollhaus vorlaufen?«

»Warum?«

»Ich will sehen, ob es noch steht.«

»Klar steht das noch. Da müssten schon ein paar Bomben abgeworfen werden, damit das verschwindet.«

»Okay. Sehr gut.«

Ich hätte trotzdem noch mal hinlaufen sollen. Aber wir gingen zurück. Fast direkt vor unserer Tür lag eine alte, umgeworfene Couch, zwischen all dem anderen Zeug auf der Straße. Wir kippten sie zurück in Position und setzten uns drauf. Ich stellte die Sporttasche zwischen uns ab. Am Himmel war an einigen Stellen nun doch etwas Blau zu sehen, die Decke aus Rauch war nicht mehr ganz so dicht wie vorher.

Rainer sprach nicht mehr ganz so viel. Der Kaffeerausch ging wohl seinem Ende zu. Er überblickte beide Seiten der Allee. Dann nahm er eine leere Plastikflasche von der Couch und warf sie auf die Straße. Sie blieb in einem Haufen aus Asche stecken.

»War mir klar«, sagte er. »War mir alles klar, Kemal. Alle anderen hätten es auch kommen sehen müssen. Sie hätten nur die Augen aufmachen müssen. Und die, die das alles angestellt haben gestern, von denen liegen die meisten jetzt in aller Ruhe daheim und schlafen. Die sind fast alle davongekommen. Und jetzt schau an, was aus der Stadt geworden ist. Das tut mir so weh, das zu sehen, ich bin extra noch nicht bis über die Allee hinausgelaufen, weil ich mir das alles gar nicht antun kann. Die wissen gar net, was sie angestellt haben. Das ist das Traurige. Aber ich weiß es. Bis das alles verheilt ist, das wird Ewigkeiten dauern, das sag ich dir. Aber ich hab gewusst, dass es so kommt, schon sehr lange. Ich habs einfach gewusst.«

Nach einer kurzen Pause drehte er seinen Kopf zu mir, grinste und sagte: »So, jetzt spür ich es aber langsam. Bin müde wie die Sau. Dabei schlägt mein Herz noch wie verrückt. Ich sollt jetzt mal schlafen.«

Ich dankte ihm noch mal für das Geld und bat ihn, den Umschlag gleich am nächsten Tag loszuschicken. Und dass er meinen Eltern erst mal nix sagen sollte, das würde ich selber machen, von unterwegs. Wenn Emre oder Hakan bei ihm klingeln und nach mir fragen, sollte er sagen, dass ich mich bei ihnen melden würde, sobald es ging.

Wir standen auf.

»Pass auf dich auf. Meld dich ab und zu. Irgendwann kommst du wieder, stimmts?«

»Ja.«

»Will ich hoffen. Das Haus ist doch viel zu groß für mich allein.«

Er wirkte jetzt echt müde. Wir umarmten uns. Dann ging er rein. Ich nahm meine Sporttasche und lief rüber auf die andere Seite der Allee.

2

Das breite Tor der Parkgarage war ausnahmsweise mal geschlossen, im Kassenhäuschen saß niemand. Die Tür zum Treppenhaus stand aber offen. Soweit ich das bei der schlechten Beleuchtung erkennen konnte, war innen nicht randaliert worden. Die Stellplätze der unteren Etage waren alle besetzt, die Autos nicht beschädigt. Es stank halt nur wie immer. Ich lief ganz nach hinten zum Jaguar.

»Gut, dass du kommst«, sagte er. »Was war da draußen los letzte Nacht? Gab es Krieg oder was? Hat sich schrecklich angehört.«

»Willst du gar nicht wissen.«

Ich lehnte mich gegen seine Motorhaube.

»Ich hab Menschen und Autos schreien hören, Schüsse und Sirenen. Konnte keine Sekunde schlafen.«

»Die ganze Stadt ist durchgedreht. Lange Geschichte. War hier niemand drin?«

»Heute Nacht meinst du? Nein.«

»Sehr gut, sei froh.«

»Warum bist du hier? Du wolltest erst am Mittwoch vorbeikommen.«

»Ja, genau. Also erstens wollte ich nachschauen, ob bei dir alles okay ist. Und zweitens, ich hab zwei Nachrichten für dich. Eine gute, eine schlechte.«

»Ich will nur die gute hören.«

»Sorry, nein. So geht das Spiel nicht.«

»Dann erst die schlechte.«

»Ich gehe weg. Wir werden uns eine Weile nicht sehen. Ich weiß nicht, wie lange. Aber wahrscheinlich sehr lange.«

Er schwieg. Ich stand auf.

»Und jetzt aber die gute: Ich hab dich an jemanden verschenkt – nicht verkauft! –, der sich sehr gut um dich kümmern wird, noch besser als ich. Der vergöttert dich, du bist sein Traum. Weißt du, was der mich jedes Mal …«

»An wen.«

»Paul. Ihr kennt euch. Weißt du noch?«

»Ja. Wenn ich an seinen Fahrstil denke, krieg ich Todesangst.«

»Er ist noch jung. Der lernt das noch. Bis dahin wird er dich pflegen, und dann kannst du mit ihm wieder raus auf die Straße. So ist der Plan. Ich hätte dich am liebsten behalten, das weißt du doch. Ich wollte dich reparieren lassen. Aber ich krieg das im Moment einfach nicht hin.«

Er sagte nichts.

»Komm, sag was.«

»Was soll ich sagen? Für mich sind das zwei schlechte Nachrichten. Das weißt du auch. Ich hab dir oft genug erklärt, wie das für uns ist, wenn unser Besitzer wechselt. Darauf hab ich also so lange hier im Dunkeln gewartet. Mein Opa hatte einfach recht. Auf euch Menschen ist kein Verlass.«

Ich sagte noch mal etwas, aber er war verstummt. Ich versuchte es noch ein paarmal, bekam aber keine Antwort mehr. Ich gab ihm einen Klaps auf die Motorhaube und sagte ihm, dass er mich eines Tages bestimmt verstehen würde.

3

In der Bahnhofshalle war niemand außer mir, ein paar herumlaufenden Tauben und einer Bäckereiverkäuferin. Ich wusste nicht mal, ob der Zugverkehr wieder lief. Die große Anzeigetafel konnte mir nicht weiterhelfen, sie war außer Betrieb. Ich kaufte mir zwei Butterbrezeln. Durch ein kleines Fenster gleich neben dem Brotregal konnte ich sehen, dass draußen ein Zug bereitstand. Ich lief durch die Unterführung und dann die Treppe hoch zu Gleis 3, an dem der Zug stand.

Er war endlos lang, wirkte aber nicht gerade abfahrbereit. Niemand stieg ein oder aus, alle Sitze waren leer. Der einzige Mensch außer mir am Gleis war ein Schaffner. Er lief neben dem Zug und kam mir entgegen. Wir trafen uns ungefähr in der Mitte.

Trotz der frühen Uhrzeit war es schon wieder heiß. Der Schaffner hatte einen dunklen Anzug mit passender Mütze an, auf dem Kragen seines Jacketts sah ich ein paar Schweißtropfen.

»Wo fährt dieser Zug hin, und wann?«

»Viertelstunde. Wo willst du hin?«

»Keine Ahnung. Weit weg am besten.«

»So kommen wir aber nicht weit. Ich bräuchte schon mehr Infos, wenn ich dir ein Ticket geben soll.«

Ich versuchte es ihm irgendwie zu erklären. Es verwirrte ihn nur noch mehr.

»Gibt es auch ein weltweites Ticket? Oder ist gerade ein Europa-Ticket im Angebot oder so was?«

Er schüttelte den Kopf.

»Machen wir es so«, sagte er. »Das Deutschlandticket kostet 44 Euro. Damit kommst du heute in jede Großstadt oder eben an jeden Flughafen deiner Wahl.«

»Ja, klingt gut. Nehm ich.«

Er druckte mir das Ticket an einem tragbaren Gerät aus, ich gab ihm das Geld.

»Auf Reise gehen ohne Ziel. So jung wäre ich auch gern noch mal. Viel Glück.«

Ich lief bis zum hinteren Ende des Zugs. Beim Vorbeilaufen sah ich immer noch keinen einzigen Passagier. Als ich in den letzten Waggon stieg, war niemand drin außer mir.

Ich verstaute meine Tasche oben im Gepäckfach, setzte mich ans Fenster und fing an, die erste Brezel zu essen. Am Gleis gegenüber stand jetzt ein Paar, beide mit Sonnenbrille, sie sahen gutgelaunt aus. Ihre Tochter saß im Kinderwagen zwischen zwei Koffern und klatschte immer wieder in die Hände. Vor dem Bahnhofsgebäude begannen zwei Männer, in entgegengesetzte Richtungen zu kehren. In der Ferne konnte ich die Türme des Kraftwerks erkennen. Bis auf die weißen Wolken, die aus ihnen aufstiegen, war der Himmel fast komplett blau.

Ich war gerade mit der zweiten Brezel fertig, als der Zug langsam losfuhr. Aus dem Fenster sah ich, wie der Schaffner sich zu einer zerbrochenen Flasche bückte und ihre Scherben aufsammelte.

Das mit der Reise ohne Ziel stimmte gar nicht. Ich wusste ganz genau, wo ich hinwollte. An einen Ort, an dem ich der sein kann, der ich bin. Nicht Kemal, der Fußballer, nicht Kemal, der Arbeitslose, der Herumtreiber, der Versager, der Verräter, der Verkäufer, der Typ zwischendrin. Sondern einfach nur ich.

So einen Ort muss ich finden. Und wenn es ihn nicht gibt, dann muss ich halt für immer suchen.